羌风

The Qiang Proses

谷运龙 —— 著

人民文学出版社

图书在版编目（CIP）数据

羌风/谷运龙著．--北京：人民文学出版社，2023
ISBN 978-7-02-018483-5

Ⅰ．①羌… Ⅱ．①谷… Ⅲ．①散文集-中国-当代Ⅳ．①I267

中国国家版本馆CIP数据核字（2023）第248952号

策划编辑	脚　印
责任编辑	张梦瑶
装帧设计	李思安
责任印制	王重艺

出版发行　人民文学出版社
社　　址　北京市朝内大街166号
邮政编码　100705

印　　刷　三河市中晟雅豪印务有限公司
经　　销　全国新华书店等

字　　数　224千字
开　　本　850毫米×1168毫米　1/32
印　　张　12.375　插页4
版　　次　2023年12月北京第1版
印　　次　2023年12月第1次印刷

书　　号　978-7-02-018483-5
定　　价　52.00元

如有印装质量问题，请与本社图书销售中心调换。电话：010-65233595

脚印工作室

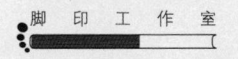

目录

羊图腾 | 001

羌寨火塘 | 012

云中谁着彩衣来 | 025

巴丹吉林沙漠的马帮汉 | 033

松潘家书 | 071

开启一扇幽闭的童窗 | 077

枯荷的馨香 | 095

绿水青山还复来 | 103

从壤塘到上海的孩子们 | 114

羌人的农具 | 126

震不碎的九寨沟 | 163

呵护仙境的九寨人 | 171

地火掠过九寨天堂 | 174

金庸题字天鹅湖 | 179

亲爱的燕子 | 184

女儿国的梨花 | 192

所有的色彩都在朝拜花湖 | 197

到牛棚子看雪山　| 202
云朵上的人家　| 207
灾难中的女人花　| 210
泛黄的情书　| 218
娃娃亲　| 234
苹果缘　| 248
放生　| 260
根在三江　| 269
我的舅舅是红军　| 281
童年的家风　| 289
闰娃　| 294
逆流而上的父亲　| 301
输给父亲　| 337
一坛儿女　| 347
一磨豆花　| 353
一畦菜香　| 360
一架月季　| 367
一只花瓶　| 371
岁月斑驳了双手　| 374
黑桃5　| 385

羊 图 腾

2018年5月,二里寨正被青红翠绿素朴而洁丽的花海浸泡着,香芬漫卷。

阿爸释比①是羌人的文化旗帜和精神领袖,几千年来,始终高擎着他金刚杵一般的绿色意念,法杖上烙印的羊的悲切目光和羊的痛苦哀鸣是族人对自然尊崇和敬畏的神圣谕诫,与豹爪、虎牙、狮骨以及鹰嘴构成无恶不惧的神圣威仪。

当太阳从将军山顶探出一抹水亮的红颜后,祭祀的人们便兴高采烈地沐在如水的香芬中了。他们都制作了纸旗,带上香蜡纸钱和猪膘,虔诚地向祭祀塔走去。

羌人是羊的奴隶和仆人,一万年前或更早,我们驯化羊就是为了让羊成为我们的主人、我们的图腾、我们的神。在重大的祭祀中,我们又把它作为牺牲敬献给山神、水神、树神和天神。正像父母培养儿女是为了让自己成为他们的儿女,正像父母养

---

① 羌族的祭司和文化传承人。

育儿女是为了把自己作为牺牲奉献给儿女。

在羌人的历史中，乃至在中国的历史中，甚至在人类的历史中，羊都是一种极其重要的动物，它不仅孕育了古代文明，也催生了现代文明中十分了得的工业文明。

姜戎在他的《狼图腾》中深情地赞美了这群具有母性温柔和随物赋形的如水动物，把它视为农业文明的原生父母。如果将凶残的狼和温顺的羊放在中国历史兴衰的风浪去找寻因果，会得出令人惊讶的结论：中国历史上最兴旺繁盛的时期，都是狼性和羊性共存的时期，如文景之治、开元盛世、康乾盛世等。在文明的空间上，姜戎将狼性归属为草原文明，将羊性归属为农耕文明，并进一步从不同族别的融合去演绎文明的进步，让我们看到这种融合的翻江倒海和摧枯拉朽。

羊的无所不在和无所不能，在中国的文化中也表现得十分亮眼。在美的定义中"羊大"为美，在味的定义中"羊鱼"为鲜，在民族成分的划分中"羊儿"为羌。

由此，我们知道古羌人是牧羊的人，不仅从象形上如此，在象声上亦如此。羌的读音和羊的叫声十分相似，只是羌是单音节，羊的叫声是复音、串音而已。是故《说文解字》中说："羌，西戎牧羊人也。从人从羊，羊亦声。"

羌人如羊。他的血管中始终奔涌着温顺、良善、忍耐、奉献、坚韧的鲜红血液，他的意念中始终根植着朴素、利他的生命花树，他的信仰中永远飘飞着珍爱生命、万物有灵的崇拜之旗。

昨夜，阿爸释比在他家的神龛前点了香蜡纸钱，专门向天神木比塔和阿爸锡拉（释比的祖师神）以及树神、水神、土地神通白了今天的祭山会。现在，他戴着猴头帽、穿着豹皮衣、手握法杖，行走在祭祀队伍的最前面。那只体态壮硕、毛色明丽的羊，被牵着跟在后面。它神圣的孤独让它害怕，总是前蹄插进泥里蹬着，将身体向后坐，时不时地又"咩咩咩"地发出轻声哀叫。

正如一位民族学家告诉我的一样，甲骨文中不仅有"羊"的记载，而且还不止一种"羊"，有的"羊"的颈项上多出一条下垂的线，他判断这样的"羊"应该是作为牺牲的羊，是拴了绳子牵往祭祀场的羊。

在甲骨文中，关于民族的记载只有"羌"，从作为牺牲的羊中可以判断出羌人和羊与神灵的关系。

现在，这只漂亮的羊就被甲骨文中的那根充满了神性的不朽的绳子拴在纳萨（祭祀塔）前，它看着人们把九台杉杆插上纳萨，把五色旗簇拥在纳萨上，太阳馍馍、山形馍馍都敬给了神灵。诅咒的桃棍上捆扎了三道被释比的经文加持了的咒符，向天的棍头削成扁扁的长方形，开出七道横向的口子，口子中插入黄连薄薄的木片。它还看见纳萨前的香烛纸钱正烘托出热烈的场面，人们将供馍最中心的那块抛进纸钱的火中。释比已唱完三段经文，将雪宝顶（岷山主峰）到将军崖的大小山神都请到了，便在羊的左角上抹上猪油，舀一盆清水，吹几口气、念几句经，将三个烧红的白石丢进水里，再用柏香熏过，撩起洗洗自己的眼，洗洗他人的眼，再洒少许在羊的身上。

洗礼后的羊，以抖擞发出神示的信号。那双明澈而黄亮的眼，霎时有了汪汪的泪，泪里没有恐怖、没有怨恨，也没有离愁别绪，仿佛是早晨晶莹的露珠里的太阳。血从刀口处喷涌而出，人们争先恐后地将还未燃烧的纸钱伸向那里，诅咒棒也浸染了它的血。

那双清亮亮黄晶晶的眼睛目睹了这一切，它欣慰着作为一个牺牲的使命，它将把这个热气腾腾的人间寄托带给所有的神。它的头放在了纳萨塔上，弯曲成天路的角向着大山的两翼奋力飞翔。它的肠、肝、肚、肺剁碎以后，被庄严地放在一块块石板上，人们双手捧着石板向塔后的半山走去，"叼叼叼"地呼唤着雀鸟，让它们以此而去掉糟蹋粮食的邪念。散发着羊血的诅咒棒稳稳地插入土地，法刀闪着神圣的光芒，阿爸释比如一只充满神性的老崖举着法刀，面容狮虎般凶猛，口中的经文却溪水一般清丽明光，他说：现在，我们当着纳萨一起诅咒！任何人不得去乱砍一棵树，不得去偷盗一枚针，不得去翻弄一点是非，不得骂架打架。如果有人不兑现承诺怎么办？释比将法刀向前一指并发出"杀灭"的怒吼，人们同仇敌忾连吼三声：

"杀灭！杀灭！杀灭！"

接下来，每一户的户主来到诅咒棒前当着众人起誓发愿。

羌人的神山、神水、神树、神土千百年来，就是在这样的仪式下,用超自然的力量治理得平平安安、健健康康地走过来的；我们人与自然、人与人、村寨与村寨、民族与民族的和谐也是这样亲亲切切、和和美美地走过来的。当我们心怀粗暴和凶残时，我们会想到羊；当我们即将放弃和松散怠慢时，我们也会想到羊。我说不明白这样的山水之祭的科学要义，却看得清楚这样的祭祀生长出的群落之花。

当小男孩来到十二岁时，父母亲无一例外地要为儿子举行成人礼，至高无上的舅舅也总会为外甥献上一只羊。阿爸释比在诵经以后，把一根过滤了灾难、种植了平安的羊毛绳拴在小孩的颈项上。一个男子汉就这样在羌山大地站了起来。

老人过世后，我们也会为老人献上一只羊，这只凡间的羊认得去天国的路，让它将亡人带去天国。自此，这只羊便放生自然，自由自在地拥有它春天的嫩草、秋天的浆果。

阿爸释比的羊皮鼓，把所有的经文以音韵的形式储存起来。那只在阿爸释比睡去后咀嚼了经书的羊，每一次咀嚼都是一道光刻，每一次反刍都是一诵颂念。于是，才有了人与羊的心心相印，也才有了嘴与皮的完美契合。

我不知道世界上还有什么能与释比鼓上的羊皮比拼记忆。

当我们举行祭山还大愿的祭祀活动时，释比的经文如源源不断的流水，日夜不停地要流三天三夜。我曾在二里寨，见证了八十多岁的肖永庆释比做法事，老人将唱经从中午十二点一直唱诵到凌晨三点。我十分不理解地看着他时，他又敲响了羊皮鼓，泼洒出一个家庭或一个村寨吉祥的黎明。

羊就这样相伴着我们的成长，跟随着我们的生死。

母亲在生产队里放过三年羊，我也有幸时不时随她一起去放羊。十二岁那年，母亲生老四，我便替她去放了一个月的羊。

真是一群人见人爱的羊，三百多只。看见它们行进在故乡的小路上时，浪花一样地绵延一里多路。公羊总是最威风的，它抖动着浓密的鬃毛，甩摆着它那遒劲的板角，傲视着旷野和山林。后面是体形健美、腰身细长的骟羊，再后面便是婆婆妈妈的母羊和羔羊了。公羊如护旗手，骟羊如仪仗队，母羊、羔羊如腰鼓队。这样一个队伍，阳刚之健、阴柔之娇钩织出一幅和美的图景，在故乡的大地上徐徐展开。到得山林，倏忽之间便洇于山林之中。

傍晚时分，它们带着一肚子花草的芬芳下山了。公羊和好斗的骟羊们总会无事生非地斗斗角，只见它们如战马冲锋前那样高高地跃起，在落地的瞬间相撞在一起，发出飞石在空中相撞的声响。这样的声响此起彼伏，如战场的刀剑相击。还有些善于表演的高手，它们从一个高坎或一块孤石上高高地跳下，在空中扭动出鱼跃空中的弧度，旋转着落下。最惹人的当是还未出角的小羊，学着父辈们的斗角和竞技，稚嫩的模仿之美散发出膻味中的乳香。

我们给自己喜爱的骟羊都改了名，什么小灵通、大力神、飞毛腿、独角龙等，凡是我们想得到的都给它们安上。只要是牧放在青林沟的下午，我们都会吆三喝四地叫上要好的小朋友，一待它们从林子里来到河坝，我们就会揪住属于自己的那只骟羊跃上背，一百多斤的大山羊视我们如鸿毛，撒开蹄子狂奔而去。好些时候我们都会被甩下背来，揉捏着自己的屁股或腿、干咧着嘴痛苦地呻吟着。有时，我们与它们较劲，越摔越骑，直到把它们弄得叫着求饶。以后它们就去掉了野性，温顺得让我们爬上背，步履平稳地行走，助长着我们将军一样的征服之心。

最怕的事情总是发生在春天，狼不知从哪里钻了出来。

正是七里香开得青春得意时，正是羊们享受干枯一冬后的鲜嫩时。狼真的来了。不是一只两只，它们结队成五只六只，突然向羊群发起攻击，受惊的羊群山洪一样地往山下奔去，狼们冲入其中咬住羊的颈项拖向沟谷。我们吓得感觉整个世界都毁灭了，大人们却哦嗬地大声怒吼。然而，怒吼对饿狼有什么威力呢？它们大快朵颐，不知道那是我们的图腾。惊吓的羊从来就不长记性，不一会儿，它们又若无其事地回归山林和草场。傍晚，我们清点羊数，就会少了三只两只。

豹子也会作恶，如偷盗的高手，只给羊群不大的惊扰就杀死了羊，拖到一边独自享用。好些时候，少了一只羊，我们还以为它开小差另有所图，殊不知它早已成了金钱豹的美食。

碰上这样的灾难，我们会很伤心，像失去亲人一样。那样的七里花香，那样的鲜嫩季节，我们宁愿不要。

相较于队长给我们的灾难，这些都算不了什么。

过年前，队长总会打羊的主意，每年都要卖几只、杀几只。买主来了后，队长就会让我们把羊收拢来。我们知道倒霉的日子来了。有什么办法呢？我们只是放羊的。我们祈祷买主不要把我们的坐骑相中，但祈祷归祈祷，买主是有眼水的，小灵通被他们捉住了，他们抓住它的角将绳子套在角根上。小灵通左右用力、上下挣扎，终是徒劳。它蹬着八字蹄，低着头用力往后拖。买主一人实在拖不过小灵通，队长却飞起一脚踢在小灵通的肚子上，我和小灵通一起如泄气的皮球，软塌塌地蹲在地上。我看见小灵通望向我的目光，黄亮亮地浸在水中，又听见它痛苦地无奈呼唤，我想跑过去，但他们已前拉后推地把它弄走了。小灵通求救的哀叫，响彻河滩。接着，独角龙、飞毛腿等十多只上好的羊都被他们拖拖拉拉地弄走了。我们将羊群赶回去，如溃不成军的队伍，完全失去阵仗和气势。我们的身体完全空了，灵魂都随小灵通它们飞去了。

以前我们养羊，是为食肉穿皮，是为织袜敬神。生产队养羊，卖羊是次，让它们踩粪是主。土地远的地方都建了羊圈，我们会一段时间集中在那里，让羊群踩出一圈粪。

对于那时的农人，肉是奢侈，钱是神灵，粮食才是真正的朋友。只要能让土地多产粮，什么都可放弃。

放了三年羊的母亲，居然连一张羊皮都没有得到。没有羊皮，当然就没有羊皮褂子。羊皮褂子可是羌族男子汉的标配呀！

即使是那时霜打雪压过的药渣一样的汉子，只要一穿上羊皮褂马上变得硬朗挺拔、精神抖擞。有羊皮褂穿的人总是在村寨里目空一切，傲视天下。站在河边，鱼都会向他游来；立在山巅，鹰都会向他飞来。姑娘们给他抛媚眼，婆娘们给他竖拇指，就连老人们都会哑巴着嘴"啧啧"几声。

除了可以衬托外，农人的羊皮褂还有万能的功效。雨天时，我们把它翻着穿，再大的雨都会乖乖地顺毛而去；歇气时我们将它往屁股下一垫，既去湿又温暖；扛背东西时，它又默默地为我们承重垫肩护脊，有效减轻皮肉之苦。

然而，三百多只的一大群羊，卖的卖、送的送，到了过年也只能宰一只两只，几十户人家，只好闻闻羊腥算是一年的慰藉。

以后，砍柴、烧炭、卖木头，故乡的山林几年之中便退到山顶。又过几年，山林就退到山那边的山顶。以前牧羊的白杨沟在白花花的石头中消失得无影无踪，以前的青林沟除了光溜溜的几爿板岩外连草都看不到一苗，以前最林茂草丰的拐子垴水井窝也如掉光了毛的狼皮一样惨不忍睹。

我们一直心爱的羊，就这样被它的奴隶和仆人葬送了。即使还有一些人家养几只，也只好用长长的绳索拴住，让它们在房前屋后、路边地脚找魂似的可怜兮兮地觅几苗草。

自然的退化、生态的恶化，使它们养育的生灵也矮化丑化。那些在岷山河谷还神一样存在的羊，无论有如何坚强的秉性、如何坚韧的精神、如何良善的羊性，依然不能逃脱成为疙瘩羊的厄运。阿爸释比说：那样的羊敬神，怕把神得罪了。

泥石流、洪水、极端天气，天神木比塔是否要在无尽的惩罚中毁灭人类？我们这才在苦难和灾难的痛苦中深切地怀念那些山林，怀念山林里动听的鸟鸣，怀念山林里美丽的菌类，甚至怀念夜间的豹吼狼叫，更怀念那给我们乳汁肉香、温暖如浪花不绝开放的羊群。

几十年，虽然我们还是把羊头挂在大门的正中央，我们还是痴人说梦地说甲骨文中的那个"羌"，背诵《说文解字》中"羌，西戎牧羊人也。从人从羊，羊亦声"，却忘了我们的图腾我们的神是食草动物，一只羊要数十亩的山林草场才能养活，在万物有灵的宗教情爱中滋长了唯我是灵的独断和专横。不祭祀山神，山神怒而崩山；不敬爱水神，水神气而发洪；不供奉天神，天神威而施暴。羊呢，只是悄悄地离我们而去，连愤怒的目光都没有。

斗转星移又几十年，我们吃穿不愁了，我们业有所成、暖有所源，自然的内力在外力的尊重和牵引下又源源不断地发散出来，无以计数的种子又被自然的内力催生，天神、山神、水神、土地神都一起发功，林木花草、飞鸟走兽都一并归来了。白杨沟的白杨又枝枝向上，苍翠葱茏了；青林沟的桤木、马桑又浩荡碧波，幽深旷远了；拐子垴的栎树啊，覆天盖地鸟都难以长距离飞翔了。野猪上树，猴子上房，老熊逛街，麂子、獐子连人都不怕了。

我们的羊也是回来的时候了。狼有狼的食物，豹有豹的美味。不到饥不择食时，豺狼虎豹依然不会去碰神性的东西。

回来吧，我们的羊。请你们再一次在故乡的大地上开放神一样无瑕的洁白花朵。我们愿做你的奴隶和仆人，把我们献给你，再通过你把我们献给这片大地，因为我们愿意和天神、山神、水神、土地神、树神在一起，共同守护大地上的一切。

羌寨火塘

每一次坐在海滩上,如婴儿吃饱奶后望着妈妈一样望着日出或日落,大海被朝晖或夕阳醉成一抹一抹的玫红时,总以为那是一个火塘。

不是吗?

你看,那么多新疆同胞正围着这个火塘跳舞,那么多藏族、羌族同胞正围着火塘跳锅庄。孩子们围着火塘捉迷藏,老人们坐在火塘边侃大山,似乎所有的中国人都从天南地北来到这里,在火塘边说说话、抽抽烟、打打牌、喝喝酒,其乐融融,其情也融融。

从雪域高原那饿狼龇牙咧嘴一般的酷寒中一屁股坐到三亚,仿佛从一个冰窖转身置于一个温暖的火塘。

惬意便在这南国的温暖中扎下根来。这份如春阳的惬意,来自一个升腾着歌舞、弥散着肉香和开放着心花的碧波连天的火塘。

太阳、大海和火塘。

就因为这样,沙滩上总有无数的手机对准大海和太阳,捕捉着落霞与海水共燃、日出与大海同晖的自然景象。

于是，又有了手机和火塘。

这是自媒体时代，手机成了时代的主宰，也成了统治人类的王。

前不久，一桌人饭后各自抱着手机爱不释手地把玩，一个人一个世界地醉爱其中。世界在碎片化中变得小小的，如北极正融化漂浮的冰凌。我曾多么由衷地赞美过手机和互联网：全能的智者，无所不知的全才。小小的一张网就把一个世界牢牢地网在中央。妖娆、纯洁、朴素、鬼魅，无所不有、无所不包，人跑不出去，鬼也休想脱逃。

跟随了我们逾千年的火塘呢？当它把我们照亮后自己却隐匿了，当它把世界温暖后自己却冷清了。我不相信光明和温暖会死亡，希望重新坐在火塘的周边打磨烟熏火燎的日子。

尔玛人的那一苗火来自天国，是尔玛人的英雄燃比娃历尽磨难和痛苦从天神木比塔处盗得的。他被火烧过、被水淹过，好在大难不死，好在精诚所至。是那尊白石为他藏匿火种，他才将其带回人间。我们一直像保护眼睛一样保护着它，像爱护子孙一样地呵护着它。在漫长的迁徙中，只要火在，光明就在，生机就在。在残酷的战争中，只要火在，温暖就在，胜利就在。定居后，我们将它安放在邛笼（羌人的石碉房）的二楼，那是我们起居、饮食、聚会和欢乐的地方。我们把牛、羊、鸡、猪安顿在一楼，上楼时总从它们中经过，摸摸它们的头，拍拍它们的背，听听它们的鸣叫，都是一种爱由心生的享受。

为我们在胸中藏匿火的那尊白石，当然成了我们这个族群的神——白石神。我们把它供奉在离天最近的地方，房顶的每一个角都由它享用，并在后墙的正中供奉一尊巨大的至高无上的白石神，在房顶建一座小小的纳萨（祭祀塔），用杉杆和柏香的烟径为白石神修成天路，让他不仅可以和天神木比塔通话，还可时不时地回天宫去享天伦之乐。女儿墙上整齐地砌着金色的玉米墙，大腹便便的南瓜、肉头滚滚的枕头瓜堆码成坛城一样的塔，红红火火的辣椒一串串袅娜地坠下，尔玛人如火如荼的日子都簇拥在白石神周边。甜也罢，香也罢，苦也罢，累也罢，均在不言。窗棂或窗楣上也供上白石神，让他为我们迎接第一缕温煦的阳光，也为我们送走最后一片晚霞。

因为白石神，尔玛人的火也带上了庄重的神性。因为火的神性，火塘也神圣到不可亵渎。修火塘时，我们要点燃柏香净身；安放三角时，我们会用柏香洁手。在三角上我们把火神供奉在上方，把男保护神和女保护神供奉在火神两旁。只有男人和女人不能成其家，有了火家才圆满了。火神的背后供奉着我们的家神，让他们与我们共享火塘的温暖，也让他们为我们守护光明、圣洁、温暖和幸福。

火塘上方有火炕，是生活的需要，也是安全的保护神。赶急时，它为我们烘干水分过多的玉米；入秋后，又为我们烘干少许的核桃、板栗；到了冬天，杀了年猪，火炕上就琳琳琅琅地挂着猪膘香肠、牛肉羊肉。

早晨，我们总是被母爱的勤勉召唤。简单的日子让早晨变得极其简短。火光从楼梯口跳进一楼便引来畜生们早祷似的低语，热烘烘的牛屎马尿也上到二楼来分享我们的早餐。也许是一碗哄骗肚子的玉米汤汤，也许是一个烧得黑不溜秋的洋芋，也许是一碗酸汤养煨着的几坨面疙瘩。但火是上好的火，呼呼地燃着，旗面一样地展开，扯出连绵而上的亮丽峰尖。我们尽可能地把那些成不了席、算不得餐的汤汤水水吃出饭菜的味道，享受着穷困日子的热络。当碗里、锅里、火塘里什么都没有了，我们眼鼓鼓地盯着火，火在说话，我们知道它说了什么。于是，我们起身走了出去。

中午，火塘冷清了很多，和我们没有吃饱的肚子一样死揪揪的没有一点力气。

到了晚上火塘来劲了，像一位凯旋的大将军，只需将手一挥，就把我们全都聚集了。

这时的母亲总是进进出出地忙，烧水炒菜，揉面炕馍。父亲也总是有那么多离不了手的活路，不是编背篼就是修粪桶，不是扎刷把就是打草鞋。火烧大扯竹麻。有火壮胆，我们就不怕。爷爷的故事总是惊险奇诡，讲野牛、马熊、猴子、獐子、野猪，讲山王菩萨、黑山、告山、催山。尽管他讲得攻无不克、战无不胜,我们依然知道他脸上和腿上醒目的伤疤。我们只听不说,怕惹出他"不说了"的话灭我们正长身体的兴趣。

偶然地摆些龙门阵,寨子里的闲话多,都是田边地脚长出的。总也长不出上台面的样子,却总是不停地长。就有了张家的长和李家的短。投机了便把李家的短拉得比火塘里冒出屋顶的烟丝还长,相撞了又把张家的长浓缩到比快燃尽的柴头还短。高兴时,可以把死得硬翘翘的旧事吹得旺火一样毕毕剥剥;扫兴时,又可把活蹦乱跳的新鲜事踏谑成要死不死的一苗火。我们无所谓,只要火的光亮在温暖就在,权当是大人的催眠术。

有时,比如过节的时候或者大人们过生日的时候,少许的酒也会让他们忘形。我们便会让他们教我们儿歌,奶奶会扁着无牙的嘴像两片磨扇似的把儿歌从那里哑摸出来,乳白色的豆浆一样弥散出可人的香味:

青石板,
石板青,
青石板上钉金钉,
金钉上面擂花鼓,
花鼓上面舞龙灯。

我们猜不着这是啥东西,奶奶便指着群星闪耀的天空,一样一样地给我们解说。

爷爷没有奶奶这么清明爽朗的儿歌,他的儿歌逗趣,充满了生活本真的痛。他不好意思在火塘前当着我父母亲的面说,更不能让秽语污了火塘,便把我们叫到别的地方说:

> 妈妈,你莫愁,
> 我在高山老(扛)木头,
> 裤子扯成马笼头,
> 鸡鸡黑成火柴头。

当我们撒野的笑声火一样爆发出来后,奶奶总会骂一句:老不死的。

这样的时候,火塘周边总是有肉香弥漫,有酒香环绕,有无限的欢乐拥抱。

对火塘而言,这当然算不了什么,正如正席前的几碟干盘子,哄哄嘴、开开心罢了。

盛大的时日当然是我们男人的成人礼了。宰了舅舅送来的羊,火塘上的锣锅里炖了羊肉和血肠。羊肉奇异的香味从刚刚散去的泡沫下升腾起来,飞翔出精灵的缥缈。释比为即将成人的孩子念着圣洁的经文祈福,用惯常的放之四海皆准的语言铺设孩子未来的锦绣前程。释比用荞麦面为孩子搓捏三根人形的面棍立于三角上,用具有魔力的经文为面人加持,然后与酥油一起在火塘里烧掉,火塘仿佛增添了几分阳刚和威仪,一根羊毛绳便拴在了孩子的颈项上。孩子便忽然长大了,成了一个男人、一个小伙子、一个真正的男子汉,可以喝酒也可以近女色了。于是,盛大的场面在咂酒和羌笛的悠悠忽忽中铺开。一个男人即将带着那苗火去建造另一个火塘,延续亘古不变的一脉香火。

迎娶是火塘最热闹的日子。我们会把火塘装扮成天空般星月交辉的金星屋,那是我们对新娘的赞美和颂唱。她是天上的金星,闪烁着青春华美而亮丽的光芒。释比的羊皮鼓特别清脆,鼓点韵味十足。他为新娘颂唱《嘎卜勒麦》,把新娘从头夸到脚、从里夸到外。姑娘、小伙们会手牵手锦上添花地唱着:

> 新娘新娘你真美丽,
> 孔雀飞来比一比。
> 孔雀没有你漂亮,
> 留下羽毛送给你。

所有的经文、歌唱、喝彩、尖叫都如干透芯的青冈柴,呼啦啦地在火塘里扯出又高又宽的旗面。这时的火会在开放中笑,笑得前仰后合,笑得浑身抖擞。这天晚上火塘里的火始终是激情澎湃的,和那无以计数的金星构织出浩瀚的瑰丽星空。从此以后，那一个火坑又会生育成长出不知多少个火塘。

　　隆重的场面总会发生在羌历年（农历十月初一），那是我们庆丰收、送旧迎新的隆重节日。我们会在火塘里为每一头牛烧一个十分金贵的麦面圈圈馍，用细绳穿上套在牛的颈项上（我们不直接喂牛），让牛们相互间在目睹中去享受主人心痛的赐予。它们相互望着，目光里盈溢着温情，眼眶里充满了泪水。慢慢地它们靠近了，用舌头相互舔舔，用角轻轻地碰碰，额头吻吻额头，便相互为对方咬碎圈圈馍，慢慢地咀嚼着享受。让馍馍中火的热力和色彩催生出牛的强劲和土地的丰盈。

　　咂酒是我们的最爱。每一个火塘边都蹲着几个弥勒佛一样的坛子。待饭后收拾归一，泡好的咂酒已开始鼓泡，芬芳清冽地氤氲起来，我们便按着规矩依了轮子喝起来，两三盅下肚后，头开始变沉、身子开始变轻时，我们就在火塘边跳起了锅庄。我们唱古老的《仁木查萨》《喜呀纳莎》。起头时，爷爷领舞，慢悠悠的如田园交响如圆舞曲。虽然我们不尽兴，跳不出锅庄的味道和激情，我们忍着，因为火塘边的规矩是神圣的。爷爷无力地退下后，父亲压抑的双脚早就铆足了劲，节奏陡然加快，踢踏腾旋力道厚重。满屋子尘埃四起，火塘里火苗苗壮，地板和楼柱都抖动摇晃起来，连一楼的畜生们都嫉妒得集体抗议。

　　这才是序曲，序曲后人们披着星辉开始串门儿了，都在寻找更浓烈的咂酒、更带劲的古歌、更野性的锅庄。每一个火塘也在等待更隆重的场面。

当人们都被火塘的盛情灌醉后，火塘依然把温暖的羽绒撒落在他们的身上，只有奶奶还没播下瞌睡的种子，不老的心守着她已雪花飞舞的岁数，呼唤又一个春暖花开。

以后有了灶，灶房里有了灶神爷，我们依然把火神供奉在三角的上把位。煮饭的功能移交给灶后，我们还是离不了火塘。我们在火塘边安上火桌子，一家人围坐着，吃什么显得一点不重要，关键是火桌子下的温暖正在火桌子上成长，火桌子下面的光亮正在火桌子周边黎明一样地扩展。

和白石神一起来到我们生产生活中的那一苗火，只知道天上的火，却不知道地上地下也有火。打死它也不相信水里有火、风里有火、树里有火，连气里也有火。更不相信燃比娃这个大英雄费了九牛二虎之力、遭了九九八十一难才盗回的火，如今只一个黑得鲜亮的板子就把太阳的火聚了下来。

这些火没有它那么娇气那么难待候，如家里很不待见的媳妇，喊一声就来吼一声就走。唯独让它欣慰的是，那些火不能熏腊肉，不能化成酥泡泡的灰烧馍馍。老人们惦记它的好，说那些火看起来安逸，就是不上身。没有烟的火也是火吗？不能和天神说话的火能算火吗？又去火塘烧火，让火上他们的身，让烟带着人间百味去天上。上得了天、上得了身的火才是火，是火塘里修炼了千年的火，是在火塘上与我们朝夕相处、共欢乐、同悲苦、知我们心、识我们颜的火,是我们任何时候、任何人都不能污染、不能诬说、不能不敬的火,是神一样的火。

有了楼房的父母不习惯也不喜好电火煤火,几年后又心心念念地重搭了童话般的小木屋,虔诚地修了火塘,好些时候抛开电视扑克,坐在火塘上,泥菩萨一样和那苗猎猎的火说着心事。回家后,我也偶去,打开门后,满屋的火尘让我睁不开眼,但当我坐下来后,那苗火就如五月里成熟的麦地一样金灿灿地呼应了我。有时耄耋之年的父母会烧几个洋芋红苕,火柴头一样放在我的面前,有时他们又会烧一个玉米馍馍递给我。他们只知道我爱吃这些食物,却不知道这是火塘在我味蕾上心灵中留下的美好记忆和无限念想。

我不知道眼前这鼓荡出千层碧浪的大海是否洗得掉我这样的记忆和念想,也不知道装得下海水的海盆是否装得下我们的那方袖珍而充满光亮和温暖的火塘。只恨这十恶不赦的手机,这些年它都变本加厉地做了些什么啊?

它把美丽而奇妙的世界浓缩在里面,把我们的腿变软,眼睛的独步芬芳代替了我们双脚对美的追随、对空间的丈量。它把古今中外的智慧和思想浓缩在里面,让我们的思想失去飞翔的翅膀,锈蚀和抛锚使我们成为智障和心盲。它用外卖滋养我们的懒惰,用背靠背让妻子找不到自己男人舒逸的臂弯。它让孩子的眼睛失去碧波涟漪的光亮,使老人失去孩子们团聚后的滔滔话语,让孤独在孩子们面前更加猖獗地繁衍。它开发出私欲的海港,建造起色情的宫殿。每一个人都在小小的手机里成就小小的我,每一个人都在手机的世界里独立出自己的世界。一家人坐在一起,形同陌路,笑给自己听,演给自己看。一车人坐在车上,谁也不理谁,仿佛都从外星来,连《小王子》里的那条毒蛇都不如。飞机上虽坐满了人,但窗外的云海、天边的云霞都失去了魅力,好像飞机遇难了也与他们无关。

冷啊,与手机的屏幕一样冷。暗啊,和手机没电了一样暗。我们的世界为什么要被它五马分尸?我们的社会为什么要被它屠夫卖肉似的切割。

如今那些时髦的词,一副道貌岸然的阴阳怪气,哪里还有《诗经》的清雅、唐诗宋词的隽永、汉赋的意蕴?

火塘却把我们呼唤在一起、吸附在一起、聚合在一起。该笑时我们一起由衷地开怀大笑,该哭时我们一起痛心地放声大哭。有肉时我们一起分享,有难时我们也一起承担。当我们碰上困难时,我们会说是一个火塘出来的,义无反顾又团结一心;当我们遭遇灾难时,我们会说一个火塘出来的,守望相助众志成城;当我们迎接敌人时,我们也会说一个火塘出来的,同仇敌忾战无不胜。

我不知道千山万壑中有多少火塘照亮了那些山水,也不知道千家万户中有多少火塘温暖了那些人。但我知道所有的火塘都是从那个火塘中走出去的,所有的人也是从那个火塘走出去的。无论多远,火塘都陪伴着。

火塘说小也小,一家人少则几口多则十几口。

火塘说大也大,可以照亮这个世界,可以温暖全人类。

我不知道以后在碰到困难遭到灾难遇上敌人后,我们是不是可以说一个手机出来的,是不是说了这句话就可以力聚心齐、共克时艰。

火塘里的那苗火啊,还给我们绘就了千古不变的锦绣画卷:大漠里的孤烟,村寨里的炊烟,江南朦胧的烟雨。

火塘里的那苗火啊,曾给我们的生活带来多少铭心刻骨的味道:火塘里的馍馍,鼎锅里的面块,火炕上的腊肉。烟熏火燎的日子不仅苍蝇蚊子不敢靠近,屋子也会延年益寿,石头会更硬,木头会更韧,连墙缝里的泥都会更糯。

火塘里的那苗火啊,让我们在被烟熏得泪眼婆娑时依然让稚嫩而花香四溢的儿歌与滚滚而来的浓烟对话。

> 烟啊烟,
> 烟那边。
> 这边鸡屎臭,
> 那边嘎嘎(肉)香。

> 烟啊烟，莫烟我，
> 我是天上的梅花朵。
> 你一朵，我一朵。
> 狗捡柴，猫烧火，
> 老鼠子擀面笑死我。

现在，我面对在阳光下泛着粼粼波光的大海，想问一问：你千万顷的海水，可否浇灭那一苗圣火？

我一刻也离不开的手机啊，你何时才有那苗火普适的温暖？可以把自己的温暖送给每一个人，可以用自己的火光照亮每一间屋。我也是一个不想往回走的人，但我生命中那种族群的社会属性使我向往着集体的温暖，离开了属于我的那个集体，我就会变成被抛在岸上的一尾鱼。

于是，我再次把目光望向海天相接的东方，太阳抖落的那些火团，似乎还在海面上燃烧。猝然间，整个大海都燃烧起来，天空飘荡着浓烈的烟霞，耳畔轰鸣着"嚯嚯"的声响，金黄的火苗延展成一面覆天盖地的旗，升腾出连天接地的华贵光芒。多么伟大的时刻：

一个无与伦比的金色火塘！

一个照亮世界温暖人类美轮美奂的金色火塘！

一个我们永远也走不出去的深情款款的金色火塘！

云中谁着彩衣来

汶川大地震后,许多事都会像钉子一样钉在心里,时不时地还会在上面敲一两下。

2008年7月31日,我正在汶川的萝卜寨检查过渡房的搭建情况,电话铃响了。是我的老朋友高屯子的爱妻颜俊辉女士打来的,她问我在不在成都,我问她什么事。当我告诉她我不在时,她让我赶去成都,说有要紧事与我商量。

这段时间,凡要好的朋友打来电话,总和汶川的恢复重建有关。我马上在第二天便风风火火赶去成都。

见面时,她带着一位气质典雅且韵味十足的漂亮女士。俊辉向我介绍说:"这位是周维彦女士,是李连杰的壹基金的中国理事长。"我当时怔住了。我晓得壹基金,当然更知晓李连杰,但不知道李连杰的壹基金居然有这么漂亮的女理事长,更不知道壹基金要捐给灾区多少钱。俊辉女士看我有些傻眼又有些焦虑,便说:"都还没吃饭,我们边吃边说。"于是,我们就在被成都人戏称为的"苍蝇馆"里,随便叫了两三个菜边吃边说了起来。

维彦女士告诉我，李连杰的壹基金想和颜女士联手策划一个公益项目，鉴于这次地震受灾最严重地都在羌区，而羌区的一些特色文化也亟待保护和弘扬，经考察拟在羌区成立羌绣的公益项目。我粗略地测算了一下，这个项目如果落地，可为十余万羌族妇女在灾后重建中找到生财之路，更可贵的是可以以此将羌绣发展成一个具有民族特色的产业。关键是能借助壹基金这个具有世界影响力的平台，这是梦寐以求的事呀。于是我们开始从机构、模式、范围、定价等方面进行研究，并将项目命名为"一针一线"。

紧接着，我召集大家开会，将茂县、汶川、理县等县政府的分管领导和羌绣大师会集在一起，讲解方案、细化布局、落实任务。一再强调只能办成功，不能搞砸了。

项目就这样启动了，维彦女士十分注重公益活动的目的，要求俊辉和李清秀女士以及所有参与其间的人都不得以营利为目的，所有壹基金给绣娘的钱一分都不得截流。俊辉、清秀以及颜二姐她们日夜辛劳奔走在成都和灾区之间，余震的恐怖、高山的艰险、深沟的泥泞从来都不能成为她们停下来歇一歇的理由。在她们的精心组织和艰苦付出下，"一针一线"在金沙博物馆正式对外亮相。

当时记者云集，媒体熙来攘往，中央电视台、凤凰卫视等也慕名而来。几十位应招的羌家女子红艳艳地站在台上，头上清一色的"一匹瓦"，用阴丹蓝折叠起来，外层用丝线绣成金黄的边花，两条用青丝线编成的假辫子将其捆扎在头上，使"一匹瓦"翘铮铮地呈出异样的舟形。小珊瑚球环形而坠，再辅以全穗子的耳坠随了头的动摇而摆动。水红色的大满襟衣袂让边饰的花纹下坠得直直的，绿帮红花的云云鞋如小船沐着朝霞歇息在大海上。所有的镜头都朝向她们，像震伤后的康复，又如抑郁中的慰藉。仪式快结束时，她们便齐刷刷地一起走向舞台的中央，手牵了绣帕，做着舞蹈的羌绣，一针一线、一线一针。当针由外向里穿引时，几十瓣花叶相闭而来，舞台上便成就了一颗花蕾的甜梦；当她们将针线由里向外牵引时，她们的身姿随了针线向外舒张开去，如正在开放的花朵，把所有的美丽都装点了舞台。就这样，她们不断地在开开放放中完成着一个羌族绣娘的美轮美奂。当晚，她们美妙的开放在不同的电视台，轮番成为新闻也成为花絮。

几个月之后，便有五万多人加入"一针一线"。俊辉和清秀她们的团队，翻山越岭、涉水攀岩，不遗余力地把所有绣片按时送到一村一寨的那些绣娘手中，绣娘们又将绣成的绣片交回她们。就这样，在一去一来中，一针一线成就了灾区数以万计妇女的重建梦想。工余劳后，她们拿起一针一线，老绣娘精技娴能，新绣娘走针过线，一个月下来，多者收入四五千，少者也可赚三四千。一张张绣片带着灾区妇女的汗水与寄托，带着重建的千万心愿从一座座石头房子、一个个石头寨子中飘飞出去，连缀成一件件彩衣、一条条头帕、一张张围腰、一根根飘带，以至于一个个香囊、一双双云云鞋穿在成都的宽窄巷子里，捆扎在上海外滩黄浦江的码头上，走在广东的白云机场的廊道中，在中华大地上构织出一片瑰丽的天空。

冬天不期而至，龙溪羌人谷的冬天高扬起严寒的旗子。旗面被风展开，吹出虎虎生气。

2008年11月下旬的一天，羌人谷的深沟大山被太阳沐浴着。上午十时，几辆越野车停在了龙溪乡背后的半山腰上，李连杰先生从车里下来，在颜俊辉女士和乡党委书记刘国平的陪同下，兴致盎然地向俄布寨走去。当他看见坍塌得手脚异地的路，七歪八倒的民居，被撕裂得遍体鳞伤的山体，他的心情更加沉重了。但他做"一针一线"羌绣公益的意志更坚了。在海拔两千多米的山坡上，李连杰先生以他少林武僧的体魄和少林小子的毅力，用近两个小时跋涉到达俄布。全寨的人用粗粝的双手、亲切的感谢、热切的泪水接待了他们的恩人。他们围坐在一起，用羌人的老腊肉、老白干、老盐菜和这位世界级的人物在简陋的过渡房中共进午餐，被寒风扬起的风沙、被风沙磨砺的生冷，始终都难以冷却先生与羌人温暖的话。

"你们都知道'一针一线'吗？"

"咋不晓得呢？'一针一线'为我们送钱呀！"

"一个月能挣多少钱呢？"

"不一定，多的三四千，少的也有两三千哩。"

"是不是少了？"

"不少、不少，都是抽空绣的。感谢你这位大恩人！"

桌上谈桌下谈，路上谈房里谈。李连杰先生不让自己闲下来，和一个人拉着手谈，和几个人蹲在地上谈，与一屋子人坐成圈子谈。谈到伤心处他也苦在心里，谈到高兴处他也乐在脸上，俨然一个屋檐下的亲兄妹，俨然一张绣帕上的两朵花，甚至于花儿纳吉中的一对人。

临走时，他又将一沓沓还未开绣的绣帕发给每一位眼泪汪汪的绣娘。人们望着他，他却低着头。好不容易才把绣帕发完，人们舍不下他，将绣帕往地上一放，从怀里、从衣包里取出花香四季的鞋垫双手捧给他。他身子躬得那么低，人们双手举得那么高。

"恩人啊，一点点心意，请您不要嫌弃，一定收下！谢谢您！"

"我们房子修好后请您再来。"

一双双红黄青白的鞋垫夹道开出的花径从李连杰先生的面前延伸出去，他如采花的笨人抖抖擞擞地一朵一朵采下。当他好不容易来到车前时，人们挥舞着双手，一次又一次地说着谢谢、再见、请您再来。先生真是走不动了。

还是走了，他一定从羌人谷那条伤痕累累的路上，又一次看到了那些云朵上的人们，看见了她们飘曳在寒风中那么鲜艳的衣袂、飞扬在天空下那么瑰丽的腰带、踩在大地上那么富有生气的云云鞋。也许，他已将这样的服饰带到了他走过的所有地方，为他升腾起五彩的祥云。

李连杰先生这一次穿越生死线的穿针引线，又一次愈合了一颗颗伤裂的心、缝合了一座座破裂的石碉，让更多的羌家妇女加入进来，用她们灵巧的双手绣天绣地绣生活绣幸福。

2009年10月，刚成立一年多的"一针一线"在上海外滩二号举行时装秀，我和欧阳梅、王晓琳、王蕾三位女士应邀前往。壹基金的维彦女士和"一针一线"的俊辉女士以其独到的构思、大胆的创艺和高妙的设计将羌绣亮相于国际大都会上海。

当我一脚踏进时装秀的大门时，琳琅满目的羌绣便拥我而来簇我于中。精绣的羌装挂在洁净的墙上，有的用针固定下来，翩跹在过道上；有的用模子举着，飞舞在廊桥中；有的被穿着，行进在灯辉下。金色的山林、圣洁的雪峰、碧丽的流水一齐搅动起一幅幅大美的羌山圣景，刮起清新的羌风，氤氲起美妙的羌韵，"一针一线"把羌寨和上海天衣无缝地缝在一起了。我走过去与周维彦女士拥抱、与颜俊辉女士拥抱，坐下来享受着羌绣的华贵和壹基金的光辉。我希望与李连杰先生握手，代表一个民族向他致谢，但他因其他重要的事没来。好生失落的我，敬佩之情并没有一丝丝减少。

当我被东方电视台著名主持人点名上台时,我的眼泪下来了,像那些羌绣一样五彩斑斓,也像一针一线一样串珠成景。我不知道说了什么,但我肯定说了李连杰、说了周维彦、说了颜俊辉。在这样的心花怒凋中,我听见了歌唱家朱哲琴的歌唱,她是"一针一线"的形象大使,她是羌绣的品牌推销员,她用自己的金嗓子如莎朗姐那样为羌人造福送吉祥。

时装秀开始了,一个个模特儿穿了赤不苏的羌装、三龙的羌装、桃坪的羌装、龙溪的羌装,包了黑虎的头帕、永和的头帕,脚蹬蒲溪的云云鞋、小姓的云云鞋,庄重地从走台上向我们走来,高挑的华彩扇起一缕缕的海风,曼妙的身姿划过一页页春韵,款款的猫步带出一滴滴秋露。我在目不暇接中泪眼婆娑。何曾幻想过羌装可以在上海滩潇洒走一回,何曾奢望过羌绣可以在国际大都会实实美一回。

这一场由羌风羌韵主导的时装秀还带着一丝丝挥不去的震伤,却也迸发出一种文化感召、一种血脉相融和一种家人间的相亲相爱。

夜宵时,我有幸和谭盾、朱哲琴坐在一起,我知道大恩不言谢。交谈中,谭盾先生说羌族的多声部是世界上最好的多声部,我马上邀请他去羌山羌寨,多么希望他也把羌族多声部这朵艺术奇葩带出去呀。然而,时至今日,他因种种原因还未来,我不免唏嘘。

就这样，李连杰先生将数以万计的羌家妇女变成了"一针一线"的绣娘，使她们成为弘扬民族文化的使者。维彦女士、俊辉女士、清秀女士让几万绣娘站在壹基金的云平台上，花枝招展地秀她们的技艺、秀她们的心愿。

十几年过去了，我去宽窄巷子俊辉女士的售场看过，我到清秀女士茂县的绣房看过。不管在哪里，我似乎都看见羊角花一样的羌家女子微笑着向我走来，看见李连杰先生带着微笑向羌山大地走来，看见维彦、俊辉、清秀、颜二姐向我走来。

我看见了四季的锦绣，我闻到了不凋的花香。

巴丹吉林沙漠的马帮汉

　　巴丹吉林沙漠，你是披着金发、裸着胴体的幽灵吗？你是涂满圣油肌肉块垒的鬼魅吗？抑或你只是一峰永远处在发情期的雌骆驼，以你焦虑的呼鸣、狂乱的奔跑，吸引了那么多比雄骆驼还狂野、桀骜不驯的男人向你倾吐他们的衷肠、展示他们的勇毅、高扬他们的爱恋。就连我这样一个退休的人，都为你的千姿百态、千变万化、千峰万壑以及隐匿于狂野、锋利、凶险之中的幽深柔情所迷醉。

　　2022年9月22日，在几位朋友的多次鼓动和催促下，我和四川马帮的徐大爷和诚信商道①，从成都出发，疾驰1400公里，在穿越了巴丹吉林镇至沙漠核心区后，于次日凌晨6点抵达蒙古汉子金塔的营地。1300公里高速路的疲惫和倦怠，全被夜幕中的巴丹吉林沙漠洗刷得干干净净。那么深邃而浩瀚的宁谧和孤独，仿佛是我一生的寻觅。我在心里呼唤着蒙古同胞的长生天，

---

　　① 诚信商道，为马帮名。

向往着能有巴丹吉林沙漠似的余生。

月　亮

　　那天，天空并不高，星星被薄云隐去了，正如肆虐的疫情吞吃了所有人深秋出游的兴致一样，让世界充满唏嘘和惆怅。两辆吉普牧马人的"撒哈拉"在风沙弥漫之中优哉游哉地缓慢行进，挡风玻璃顶端新装的灯带，将沙尘描绘成风暴，增强了视觉的紧张和迷茫。厚重的夜将沙漠包裹起来，即使在灯光的照射下，依然看不清沙漠的容貌、躯体、情颜。只听见风的高亢歌吟，看见沙的曼妙舞蹈。两辆"撒哈拉"就这样走走停停、上上下下，把这身心刺激得生机勃勃。只有找到牧民的路后，才可稍稍安适一小会儿。然而，风暴重塑沙漠的事不断在发生，路也会不断地淹没在流沙之中，徐大爷凭着老到的经验和不断切换的奥维地图的导航，才在绕过去爬过来中没有迷路。两小时后，我在徐大爷的纵横驰骋、上下跌宕、惊心动魄中麻木下来。我懒得去细看被灯光勾勒出来的险峰危崖，也懒得去想随处可见的大坑深窝，死就死个坦坦荡荡，也落得一个好名声。于是，我举头望天，相信天空会给我抚慰，把平安的符咒交给我。

　　天空对应着沙漠的浩瀚和深广，也对应着我的寻觅和向往。薄薄的白云中现出了几颗幽魅的星子，笑盈盈的十分安详，我的心倏忽间踏实下来。然而,在并不簇拥的星光中我没有找到月亮。我知道这时的下弦月应该是纤瘦而清丽的,曲线似的微笑更能让我在巴丹吉林沙漠找到心安和惆怅的歇息。

远远地在我左下方,似有一抹灯光,斜斜的,晃晃悠悠。徐大爷在我忍无可忍时说过,只要看到灯光,目的地就到了。我想我们快结束这次要命的旅行了。

"终于快到了。"我出了一口长气。

"还早呢。"

"不是有灯光了吗?"

"大哥,那是月亮。"

"月亮咋会在地上呢?"

"沙漠里看月亮就是这样。"

我这才凝视这飘然于沙海中的月亮,樱桃小口似的笑着,笑得青春、朴素、雅致,弯弯地对着星空,弯弯地对着我的心境。我真正感到了一枚笑在沙漠中、在星空下之于我的妙处,在黑夜中、在恐怖下之于我的光亮。我怎么不紧紧地抓住她,让她的倩笑为我铺上忘我的眠床呢?

然而,当车子一头冲下沙峰时,那枚深夜里下唇线一般黄澄澄的笑不在了,仿佛被车头撞碎成尘埃落在沙漠中。我百般失落地四处搜觅,什么也没有,只有惆怅如水而涨。不知车子又舞出什么样的妖冶,那枚笑又出现在我的右边,仿佛很近,似乎她咧嘴的声音可闻，她拉弯的唇线可视。但这次她把嘴笑斜了，歪歪的笑只把唇线的底部对着我，如托着所有的星辰，沉甸甸的都快托不住了，似乎再有一枚两枚星子坠入便会洞穿。当车头昂首跃上又一座沙峰时，那枚笑又躲我而去了，不知藏在哪一峰骆驼的峰间待我去访。其实，她并没走远，在我的身后，握了满把的星子掷光于我，让清凉的夜有了叮叮咣咣的响声。

就这样，她时而跑到我前面，时而又躲在我身后；时而咧嘴于我左，时而又挑唇于我右。正对我时，樱桃小口香气清幽；斜望我时，有些顽皮的傻气惹人怜爱。千娇百媚都由心生，左顾右盼似从情出。直到我真正看见营地的灯光时，便再也找不到那枚倩笑了。

天上的星子更多了，多到密密麻麻的无以计数，似乎再也没有月亮的位子，但那满空的清辉都浸润了月亮的笑意。

突然就想起了家乡的一首儿歌：

> 月亮月亮跟我走，
> 我给你倒烧酒；
> 烧酒有点辣，
> 我给你炒黄瓜；
> 黄瓜有点苦，
> 我给你煎豆腐……

是一种生活的相知和情感的依恋。

实在是困得招架不住了,实在是找得太久了,现在我的周身都是那枚笑的吻痕,我要紧紧地拥着她上床了。

菜 园

月亮和我上床后把我搂得太紧了,像情人初恋时的拥抱。她邪歪歪的笑和痴呆呆的神情一直折磨着我,以至于把我坚硬而沉重的困倦都揉碎了。她的笑靥变成了滋润而幽秘的沙坑、沙窝、沙穴,她优美的唇线变成了沙脊、沙峰、锅沿,她的斜口变成了重峦叠嶂的沟壑深谷。我如一个纵欲过度的男人躺在只可容身的小床上,让沙漠中珍贵的夜露把我打湿。

巴丹吉林沙漠这幢金碧辉煌的圣殿里的晨钟是由太阳敲响的,我依然在月亮和沙漠的双向作用中起床。让我向往的躺下并没有放倒所有的恐怖,而是变本加厉地增强了那样的恐怖,方知"后怕"并不是说着玩的。我要在光天化日之下清清楚楚地去看看我是从哪里走过来的,沙山究竟有多高、沙峰究竟有多利、沙坑究竟有多深。

以前我去过塔克拉玛干沙漠和腾格里沙漠。在塔克拉玛干沙漠上,我专注于那些正走向深秋的胡杨,惊叹于两位四川老乡在那里守卫黄金般绿色的信念。几十年里，他俩被风沙催老了容颜和白发，每一条深刻的皱纹都如胡杨粗粝的树皮上坚韧的褶皱，散发出一种不屈的力量。我没有看见翻江倒海的沙波漠浪，也没有涉足蹉跎参差的沙谷漠窟。在腾格里，太多的游客把沙漠当作一块黄玉把玩，连那些骆驼都要像沙丘似的，要么驮着游客走着生活的猫步，要么斜卧在沙地上，半闭着眼等待另一次吆喝。朋友们总说巴丹吉林沙漠与众不同，我是在夜里丢了贞处的，却不知征服我的黑脸歹徒长什么样子。

果然不同凡响，眼前的一切颠覆了我对沙漠的认知。在营地的四周，座座沙山向天而去，高大巍峨、挺拔陡峭、连绵不绝、起伏跌宕。太阳给沙山披上金灿灿的晨衣，让其更具阳刚之气。我没有方向感，失去了关于信心和尊严的所有底线，无论从什么方位都辨不明我是从哪座山上下来的，不相信汽车还能从那些山上开出来。正如我不相信汽车可以从没有路的四姑娘山爬上去，从海子沟开出来。但我的确是从某个方向的山峰或壑口开到这里来的。两辆红色的吉普"牧马人"就在那里，除了比出发前多了些金色的沙尘外，毫发无损。

我想，我是再也不敢上"牧马人"了。我这样的人生来就不是与沙漠共舞的人，我这条小命还有几十年的光阴，我还要去非洲大陆看角马迁徙，到南美去看亚马孙河里的鳄鱼，到北极去欣赏绚丽的极光。虽说人生无处不青山，但沙海里永恒的寂寞是我三生也消受不了的。

营地的周边有几棵树冠浑圆的沙枣，还有几棵枝叶翠绿的白杨，更多的是造型奇特的梭梭树，它们都在这浩瀚的深秋中孤守着属于自己的那份寂寞和荣耀。沙枣落在沙上，浓缩着果实的干涩，树上的沙枣累累地在枝叶间，橄榄绿的叶片簇拥着沙枣。我伸手摘下几颗，红得十分老到，比枣子的朱红更胜几分，貌似汁水饱满，想必可以满口蜜汁，沁润心脾。殊不知，丢进嘴里，老到的枣皮如脆弱的腐纸自行破裂，枣肉已失去所有水分，松散如细沙满口爬窜，只有近核处才粗略地感觉到有一点肉的绵软，倒是那一股弥漫在口腔里的酸涩像要驻留。

营地的西面有几棵钻天杨感召着我，我被这样的生命高歌诱惑着，根本不相信在沙漠里还有这么壮美的生命，临近时我被又一景震惊了。天啊，那是什么，在沙山对映的颠倒中没有了水的肤质，空明澄澈如虚空的湖水静静地把所有的一切揽入。我伫立在那里，我没有任何权利去惊扰这水天一色。水沙一体的自然胜景，只有凝眸，只有惊讶，只有拥它入怀。待我轻移莲步，深入到那棵枝叶无比繁茂、果实无比丰硕的沙枣树下时，我才看见了一个较完整的湖，湖岸被茂盛而密实的芦苇护着，外层是白杨和沙枣，在四周的沙山中如一位碧衣女子心无旁骛地打坐在那里。难怪太阳总是打她头顶横越，月亮总是从她臀下滑过，满天的星斗总是落入她的胸怀，四周的沙山总是守她如卫。

就连名字都意蕴深远,美美与共:骆日图。

这样的湖在巴丹吉林沙漠有一百多个,它们吸纳着沙漠的盐分,结晶着沙漠的碱液,以其绿色的诱惑点缀着那一块土地,为沙漠添加着和谐的柔美。

这样的美在蒙古包后面的一块袖珍菜园里,显得更加异妙。正如我陡然看见骆日图的惊喜一样,我惊诧于这一小块充盈了生命中妙趣横生的菜园。

菜园用树枝形式的篱笆围就,呈南北向的长方形。虽已深秋,园里的辣椒、番茄、茄子、沙葱、西瓜等植物还绿油油着。茄子已变异成与辣椒相差无几的个儿;番茄虽小,但圣果似的可人,它高调上架,红艳艳的;西瓜藤上结着三个瓜,一大一中一小,大的像临盆的女子,成熟在自己的丰韵中;辣椒最是命硬,在不卑不亢中让红彤彤的果实抵御了沙漠所有的磨难和摧残。洋葱被挖出,葱苗还未剪下,块头虽小却坚硬饱满,呈现出抗争的朗朗硬气,弥散出生命不悔的红色基因。只有沙葱,一枚一枚钢针似的独自生长,蒙蒙的碧绿中仿佛听见水的流响,那份自在和安适让我都歆然羡慕。

我好奇地踏入菜园,抓起一个洋葱掂量,沉甸甸的如铁蛋,密实中充满了超自然的力量。我知道,那是苦命抗争的悲壮胜利。我极度欣赏地抚摸着羊粪蛋子似的茄子,小小的个子焕发出靛紫的光芒，袖珍成艺术的神圣，仿佛在告诉我，生命的本质不在于大小和高下。我凝眸于琳琅满枝的辣椒，亮丽的沙红中泛出骄人的豪气，我知道这是一种不可战胜的辣，具有特殊的秉性。我摘下两粒纽扣大的番茄，爱不释手，细腻的表皮润润的，有种釉彩的光亮。我放进嘴里，厚厚的果皮在舌齿间鬼魅地滑动，里面的甜正在糖化，带着沙砾的粗粝，是一种沙漠独有的甜，让心灵感到震慑和惊战的甜。再蹲下摸摸临盆的西瓜、纤丽的沙葱，体味着不同形体的不同味道，幻想着生命的千奇百怪。

园里有两棵枣树、三株葡萄。葡萄没有藤架，蔓细短、叶片肥厚，我用手去触摸它的柔弱却告我以遒劲坚韧。枣树上结满了枣子，乌溜溜地红着，讨一粒品尝，有枣味但无蜜汁，果肉虽未腐去，却也绵燥得有些时候了。

遗憾的是我没找到一粒葡萄，哪怕小到如沙枣，哪怕青稚得刚去花蒂。离去时，我又仿佛置身于吐鲁番的葡萄长廊中，迷醉在难以超越的甜蜜里。

这样的甜蜜还应该属于那只鸟，那只白头鸭：它用一只纤秀而有力的腿，在沙地上为我走出一串人字脚印。我不知道这是长生天对我的警示，还是巴丹吉林沙漠对我的诱导。

这些如王昭君、文成公主一样的蔬菜和水果，这些蔬菜一样的昭君和文成公主，她们是在生长美丽的故事和传说吗？

一爿小小的菜园，我以为胜过世界上所有的沙漠。

书 记 锅

一天后,四川马帮又有几位新朋友到来,他们是狼牙、回忆、永不骗你和老汪。回忆的车上写着:一念既出,万山无阻!永不骗你的车上写着:越野越男人,越男人越野。老汪开的是庞巴迪,一种线条似的越野车,甲壳虫一样,没有前后挡风玻璃,也无左右车窗,几近于虚幻。

六台车的探险队,在沙漠中可谓恰好。车太多,难免品牌不一,技有高低,车坏难免,翻车也难免,拖车救护更是难免。这么多的难免均会发生在少数车上,又难免影响车队按计划行进,切断翻越攀爬的流畅,拆散连续的高度紧张和刺激,使高涨的荷尔蒙受到要命的压抑。

昨天上午,面对群峰竞雄的沙漠,我的腿发软,决心不再去享受这份高贵的爽快。但那只独脚鸟和那块菜园里的所有植物似乎都在向我暗示和告诫什么。两千多里的奔波,不就是为一个"险"字、不就冲着一个"爽"字吗?一个男人,在任何艰险生死中都不能丢弃自己的目标,都不能随便毁改自己的初衷。更何况已在漫漫人生路上摸爬滚打了大半辈子的男人,向生而死,死又何憾!于是,我把我的怯懦和恐惧封存起来,装出勇士的无畏,爬上"牧马人"直奔沙山而去。我在心里悄悄地对徐大爷说：兄弟，这一百多斤就交给你了，你要让大哥出着气回来呀！

离开营地，一群脱缰的野马便狂奔起来，它们首尾照应，踩死油门，向着高峻险恶的沙山冲去。我双手死死地抓住把手，两眼瞪得大大的盯着前方。徐大爷一会儿像箭一样冲向沙峰，一会儿又老牛一样慢悠悠地滑下谷底。这样的热身已让我汗湿衣背，后悔不已。他却说：这些小 case 先让你适应一下，等会儿你的紧张一过，胆子打开了，我们再玩刺激的。我想了很多话，但不知从何说起，也不知怎么对他说，干脆不说了。

果然，他带着大家向对面的大沙山冲锋而去。当他从一口大沙锅底部开足马力冲向山峰时，还未到顶，汽车的动力见底。只见他顺势一打方向，"牧马人"便掉转车头再次冲向锅底。我的心，在惊叫中濒临死亡。他只说，大哥不怕！我怎么不怕呀，汽车并未在锅底停下，而是更疯狂地向对面的锅壁冲去。快爬上锅沿了，再掉转车头，以更加狂野的速度向锅底射去。快飞起来的"牧马人"已让我彻底无语，我只好眯上双眼，任由这黑暗把我抛下抛上。然而，汽车愤怒的吼叫和剧烈的震动，牵引着我身体中的血液直冲脑顶，牵扯着我的每一根神经直到极限。我不知道是不是还经受得住一次轻微的抖动和汽车更猛烈的怒吼。仿佛我正在走向刑场，正在自我毁灭。口口声声不怕死的人啊，当你真正被死亡拥抱时，你是不是分娩了快意无限的幸福？长生天啊，只要你保我平安，我一定会还你以礼，跪你以谢。

汽车不断地在震动跳宕中晃晃悠悠地艰难上行，仿佛已快呼出最后一口气。但愿它马上断气，停留在沙坡上，我将滚出来平复我现在的一切。

我知道现在的徐大爷双手紧紧地抱着方向盘，胸口轻伏在上面，右脚已快踩破油门，像一位圣医正从汽车上牵出接续的气。汽车又轻微地抖了几下，车身又摇摆了几下，引擎的声音渐渐地恢复，接着是回光返照似的一声爆吼，汽车陡地冲上了沙峰。我不知道峰的另一边是什么情况，只希望沙坡不高，坡壁舒缓。更希望有一个救苦救难的平台，那样我便可以在沙台上躺一会儿，让热乎乎细溜溜的黄沙为我医治脚耙手软，让金灿灿的阳光吸干我的汗水，给我以钙和力量。然而，巴丹吉林沙漠是不解人意的，长生天是不听软语的。当我勇敢地睁开满目的恐惧时，我傻眼了，呆神了。妈呀，多长的一块陡坡呀，斜度超过八十度，不要说车立不住，就连人也休想站稳。更让人心死的是，那么宽大陡长的一面生死沙坡，居然没有一个车辙印在上面，这说明什么呢？

徐大爷冲上沙峰，毫无惧色地快意当前。汽车在刀锋上奋力地冲了几米，我多么希望兄弟不要滚过这已让人千刀万剐的刀锋啊，哪怕再回到锅底，原路返回。然而，他却在刀锋上玩命似的摇头晃脑地前进了三四米后，车头一侧，向陡坡驶去。

我再也不敢眨一下眼皮，即使死，也要死个明明白白。

车速虽被徐大爷控制下来了，但车身几乎是垂直地悬爬在沙壁上。我双手攥紧把手，身子不由自主地前倾。尽管徐大爷不停地说：大哥，不怕，没问题，放心好了！但我的脚趾死死地抓住鞋底，手心和脚板心里冷汗淋漓。我看着他更专注地把全部身心都集中在手上和眼中，身体几乎全压在方向上，生怕它乱动一分一毫。眼睛睁得快眦裂了，一眨不眨地愤怒地恨着什么。他越安慰我，我越怕，好像是逆着狗毛往后抹，不仅会激怒狗，而且还会遭电击。

更难以把控的是，沙壁上有草饼。一丛丛的骆驼刺、甘松草手牵手地在下边联袂设下陷阱。挑战沙漠的勇士们，他们最惧的就是下陡坡时的草饼子，它们破坏了沙坡均匀的松软，打破了承载的平衡，只要汽车在轻微地跳动中失去勇士们得心应手的平衡，翻车自然而然。这些草饼子会在翻车中加剧滚翻的速度，不断增加破坏的力量，后果当然不堪设想。

你想象不到，车怎么可以开到这么慢，车怎么可以竖得这么直，居然要魔术似的让流沙粘住。多好的胶力，多好的流淌，如硅胶似的一切尽在明澈的舒展中。

我连汗都流干了，所有的话都被吓跑了。

徐大爷铁青着脸，神情如板结的盐碱，抱着方向盘的架势如老年得子的父亲抱着梦想一般的儿子。一个一个的草饼子如失手魔鬼似的向车后不甘心地退去,一朵一朵绿荒荒的草如高天之云幽灵似的不死心地往高处爬去。我的心也被这些铁钳般的爪子揪着离我而去。时不时地总会有一苗草让车身缓缓地旋一下,不要小瞧这轻缓的一旋,完全把人旋得天昏地暗,旋得灵魂出窍。惊魂未定时,车屁股又会扭动起来,虽不至于晃荡,却是要命地拉斜,这种微斜要是不能马上扳正,车身立刻侧翻,并迅速地打滚。就连"5·12"汶川大地震都毫无惧色的我,也手脚冰凉,心冻神僵,完全找不到半点儿松弛和舒张,自由自在早就死在我之前了。好在徐大爷每次甩摆、每次滑溜他都可以临危不惧、处变不惊,恰到好处地制止,让车身始终保持了笔直的下行,让车轮始终滚动在软沙之上,实在绕不过去障碍时,也让其以最安全最保险的速度穿过。

终于下到底了,我的筋骨早就稀软如泥了。徐大爷将车开到平台上,跳下车,为我打开车门扶我下车,我几乎是高位截瘫一样滚下车来,一屁股坐在沙地上,身子稀软得快瘫在沙上了。

回望那面沙坡,几百米的无尽煎熬,才知道"勇敢"二字是怎么写的,才晓得"英雄"二字是怎么读的。再次惊骇于还在徐徐而下的那几台车,它们有的沿着徐大爷用生死之勇压出的车辙蜗牛似的走来,有的在滚刀锋时不到位而不得不自行其道。从未看见汽车居然可以开得比老牛拉地还慢,从未听说越野车居然连一个拳头大的草饼子也不敢越。难道"慢"也是"野"的必然,正如死是生的必然一样?

待大家安全到达平台上后,跳下车来,有的说太刺激了!有的说真过瘾!也有人说:老子脚都打闪闪了。徐大爷向"脚都打闪闪"的人竖起大拇指,"兄弟,干得漂亮!"被称为兄弟的人嘴又臭起来:"不然,咋敢跟徐大爷超呢?!"

所有的人都为我点赞,有说"大哥就是大哥"的,有说"这才是大英雄"的,还有的干脆调侃我:"日得起壳子吹得起牛!"受之有愧,只有我自己知道,这时我的腿还在发抖。他们的话并没有立马为我支撑,让我硬硬朗朗地充塞于天地之间。

我知道徐大爷不怀好意,也知道兄弟们居心叵测。但我既留不下来,更回不去。只有硬着头皮死心塌地地跟着他们往前走,和他们一起越沟飞壑,和他们一起滚刀锋煮锅底、攀绝壁冲深谷。怕有什么用呢?既然已经破了胆,就让胆汁润泽沙漠,就让胆肚吞没沙漠。要成为女人,就必须破处;要成为勇士,就必须破胆。

休息一会儿后,我的腿不再打闪闪了,我的心也活泛起来,全身的肌肉开始松弛和舒张,所有的器官都渐渐地恢复至自如。奇怪的是,当我再次爬上"牧马人"后,沙峰、沙脊、沙坑、沙锅仿佛已失去它的威力和恐怖,变得柔和而壮美起来。徐大爷一声"出发",引擎又狂野地吼叫起来,向着更大的沙山鱼贯而去。恐惧以后的紧张正在离我而去，迎我而来的是舒张中的自如。我随了徐大爷的左冲右突而自如倾斜，让身体柔软地游弋出随心所欲的摇晃。上高峰时，我是横刀立马的骑士；滚刀锋时，我是戏波冲浪的白鲸；下深谷时，我是蹄稳身健的岩羊；爬锅壁时，我是行稳快进的壁虎。只要不怕便生快感，只要放松便有愉悦。虽还未到享受的程度，但我毕竟被解放出来了，征服的冲动正在穿越中生出羽翼。

下午两点，我们到达了目的地——书记锅。

书记锅，是村支部书记为了满足这帮人的挑战精神和探险需求，历千辛万苦和千难万险找到的一口极具挑战极限的沙锅，因此被挑战者们命名为"书记锅"。

我们到达锅沿时，已有好些队伍驻足于此。由于锅壁太陡且壁上有障，因此根本看不见锅底。更多的挑战者是来此欣赏和观摩的，下去后很难从正面爬上来，十之八九都只好在征服不了时选择被誉为逃跑路线的另一面驶出。

我们一共六台车，徐大爷知道上不来，又怕当逃兵坏了大爷的名声。虽然不是技术和胆识问题，家伙不硬气，马力不够，但行内人总有胡说八道的，何况坏名声的乌鸦嘴从来不少。六人中当然也有希望弄出个火烧天的立一个人人敬仰的牌子，要是能弄一个超过徐大爷的，在四川马帮乃至全国单独树出一面呼啦啦的旗子岂不功成名就？狼牙、永不骗你和老汪便下到锅底，一并冲向对壁，再由对面飞身而下，希望速度带出的力量可以弥补后劲的不足。狼牙上到一半便掉头而下，再鼓劲攀得更高，再加快速度俯冲，拉高，如此几次，都是我们还未看见车头又折返了。永不骗你精明地设计了自己的路线，他没有直上直下，而是攀高后，斜刺里绕锅壁，以距离的拉长降低沙壁的高度。只见他如一道红色的闪电从对面杀出，划着一道优美的弧线冲我们而来，真的就杀了出来，还有不到十米，他就成功了。但书记锅不会轻易让你成功的，不说十米，哪怕一米也是终极挑战。最后，永不骗你不得不在力不从心后掉转车头向下扎去，如此三次，一次不如一次，最后只好和狼牙一起选择逃跑路线，英雄气短地绕道归队。只有老汪的庞巴迪鼓足铁齿铜牙的瘦劲，发出歇斯底里的狂吼上来了。人不可貌相，车也不可貌相哩。在这里，上得来就是大爷，就是真理。

　　徐大爷在预谋着谁也不敢为的大爷的挑战。他来书记锅好几次了，每次都眼巴巴地望着。这口锅销蚀了多少"牧马人"的斗志，打消了多少人的念头。把那些从来就煮不烂炖不垮的英雄豪气打得落花流水。有几个人敢拍着胸口高吼一声：书记锅，我来了！

　　他的计划和决心让他喊了出来：哪个敢跟我一起爬锅边！

　　连屁都听不到一个。

　　谁都知道这不是玩心跳、玩刺激、玩荷尔蒙直射脑顶，而是玩命。

所谓爬锅边，是驾着车沿书记锅的内壁最接近锅沿的沙壁环跑一圈。因锅壁本就斜着，坡度在七十至八十度之间，最陡处接近九十度，车身几乎完全横贴在壁上，操作上稍有不慎、技术上稍有生涩、动力上稍有欠缺，都会导致车翻甚至人亡。更何况，对面的锅壁上草灌丛生，凸凹连绵，只要有一个抖动，都会危及生命。弄不好徐大爷的牌子就让自己砸了，但他血液奔涌的脸上不让自己回返，哪怕掉在锅里，也会人生无悔、英雄无憾！

他对我说："大哥，这个你就不要去了！"

我的所有恐惧荡然无存，我是和徐大爷一起从成都来的，我们一起仰望过巴丹吉林的星空和月亮，一起畅饮过四川的好酒。徐大爷比我小近十岁都不怕，我不早活够了吗？一个人不能因为危险而离开另一个人，同路不失伴不仅是一种相守。既然是挑战，就应有挑战的样子。挑战成功，对人类是一大贡献，对沙漠是一次征服，对自然是一次深入。即使挑战失败，那又怎样呢？我挑战过，人生会更精彩！

"我要去！"

兄弟们都劝我算了，他们是好心和真心。但我也是真心，真正的男人是不应该留下笑柄而使人生残缺的。

我边说谢谢，边往车上爬！

我俩出发了。那么多担忧的目光投注过来。

徐大爷先把"牧马人"开到锅沿另一边的锅壁上,从迎风面跃上锅沿,随即滚过锅沿,斜挂在锅壁上。

两天之中,在不断地翻滚、冲锋、旋转、下行、挂壁中,最让我心里不踏实的就是挂壁。那样的斜挂无论什么环节出哪怕小小的一点差错,都会翻车掉坑。

徐大爷让"牧马人"疯狂地在壁上冲起来了,他全神贯注,颈上额上青筋鼓胀,脸色如沙枣皮绷得很紧,踏油门的脚全力踩死在油门上。斜挂的汽车如被火烤着的壁虎,哪里敢稍有等闲,全速前进。然而,往下掉屁股也实在难免。好在宽大的轮胎和深刻的轮齿具有较好的抓爬力,几次甩摆和滑震都让徐大爷的沉着应对消除了,但汽车多多少少的还是向下滑了一小段。前面不远处便是草饼子的阵营,它们严阵以待已做好了"壮志饥餐胡虏肉,笑谈渴饮匈奴血"的一切准备。"牧马人"必须在这一小段距离中迅速爬上原来的高度,否则,即使处理得当或主动认输,小心谨慎地从草饼子的魔阵中开下去,苟且偷生也是可以的。然而,挑战失败意味着什么,徐大爷自是心里敞亮的。

在这千钧一发之际,徐大爷没有选择逃跑。只要锁定了目标,任何逃跑都是毁灭,任何退缩都是污秽!人生中有千百种选择,唯一不能选择逃跑!

他几乎把方向盘死死地抱在怀中,仿佛那是生死符。他的眼珠几近于爆裂，他的血管几近于挣破。然而我真真正正地感到一股力量，一股向生而去的无坚不摧的力量。它不仅灌注进他的每一个细胞，而且弥漫在书记锅的空中，就连"牧马人"都受到它的鼓舞和加持，只听引擎更加带劲地轰鸣，车头优美地斜刺上扬。然而，书记锅不是徒有虚名，浪得虚险。正当徐大爷将车身快要摆正时，突然"咚、咚"两下，车屁股如坠了铅似的陡然下滑，整个车身抖动起来向下滑，如果不顺势而为掉头向下，翻车只在眼前。但徐大爷不认这个理，不输这口气，更不服这个软。他依然在紧张中手不忙脚不乱，他知道临危慌乱比草饼子还要命。我似乎听见了他剧烈的心脉、血液的澎湃、肌肉的愤怒。他的头发似乎都如骆驼刺那样立了起来，他的脸皮绷得快冒出血珠子了。他在正反的矫正中迅雷不及掩耳地将车头调整到可以稳住车身的位置，及时地稳住屁股不再下掉，进而用尽浑身武艺，凭着胆识胆量和对目标的一往情深的勇气奋力而上，几个扭摆，车身无可抵御地放正了。现在他的气还憋在心里，前面的坡度更大，动力稍有不足，速动比稍不搭配，连调整车头的方位都没有时间。

我感受到了书记锅锅底张开的死亡之口。

汽车并没有抖摆，正位的车身直直地冲向前方，临近目标时，车头高昂地冲上锅边，英雄骑锋向上，并在目的地滚刀而下，一气呵成。

当他从车上软着腿下来后，所有的点赞、所有的掌声、所有的目光都丝毫不影响他正在剧烈颤抖的双腿、急切的心跳和血液渐渐舒缓而构织出的兴奋，他要享受这份荣光的高贵和精彩，也要享受这场胜利的后怕和伟大！

我虽然是一个不足挂齿的配角，但我自豪我见证和成全了一场胜利，并让一场惊心动魄的胜利为我的巴丹吉林之行增添了那么辉煌的色彩：让我感受了挑战极限的勇士的与众不同，让我体会到生死与共的那份忠诚的永恒光芒！人类什么时候也不乏这样的勇士和英雄，人类什么时候都应该敬仰和珍爱这样的勇士和英雄。正是他们，才让世界变得无所不能。也正是他们，才让人类变得从不知足。

在四川马帮的几千个盟友中，徐大爷是第一人。相信以后会有第二人、第三人，甚至所有人都敢挑战书记锅。到那时，书记锅就会在巴丹吉林沙漠老去，一如陨落的流星。

渔歌唱晚

每天晚上都是最惬意的时候，不在乎什么可口对胃的下酒菜，哪怕只一碗油酥花生米，兄弟们都会对酒当歌，让酒这沙漠的风暴继续演绎出一天的快感和激昂。

何况，今天又有青春和飞絮加入。更何况，还有两位马帮的美女让夜晚氤氲起撩人血性的诱惑。这样的诱惑让沙漠更男人，让女人更沙漠。

总是会在酒后芬芳和甘醇中总结一天的得失，不像我们开会，报喜不报忧，看一把手的脸色说话，套话、官话、废话、重皮子话。他们尽拣"干"的说，每一句话都如阳光下的沙砾，有光泽，有温度，也有硬度。给救援最及时的以表扬，给带路最流畅的以点赞，给卡在担在沙窝沙峰上最多的人以鼓励。没有高下之分，没有大小之别，没有新老之差，一如沙峰，错落、大小、高低都只是一种自然的走向。要是有一天，风向突变，也许高的就削峰了，低的就昂首了，小的就壮实了，肥的就瘦身了。尊重是从敬佩的心里长出来的，羡慕是从自愧的内疚中开出来的。开了几十年会的我怎么也感觉不到一点点会的味道，让人置身其间似乎什么都不"会"了。

两三斤酒如倒在沙中，连湿都看不见，但听得出来喝了酒的话，看得到夜幕下醉醺醺的沙峰鬼魅的舞蹈。这时，浑身燥热的人总会想到水，就像干涩犯腻的人总会想到鱼。狼牙的牙不想吃羊、吃牛，想换口味吃鱼了。

"走，去鱼湖捕鱼！"

很有侵略性的一句话，如一股急风把那些睡去的沙重塑成一条沙脊，峭愣愣地伸向星空。反对的人寥若晨星，安全被他们虚化在空中。这里没有交警，只有酒司令。但每一个人都勒紧了保险带,每一部对讲机都调到最佳频率。徐大爷抓起对讲机："安全第一。永不骗你带路,出发!"

十几道白炽的光柱一起射向无边无际没有深浅的夜空,像狼牙掏空猎物内脏一样,让夜空洞穿。

鱼湖是巴丹吉林沙漠所有湖中仅有二三的淡水湖。金塔知其湖寂,也知湖上鸟寂,更知这群疯狂的野人的胃液,买了鲫鱼苗放于湖中,本没有鱼的湖便喧宾夺主地被名为"鱼湖"了。主人从不垂钓从不下网,全把这些腥诱留给勇敢的人,从中谋些微利,让鱼湖的潋滟水波拴住这些探险沙漠的鱼老鸹。

十几条如这帮汉子的光柱,像战场上亮闪闪的刺刀在沙漠的夜幕上胡搅狂划。时而把夜空裁剪成一条条柔软的丝绦,时而又把沙山描绘成一匹匹黑白交织的斑马;时而又把沙坡照彻成圣殿的金壁,时而又把沙锅切割成一块块明明灭灭的碎片。在这变幻莫测的灯光秀中,所有的灯光停驻在一丛丛芦苇的幽深之中。鱼湖以深海墨蓝的色彩在那里熟梦,当明丽的灯光为它罩上这份狂野的华贵时,鱼湖依然贪痴地甜睡着。

野汉子们一起扑向湖岸,他们有的穿着短裤,有的笼着短袖,任蚊虫叮咬吸血,任星光清冷冰凉,任芦苇叶脉如刀,也任荆棘锋利如刃,他们都不在乎,只全心于湖里的鱼和让鱼牵引着一直高涨的兴致。

我真不知道这是不是他们从城市的喧嚣和冷艳中奔跑出

来，一头扑向巴丹吉林沙漠要找的快乐和幸福，但我真正感到了宁谧之中如水而涌的甜蜜。

粘网拿出来了，他们七手八脚秩序井然而又娴熟地将网子理顺。谁将网拖至对岸呢？酒后一个多小时，酒力已衰竭而去，餐厅里吼着下水的人有些犹豫。但谁去担心这样的事呢？这群汉子中从不乏敢吃螃蟹的人，青春不言败的青春抓住了网头。他没有马上跳进鱼湖，而是呼叫着一条内裤。

"要啥子内裤，光沟子更好！"

"是怕湖妖咬掉你的锤子吗？"

是汉子，就会被这些话激活血性，只听"咚"的一声，青春一头扎进湖中，好一会儿才看见一颗水淋淋的头颅如茸毛未褪的小鸭伸缩自如地游向对岸。

几分钟后，鱼湖再次坠入夜的深渊。

这哪里是由灯光、沙漠、湖水、沙草构织的一幅自然图景，明明是由汉子们在晶莹的夜空下用令人陶醉的豪情谱就的优美夜曲，在欢快昂扬的旋律中升腾起渔歌向晚的光华。

车头又掉转过来了，所有的灯光构成金色的扇面一齐扫向沙山，一柱柱光华如一根根柔软纤丽的手指在沙漠的金色琴键上弹跳，舒缓深沉而又饱满的旋律流淌起来。这时，一个声音跳了出来，增强了旋律的质地：

"出发！回去继续喝酒！"

鱼湖啊，好在你是鱼湖。若你是酒湖，他们早就把你喝干饮尽了！

问顶珠峰

在巴丹吉林沙漠，还有尼三锅①、疯子锅和终极大锅均胜于书记锅。这些锅更深、壁更陡、底更狭，征服者更寡。

昨天，好不容易穿越了大片大片的荆棘丛后，一个个十分窝火地才赶到终极大锅。所有的人从阳坡发起冲锋，即使徐大爷在不服输更不服气的数次冲刺后也只好把车停挂在距峰刃二十余米的半坡上败下阵来。然而，奔它而来的他们，知道难以征服，也必须撂下一口气，留下悔恨和念想。所有的人都在手脚并用，在滑滑溜溜中用尽力气才磕磕碰碰地爬上锅沿，一起感叹着大自然的鬼斧神工和难以超越。一双双可以洞穿黑夜的眼睛在终极大锅上现出了虚光，一双双可以踩平沙峰的大脚在此显得气短。它静静的如大海深处，以其更具神力的细致雕琢和更显伟岸的唯我独尊征服着这些驾驶"牧马人"的狂野汉子，就连徐大爷也喟叹不已。

好在有庞巴迪，徐大爷让老汪出征。只见庞巴迪如热锅上

---

① 尼三锅，因牧民尼三发现而得名。

的一只疲惫不堪的蚂蚁,摇摇晃晃地下到锅底并开足马力向对面猛冲上去,竭尽全力上到最高处,俯冲而下向我们驶来。它呼啸着、怒吼着,前轮卷起两道金色的沙浪,几乎把它给吞没了。但老汪如嬉戏在沙瀑中的蜗牛,慢悠悠地让庞巴迪摇头晃脑地向目标进攻。小小的庞巴迪已显出力不从心,但依然在挖掘中向上拱着,如一头拱沙觅食饥肠辘辘的瘦猪。我们都为老汪加油,仿佛我们的加油真的会增加动能。庞巴迪在老汪几乎油尽灯枯时爬上了锅沿,骑在锅边上,既享受征服的快感又消解层层累积的疲惫不堪。

从锅沿退下来后,这群疯子几近野蛮地向尼三锅扑去,他们知道尼三锅也不容易征服,但他们实在咽不下去这口恶气。

我问徐大爷能不能战胜。徐大爷说他肯定上不来,但他必须下去。

徐大爷不让我下去,不知是怕我见证他的失败呢还是怕有什么不测,语气是命令式的。但我坐着老汪的庞巴迪尾随他而下,我们将车停在锅底,与那些挑战失败者一起见证其他的挑战者。永不骗你下到锅底再尽力爬上对壁能及的最高处后,没有选择直下直上的路线,而是斜挂在锅壁上跑出一条半环后,向上吼叫着冲去,在几乎拼尽最后一口气时,终于上来了。徐大爷反复冲锋,几次未果。只好在水温升高、动力渐弱后和几辆失败的车趴在锅底。没想到的是,庞巴迪也未能一次成功,我再一次见证了庞巴迪第二次俯冲和征服的一气呵成。

徐大爷栽在了尼三锅里，他不认为这是他的失败。那么多挑战者都不敢下去的尼三锅，他下去了，至少可以聊以自慰。更何况，他以不懈的冲锋英姿续写了一个挑战者的铿锵誓言。临走时，徐大爷的脸黑沉沉地罩在尼三锅上，像等待自己的黎明。

对于高度的追求始终是人类的一个向往，在自然界达到的高度标示着人类精神的高度。这种高度来自信仰的力量和追求的坚韧。

对于四川马帮的这群人当然更不例外。

巴丹吉林沙漠的珠峰，被誉为世界沙漠的屋脊，因此成为所有挑战巴丹吉林沙漠人的诱惑。

沙漠的阳光依然给这群野汉子穿上金色的晨衣，如长生天为他们涂上的圣油。他们已抛却了昨日终极大锅的悔恨，一门心思地向往着今天新的标高。

当他们从日字湖上的纵坡过足下滑的瘾后，更皱褶更细切的沙沟沙塄向他们扑来。这帮野汉子喜好山高谷深、幅宽坑大，正像冲浪高手从不涉足细波微浪一样。然而，任何高度都是层叠出来的，要攀上珠峰，就必须耐着性子去征服这样的不屑，让一粒粒的细沙圆满自己的坛城。

几台车如细浪里的小鱼，被细密的波纹捉弄着，时而从纹脉中露露头，时而又在纹线上展展腰。这样折腾了一个多小时，珠峰下那个碧树护卫的海子拥抱了他们。喘一口气，喝几口水，检查一下行头，几乎所有的汉子都一起仰望着峰顶，隐隐地有一面招魂的旗在风中猎猎飘飞。他们血脉偾张，满怀着登顶的渴望。

他们来过好几次了，每一次大都扫兴而归，珠峰未能揽他们入怀，珠峰的鸣沙未吻他们以唇，珠峰的风也未能抚他们以清爽，但他们依然死不了那颗问顶的决心。也许这次依然不能如愿，向往的高度始终都在那里，一丝一毫都不能消减。

徐大爷下达命令：看谁最先到达峰顶！现在最快的纪录是八分钟。

所有的马达都吼叫起来，车队出发了，只尾随了一小段，大家便各行其道，选准自己的线路多点冲锋。

我依然坐在徐大爷的车上，他像铆足了劲儿的非洲野牛，拉长了脖子，抵撑着头，表情凝重，一门心思只在速度和时间上。

在路上他对我说他能登顶，听他出发的口令，是想去创造新的纪录。我没去过，不知道路的险恶程度和攀爬难度。但可以想象一个顶峰于人类的磨难，否则，高度还有什么意义呢？

徐大爷在珠峰为挑战者们设置的第一口锅中就遇到了麻烦。由于车辙太乱、浮沙太深，牧马人被浮沙拖住大大消耗了能量，刚冲到半壁就口吐白沫寸步难进了。我看他心急如焚地沉沉地闷着，我知道他要的是时间和速度。好在他麻利地将车头掉转，娴熟地冲向对面，再斜挂着跑出一个半弧，死死地抱住方向盘，不停地左右摆动，像使劲摇晃着快窒息的战友，终于将其攻克。滚过刀锋，眼前又一口大锅横刀立马，环着竖着犁出的轮沟如沸腾着不冒气的油波，我想徐大爷会困死在这口锅里。他毫无惧色地如法炮制，也许他在心里早就设计好了冲锋路线。第一次，他没有强车所难，而是顺其自然地在设定高度上掉头俯冲。第二次，他依然没有斜挂冲锋，在较第一次更高却还有余力时掉头，以更迅猛的雄姿予以俯冲，让车子在速度中增加动能。第三次，他狠击方向盘，以此告诉老战友只许成功不许失败。牧马人真是与他心心相印，如有神助地抖擞出宁可站着死的那口恶气，歇斯底里地完全是把自己撕裂似的敢死队般向前冲。徐大爷也用尽浑身力量，终于在互为因果又融为一体中冲了上来。

　　我看见了珠峰那块艳丽的牌子，也看见了沙壁的细软皮肤。牧马人似乎正气息奄奄，如倒在血泊中的战士，伸出手想抓住胜利的旗帜。徐大爷并未让战友为难，他当然不愿意战友倒在凯旋门外。他没让老战友送掉最后一口气，而是让它在平行中向右驶去，寻找着又一个可以俯冲积聚力量的标高。他找到了，牧马人在缓过那口气后，回光返照似的向着最后的胜利冲了起来。第一次没有成功，牧马人不死心，它知道战友的寄托，知道不能功亏一篑倒在旗帜下。第二次、第三次、第四次，成功了！

上到了峰顶，摸到了蓝天，拽住了云彩，鸣沙唱起了欢呼胜利的颂歌，天空铺陈了迎接英雄的霞彩。

徐大爷跳下车，拍拍车头大吼一声！

"十三分钟。"他有些不甘地说。

庞巴迪上来了，老汪和商道上来了。我们站在世界沙峰的顶点俯瞰着其他的牧马人，他们还在奋力地冲，不知多少次了，始终难以成功。最后，他们站在沙峰上向红旗挥手，向胜利挥手。

站在峰顶，万山涌来，金涛滚滚，黄山荡荡。那是一种欲与天公试比高的自豪和骄傲，也是一种充塞在天地之间、宇宙之间、虚幻之间的伟大和磅礴。珠峰的两边两汪墨碧的湖，如守身如玉的两位女子凝眸于这位沙漠帝王，所有的顶礼膜拜都化为风，不绝于耳地诵着朝圣者们的经文。

我想，凡是登峰造极的人都不会小觑那些和他肩并肩竭尽全力而未能登顶的人，因为他们始终陪着他攀登，他代表着一个群体或一个民族乃至整个人类。正像这千峰错落的沙山，唯有它们的低落才拱起珠峰的高大，唯有这千沟万锅的深陷才成就珠峰的神圣。

我知道，所有的挑战者都不死心，他们一次一次永不言倦、永不言败的挑战，只因对目标的敬仰和对高度的信念。

也许，他们在巴丹吉林沙漠找到的还不仅仅是这些。

庞 巴 迪

对于这种电动玩具似的车我很好奇,看着它粗犷的造型和蹬开八字步似的轮轴就知道它会是身轻如燕的攀爬高手。于是,我想品尝一下它在四面开放让风沙簇拥着的味道,享受一下它独有的沙漠风采。

恰好那天四川马帮和重庆两江越野联袂穿越,十几台车,不仅阵势威武,盛况也空前。午饭后我便和商道换位,爬上了庞巴迪。

老汪是有标配的,面罩、眼镜一应俱全,我只有一副墨镜,光着脸露着头。车队出发了,鱼贯而去,由重庆的领队选线,庞巴迪断后,让我有了一次观看大兵团进军的机会。

车一起步就不同凡响,整个引擎的轰鸣原汁原味地将我包裹,由声音和地面摩擦混合的震动十分剧烈,加之保险带像背带似的,把人牢牢地捆在座椅上,让每一个哪怕轻微的抖动都传感上来,震耳欲聋的声音和全身筋骨欲分的抖动让人很难适应。风从四面纵横灌扫,扬起的沙粒和尘灰扑面而来,打在脸上隐隐生痛。特别是老汪骑沙刃开足马力上行时,前轮搅起的黄沙一股一股瀑布似的冲进来,让我完全被沙尘暴裹挟,即使戴上墨镜也睁不开眼,呼吸紧促,从空中落下的沙尘在头上不断地增加,以至于往头顶一抓可抓到半把黄沙。后悔在沙漠是不允许的，既然来到沙漠，不在嘴里、鼻孔里、耳朵里塞满沙，不亲口尝尝、亲自嗅嗅、亲耳听听沙尘的味道，能说你亲近过巴丹吉林沙漠吗？

一个多小时后我适应了。现在我完全把视线放了出去，目光紧紧地盯住领头的。当车队在深沟中穿越时，如疾驰战场的骑兵，一路嘶鸣一路狂奔，每一根车尾的旗杆都如拉得笔直的马尾，尾鬃被风撕裂成美丽的扇面；当车队在幅面宽大的坡壁上冲锋时，他们便各行其道，拉开队列，横切而去。每一辆车都是一个作战小分队，无坚不摧、无垒不破、无险不越。有些不过瘾的勇士还不时开小差，选更高的山更近的路实施超越，如孤胆英雄只身深入。上不去的不气馁，退下来后选定冲锋线路再上，两次三次，一次比一次信心足、劲头大、火气旺，不信那个邪。当某一辆车操作不当或动力被卡搁置在锋刃上、困在鸡窝里，只要一听到呼救信号，便马上有人抢着回应，就有车鹞子翻身似的折回去，有时甚至两台三台车火速赶到营救。速度、声音、线路、队形，不断变换，在浩荡的沙漠中创造出不同的英雄交响曲，构织出千姿百态的动人景观。

我的热血沸腾了，这哪里是散兵游勇组成的探险穿越车队，这完全是一支训练有素、纪律严明、步调一致的神勇精明特战队。在这样的队伍面前，什么样的天堑不能飞越、什么样的坚固不被破除呢？

我被这帮汉子点燃，完全融入其间。庞巴迪为我松弛肌肉，放松心情，让我神采飞扬，精气通透。我几乎吼出来了：来吧，沙漠的烈风，拥我以滚烫的胸怀，抚我以锋利的指尖吧；来吧，沙漠的尘暴，吻我以柔情的冰唇，醉我以快慰的呻吟吧。我愿还你以野性的踩躏、深情的凝眸、不老的恋爱！

夕阳被沙山埋葬的时候，车队仪仗队似的停息在一块肥厚的沙台上，我从少年老成的庞巴迪上下来，用沙尘中的眼睛凝视着这支不是军队的军队，仿佛太阳正从西方冉冉而起。

感谢庞巴迪让我欣赏了一场酣畅淋漓的沙场秋点兵的血性冲锋！

星光盛宴

四川马帮的几位美女在巴丹吉林沙漠烹饪了星光大餐，特请一起来的疯野男人。

暮色将沙漠的华贵金衣脱去，拟用老办法让星光去亲吻沙漠、让月光去抚拥沙漠，在夜幕的闺宫深处重享新欢。四川马帮的美女迷恋上了浩渺的星光，她们要将其炒烂蒸软，在沙漠里举行一次别开生面的特殊盛宴。

她们从营地运来桌椅，一字形摆开，在桌上铺了洁丽的白布，拿出从成都带来的鸭脑壳、鸡枞菌、卤猪蹄，当然还有天府花生、张飞牛肉、炖了蒙古羊肉、煮了羊杂烫锅。蜜枣、葡萄、柑橘，花式摆放。桌沿边摆着精美的高脚红酒杯，她们不希望在这样的氛围中喝烈酒，更不愿看到在夜色温柔中狂野的举止，听到在静谧的星光中吆五喝六的张狂。她们是女人，而且是四川小巧娴雅的女人，要让这夜色都染上天府美女娇艳的嫩白。酒当然也要有高雅而久远的韵味，让历史沉浸在沙漠夜晚的陶醉。她们用开牧马人的手启开木塞，又用绣花的手将红酒轻缓地倒于醒酒器中，让酒吮吸一些夜露的清凉和星月的辉香，更重要的是让她们指纹的环复和气味的舒逸在酒里再一次发酵，这酒便有了自然的况味和人间的柔情。

应邀的一辆辆牧马人如期而至，依然开出几分本性。这帮男人想将车在周边形成合围的阵势，并将车灯打开，以利于在灯火簇拥中享用这餐美味。白炽的光辉更易让人发狂。然而，女人知道他们的坏心思，她们要把这块沙地变成一个湖，在微波鼓荡的潋滟涟漪中制造一种幽深而碧玉似的美。于是，她们用手势指挥他们将车与她们的车并列排放，如仪仗的守卫。

几个手勤脚快的男人想帮她们料理一些打杂的事，被她们轻轻下压的手势按在独凳上坐下了。莫测高深的一枚枚浅笑让男人们见不着女人沙峰后面的底。男人们本就习惯于女人面前这样的惰性，也就懒得动手，看几位女人怎样侍候他们这些大爷。

女人们开始斟酒，用纤纤玉手从他们面前把杯子举起来，或者她们的头发被风撩着拂了他们的脸，或许她们游丝一样的鼻息抚了他们的耳。沙漠里驰骋几日的汉子，连每一粒黄沙在他们眼里都是雄的，哪里经得起这样的抚触，气就自然粗了些。女人洞若观火，岂非木石，心里自是惬意得好笑。

酒在夜色中变得更深沉了，完全看不见轻漾中的层次，几乎所有人都老到地将酒杯送往鼻前，用鼻子享受着红酒走着猫步进入的味道，深深地吸着，仿佛妙不可言的体香。而后才难以割舍地移至口前，慢慢地浸入口腔，让舌齿玩味细品后方才让其自然滑下，待味尾未尽时再回返上来，嘘嘘地出一口气，最后发出一点点声响。

沙漠听见了，远方的湖听见了，星光当然也听见了。于是它们凑热闹来了，它们趴在桌上，伏在满目琳琅的珍馐上，也落入酒杯中。

男人们再不是帐篷里、营地上的食客了，他们都是有一些品位、见过不少世面的精英，什么场合扮演什么角色他们自是小葱拌豆腐。但在巴丹吉林沙漠这么些年了，玩的就是心跳，就是刺激，就是荷尔蒙直冲天灵盖，何曾想过这样消停的享受。在帐篷前不知看了多少次深夜中挤挤挨挨的星星，星光把浩瀚呈现在头顶，何曾想到星光这高处的外星人照样迷恋女人，不请自到地来到他们中间，既成为他们的同类，更是他们的美味，如四川的连山回锅肉和成都的老妈火锅。

男人们都斯文起来，戴上手套啃鸭脑壳，用一次性筷子夹卤猪蹄，话都说得如轻柔的风，气也出得如平湖的水。一切都在温文尔雅中向深处去、向远处去。宁谧的夜色和温馨的氛围仿佛都在分分秒秒地竞相增长，他们仿佛看见所有的星星都幻化成香艳的女子款款而下，一边迈着莲步一边吟着情歌，徐徐而来。没有人想到四川马帮的几个女人，居然以成都平原那样的膏腴之美将他们顺理得那么不偏不倚。

红酒如红衣红粉一样醉人，这样的醉更口干舌燥，更耐时日。到了醉眼蒙眬，不知这些女人被他们看为星光，还是这些星光被他们看成女人。

人的一生，总在征服和被征服中，白天在沙峰沙锅中征服的血性豪气被几个女人征服成骨软如酥。

这样的盛宴，这样的星光，这样的女人，这样的由女人烹饪的星光盛宴，只有在巴丹吉林沙漠，只有这样的男人方可品尝和享用。

小 室 友

他叫如均，是我的室友，年方十九，青涩的蓓蕾中却蕴含了丰富的实践。

那天，我想休息一天，他便做了顺水人情在营地陪我。我俩于是找了沙漠的共同话题聊了起来。

我是初次,他已二来。我问他喜不喜欢沙漠,他说喜欢。我问他为什么?他说好耍。我又问他为什么不读书,他说读不进去。

他也曾有过当航天员的梦想,也憧憬过桥梁设计师的美梦。本是班上学习上的状元郎,却因早恋而颓废,以至于只能去职校鬼混。加之父母过早离异,已是十八岁的小哥哥了,还从未见过父亲。母亲供养不了他,便言传身教让其学传销,遂宁、达州、重庆,晃眼一过,几年光阴,钱未挣下,染一身恶习和恶疮。父亲这才接过手来,言传身教地让他做一些正事,挣些自食其力的钱。对父亲的创业史他如数家珍,崇拜之至,立志要挣一份家业,兴一门家事。

我再问他做什么呢,他说什么赚钱就做什么。我说,世上的钱多得不计其数,但都得凭本事,一夜暴富的时代已一去不返了。他说他知道。

我问他父亲带他来沙漠的目的,他说让他长些见识。他这样的人高天日望、眼高手低,以为钱很好挣。比如到沙漠探险穿越的人,虽说是来耍,但都有自己的目的。像我,是胆小没有风险意识,来一次我的胆量就长几分。不管做什么事都不能前怕狼后怕虎,否则,机会就会丧失,成功就成泡影。

有些事是需用时间去蒸煮的,十九岁的孩子,特别是像均娃儿这样的孩子，不能强求。但他嘴甜性乖，脚勤手快，深得每一个人的喜爱。就连营地里的一位服务大妈都想把女儿嫁给他，人虽是甘肃的，地方干苦，条件却优厚到三个女儿任他选。在这个问题上，均娃儿早尝到甜头，自是有他的主张。好在均娃儿吃过亏吃过苦，伟大的苦难之母总会孕育出幸福的儿女。比如巴丹吉林沙漠孕育的孤独和孤傲，比如那些让时间慢慢雕刻的胡杨。

  由此，我想到均娃儿这样的孩子以及他们这一代人，多么需要沙壁中爬锅圈的胆量，多么需要滚刀锋的技巧，多么需要冲沙峰的力量和战胜任何险阻的信心呀！

  这一切信仰都可以带给他们！

  如果下次再去巴丹吉林沙漠，我相信会在如均那儿看到这些，让他们眼里的坚定和眉宇间的力量去圆他们的梦想并征服这个世界。

  巴丹吉林沙漠，我离别你快一个月了。我似乎正在迎来二春，我被你这一峰永远处在发情期的雌骆驼的狂乱呼鸣和疯野奔跑所迷恋，我已然成为一头雄骆驼，昂着头抖擞着巨大的驼峰为你送去这巴山蜀水的呼鸣。

2022 年 10 月 23 日于成都

松潘家书

"松潘来信了。"

这是梁卫国说的,是刘健、高光权说的,是援建者说的,是安徽人说的!

这句话,洞开了合肥厚厚的雨幕,驱除了深春薄薄的寒意,直抵我们感恩的心田,倍觉亲切,甚为温暖。

从空间上,我们相距几千里,家,归零了这样的距离;在海拔上,我们相差几千米,家,抹平了这样的落差。家让黄山黄龙比翼,家让九寨沟九华山共美。家把松潘话变成安徽话,家把安徽人变成松潘人。于是,我们从灾后的新家里自豪地走来,向家人报告,请家人回家。

当我把四川省委、省政府邀请你们回家的信函双手捧给老主任梁卫国和能源局局长刘健时,"家书抵万金"的盼望之情溢于言表。

我想对你们说,你们离家才七年,如今的家已是屋宇熠熠生辉,内堂风景无限,家人相亲相爱、雅居乐业。看看你们栽下的黄山松吧,如今已经云蒸霞蔚、枝枝灵秀、叶脉舒张。川黄路、松牟路、过境路,化坎坷为坦途,变梗阻为通达。瓶颈一经突破,迅即井喷。十年间,游客由年49.7万人次猛增至413.58万人次,旅游收入从年5.39亿元狂飙到42.9亿元。你们独具匠心地将村不村、城不城的松潘古城精雕为一方价值连城的厚重徽砚,让其裹娜出"我家洗砚池头树,朵朵花开淡墨痕"的诗意风景。再欣赏欣赏你们亲手绘织的川主寺这幅《清明上河图》吧,小桥流水、商贾云集、游人如织、兴盛之烈,何人能述。你们用独特慧眼和极具韵味的徽文化创意了一座文化独特、历史芬芳、风光旖旎的国际旅游城市。她明眸皓齿,香姿艳逸,柔情绰态,笑靥流芳。于是,这些向全世界报告的数字打鸡血似的疯长:地方生产总值从5.67亿长成19.71亿,农村居民可支配收入从2635元长至11746元,财政收入从0.12亿长成1.16亿。增长速度年均超过10%,部分指标甚至超过20%。

你们的欣慰和喜不自胜让你们再一次回到了松潘十年前的满目疮痍,投入到时不我待的恢复重建的激烈战斗中。高光权副厅长不无感慨地说:"援建三年,温暖一生。松潘养育了我,让我成长在特殊的历程中,松潘的老百姓、松潘的山水把我的心装得满满的。"

王林武院长饱含深情地说:"一年也是一生。我们铸就了光辉的援建精神。这种精神彰显出来的凝聚力、责任心、使命感是由衷而发的,任何时候都激励着我。"

刘健局长甚为期盼地说:"这一天终于来了,知道四川人民不会忘记我们,松潘人民更不会忘记我们,我们缔结了血浓于水的友谊,我们铸就了可以战胜一切的对口援建精神。"

老主任梁卫国更是激动不已,我从你的表情中看到了"为什么我的眼里常含泪水?因为我对这土地爱得深沉"的不二回答。你是援建工作组的组长,三年中,不知多少次亲临松潘。有一次,你深夜才赶到成都,突然接到通知,要你在次日上午九点以前赶到松潘。地震刚过去三个多月,余震时有发生。从成都到松潘的好些公路都还未完全恢复,飞石、垮塌随时出现,这是当时被誉为死亡之谷的生死线。十年过去了,如今,你仍心存后怕地说:"当时,什么也没有想,什么也不能想,什么也不让你想。凌晨四点,裹了一件军大衣就上车了,在飞石不断、余震袭击的万般危险中,九点以前赶到了松潘。"

每次到松潘,因海拔太高,你不仅头昏脑涨,吃不下饭,而且思考、说话都极为困难。晚上睡不着,就看资料,看连续剧,通宵达旦,那份盼天明的渴望一夜长于百年。由于松潘干部观念的落差,方法的机械,行动的滞后,导致项目推进得不如意。你急啊,三年任务两年基本完成,这是省委定的目标,确定这个目标时并没考虑松潘是所有重灾县中海拔最高、施工期最短、运输距离最长、自然条件最差的县。安徽不能拖全省的后腿,也不能给安徽人民丢脸。就在严重缺氧"连骂人都要付出代价"的雪域高原，你带领援建的同志们，五加二、白加黑，生生死死地把所有问题都顶了回去、扛了过来。正如高光权同志在鲜为人知的三年援建总结中所写的那样：

"三年时间，三万大军在3000里外的3000米高原，按照三个要求，战胜三灾十难，投资三七二十一亿，完成了342个项目，实现了三个满意。"

我知道，如果有21.3亿棵树的地方一定是浩浩的森林，如果将21.3亿块石头相叠一定是高高的山峰。那是生长栋梁的森林，那是出产基石的山峰。

你凝视着邀请函上"梁卫国"三个字，眼里闪着泪光，心潮澎湃地说："今天，家里人来了，来看望我们，请我们回家了！我期盼啊，期盼与援建战友聚会，期盼与松潘人民的久别重逢，我怀念松潘那些峥嵘的岁月和那些美丽的山水。"

时光荏苒，光阴如梭，但三年援建历历在目。"5·12"这个日子是灾难性的，但因这个日子留下的援建精神却是光明而又温暖的，它不仅可以昭示世人，而且可以光耀千秋，温暖天地。

从千疮百孔、山河破碎到城乡焕然、欣欣向荣，只有共产党可以做到，只有社会主义制度可以做到，只有中华民族这个大家庭可以做到。伟大的党、伟大的祖国、伟大的安徽人民和伟大的四川人民共同创造了惊天地、泣鬼神的伟大奇迹。对口援建和灾后重建再一次说明：中国共产党是任何敌人都战胜不了的，而只有敌人被我们所战胜！

老主任啊，你的这席话不仅让我们热泪盈眶，也让我们由衷的自豪和真正的骄傲。这不仅是你的心声，更是广大援建工作者的心声；不仅是安徽人民的心声，也是四川人民的心声，更是阿坝人民和松潘人民的心声。

整整一天，我的心都被你们这些话温暖着、激荡着。我知道拥抱安徽的长江和黄河有阿坝高原的花香，飘洒在合肥的细雨有雪域天堂的云霓。

晚上，你们设了家宴，拿出了典藏的好酒，端上了最美的佳肴。酒过三巡，又是高光权副厅长首先发言，情不能已地扯开嗓门引吭高歌。《三杯酒》的清冽和醇酽，让偌大的合肥市都飘满酒香。我们被这酒香不断发酵，酒歌便不断流淌出来，《啊啦江舍》《清亮亮的砸酒》酒歌将海拔不断地抬升，亲情、友情、援建情让我们云里雾里，让我们醉氧。然而我们没有人倒下，个个精神抖擞，兴致未央。今夜不醉不归，今夜不唱不休。

今天我们在一起，格桑拉！

跳起欢乐的锅庄，格桑啦！

祝我们大家幸福，格桑拉！

祝我们大家吉祥，格桑啦！

哈哈哈哈！

干！干！

我们使劲握手，我们用力拥抱。难舍难分啊，我的兄弟姐妹！挥别时，两腿抽筋，一下就变得严重缺氧，好不容易回到宾馆，一头栽在沙发上，但我丝毫没有醉酒的难受，高兴啊！幸福啊！我的眼前又腾起了遮天蔽日的尘灰，我的耳际又响起撕裂宇宙的巨响。房屋被毁，村庄被埋，城市被破坏。数以万计的人顷刻间失去了家。悲恸欲绝中，人们不知道何时再有家，何处才是家。

"我想要有个家，一个不需要多大的地方，在我受惊吓的时候，我才不会害怕。"

一天之内，帐篷来了，解放军来了，志愿者来了，援建者来了，能来的人都来了。一坝一坝的帐篷从伤痛的土地中顽强地生长出来。我们有了云朵之上的彩云之家。没过多久，我们有了温暖的过渡之家。不到三年，灾区变景区，家园变花园，我们有了再不会风雨飘摇的如磐之家。

有人自家里来，不亦乐乎！

有人将回家来，不亦乐乎！

2018 年 5 月 1 日

开启一扇幽闭的童窗

　　幸福得像大海一样广阔的措斯基沐浴在秋色之中，她用秋水那样的流韵给我们做报告。经常做报告的我们是不怎么在乎别人所做的报告的。这次，这个青春盛开的藏族女子用她秋叶般艳美而又凄婉的故事让我们都唏嘘起来，以至于潸然泪下。从那一天起，我就决心去阿坝县找她，不是找她的青春花叶，而是她的那一个叫桑准的唇腭裂小女孩。

　　这是一个发育不全、唇腭裂极其严重的小女孩，与其他的唇腭裂孩子相比，她的上嘴唇几乎被两道裂痕完全破坏，腭裂也较为严重。不到三岁的桑准，门牙几乎是从腭中古怪地长出来，白森森的完全没有任何掩盖。缺乏嘴唇护压的残缺的牙床向前延展出去，两颗门牙的两边没有了牙床，如撕裂的河床，呈现出奇形怪状的沟痕。在这两道沟痕的作用下，鼻翼中的软骨被虚化而难以完美地形成，加之鼻孔中的隔断难以支撑鼻翼的圆隧，鼻头不是高傲地向上扬着，而是以一薄薄的肉皮拉扯出塌陷的扁平，让两粒乳牙雕刻出恐惧的惊悸。

那样的一个小女孩,应该有一头卷曲的秀发,应该有一双水灵灵的眸子。然而,上天一点儿也不眷顾这个孩子。头发如毛毡一样地趴在小脑袋上,眼睛更是死死地对着,左眼恨着右眼,右眼恼着左眼。这副丑小妞的相貌,连她的阿爸阿妈都不待见,将她塞给她奶奶。于是,她就和祖奶奶、奶奶生活在学尔沟那一爿矮小的屋子里。一个九十多岁,一个六十多岁,一个两岁多;一个精瘦得如干卷的牛皮,一个臃肿得如将融的酥油,一个丑丑的如吃人的小妖怪。三个女性,撑起一片苦难的天空。

我见到措斯基时,已是三月的尾梢。阿坝县的金鼓草原还被春雪覆罩着,清新的空气带着砭人的寒气,加之新冠疫情还在肆虐,人们在口罩主宰的慌乱氛围中心生恐怖。

那是一个晴朗的早上,太阳已跃过山峦,偌大的草原如化开的酥油,流淌出一派灿烂的辉煌。我和她一起向学尔沟村行进。

在车上,我让她给我讲她和桑准的故事。

她一点儿不腼腆,但她的四川话却有些腼腆,夹杂着草地话和普通话的芬芳。

"本来,桑准这一家不是我联系的贫困户,但我的同事不懂草地话,无法与她们交流。一次,她让我去为她做翻译。我去了,看见桑准和她祖奶奶、奶奶,我真的被吓住了。离开她们家后,同事愁得不行,我心里也很难受。难受归难受,却不知咋办。已经快到县城了,同事突然望着我,向我求情似的说:措斯基,你看我也不懂藏语,我俩能不能对换一户,你去帮扶桑准她家。不知咋的,我没有一句推口话,因为看见桑准后,我就可怜起这个孩子了,萌生了帮助她的冲动。"

"为什么会有这样的冲动呢?"

"我也不知道。"

"就换了?"

"我俩找到领导,领导没有意见,就换了。"

"想过后果吗?"

"没有,反正想帮她,总觉得桑准如果就那样长大,不要说别人看不起她,不知道她自己能不能承受得了那样的打击?"

我被措斯基这几句话钉住了。是啊,人的善恶之举,有时不知道是为什么,也不知道会是什么。一念之中,无论成全什么、毁坏什么,仿佛都有什么不可阻挡的力量在左右你、推动你、控制你!

措斯基真的不知道吗?我不知道。但她知道自己已是两个孩子的母亲,知道她的男人是一个体制外的人,在那个很小很小的高原县城和朋友一起经营着一爿小小的KTV;也知道桑准已经在一个活佛的善举中去过成都的医院,医院不给她施以手术,说她的手术期已过,再不能做手术了。

"我把帮桑准的事告诉我男人后,他一口就拒绝了。'你有病吗?自己两个娃娃都拖不动,你还要去帮她。'没有办法,但我的决心已下,我不能让桑准一辈子生活在黑暗中。"

"你怎么过你老公这一关呢?"

那天下午,我请她老公到我住地来。他来了,我问他尊姓大名。

他说:"訾虎豹,老虎的虎,豹子的豹!爷爷给的名字。"

我当时就愣了。我不知道虎豹的爷爷给他寄托着什么厚爱和希望,只担忧措斯基这般纤秀文弱的女子何以能说服这样的男人呀!

其次是他基本上没有草原汉子那样的粗犷,反倒洋溢着一脉淡雅的书香,这样的书香让他有了如簧的巧色和讲故事的底蕴。

"措斯基是怎么给你做工作的?"

"我开始的态度很坚决,自己的稀饭都吹不冷,我肯定不会去做自己明摆着做不了的事。她看我态度跟石头一样,知道用嘴是啃不动的,她就改变了办法,每天都在微信中给我发桑准的照片,发她祖奶奶和奶奶的照片,接着又发视频。开始,她发她的,我不理睬。她坚持着不厌其烦地发,连珠炮一样,不看还不行。一看,就被桑准的样子给吓坏了,我的第一念头,就是我们肯定帮不起。我清楚我的收入,有多大的承受能力。但看着看着,桑准的悲伤模样就让我忘不掉了,影子一样地一天到晚跟着我,心就软了。心一软就开始同情她了,一同情就可怜起桑准,可怜起这一家人了。可怜归可怜,但我还是不想去碰这件事，我知道只要踏进去一只脚就再也退不出来了。连自己的两个孩子我承受起来都吃力，哪还有财力精力去管她呀。但措斯基的攻势一点不减，她知道我在实在受不了后会向她让步。怜悯之心渐渐地占了上风。

"一天中午，我俩坐在阳台上晒太阳，我随口又不完全是随口地问起桑准的事。她就又伤心地给我说桑准如何造孽，如果不帮她，她以后的日子不知咋个过。她特别说桑准这么小，就已经患上严重的自闭症了，从不和人说话、从不接触外人、从不出门，像一头小野兽，孤独得不行，再不帮她，她会被自闭和孤独折磨死的。她哭了，一听见她的哭声，我的心又软了。我说，我们一起去看看吧。

"到了学尔沟那幢小屋后，看见躲在她奶奶怀里的桑准，看见斜靠在坐凳上的祖奶奶，我的心开始有些痛了。这是一个怎样的家啊，你根本想象不到那样的场景，所有的眼光都紧紧地把我抓住，好像我是她们的菩萨，能救她们于苦难之中。我想摆脱，甚至想跑出去，但摆脱不了，腿像被打断一样动不了。我们就那样闷在那小屋里，背上冷冰冰的，心里也冷冰冰的，脑子里严重缺氧一样木呆呆的。但我还是坚持自己的主见，我不愿、好像也不敢去帮这一家人。桑准还有她阿爸阿妈，我不想干狗咬耗子的事，更不想去当个二爸爸。"

"就这样走了吗？"我问道。

"正要走时，祖奶奶说了一句话改变了我的想法。"

"她说什么？"

"她说，我都九十多岁了，我不想死。不是我怕死，是因为桑准，我真的为她放不下这颗心。听了她这话，我心里的什么东西被这句话照亮了一样。你想啊，一个九十多岁的老奶奶都因小女孩而忧伤地生活着，我还有什么理由不帮助她呢？"

在这之前，措斯基隐瞒了一个事实，她不能让虎豹知道，那就是桑准已去成都做过检查，结论是桑准的唇裂是不能手术了。"我只是想再努把力，碰碰运气，万一碰上好心人了呢？只要有百分之一的希望，我就要努百分之九十九的力。"

于是虎豹告诉两位老人说，我们愿意帮助桑准。几乎三个女人都双手合十举过头顶，眼泪从她们的心里滴滴答答流了下来。

措斯基和虎豹一起走上了一条坎坷、痛苦而又在欣慰中充满快乐的路。

但是，不行啊，他俩并不是桑准的合法监护人，要是在治疗的过程中出什么事故，这个责任他俩是负不起背不动的。虎豹找到乡上的领导并把帮桑准的想法告诉了乡上的领导，让乡上将桑准她阿爸甲花叫到一起把话挑明并完善相关的手续。

"我必须通过法律来保护自己。不然，做了好事背后也会有人捅你的刀子，必须要甲花和我签订合同，并让乡政府签章。"虎豹说，"那是我第一次见到甲花，身为桑准父亲的他，染成金黄的一头长发，戴着金耳坠和金戒指，很是那样。看着他人模狗样的，想着桑准的悲痛和无助，我当时气得不行，很想打他，但我忍了。他的那副德行反而坚定了我给桑准医治的决心和信心。我们签了合同，汉语和藏语的都签了。我一再问他，桑准手术万一有危险，或者桑准因手术死了，他都不能怪我，更不能告我。桑准交给我们后，在治疗过程中，一切由我们做主。甲花都一一答应了。

"2018年8月，我和我爱人踏上了去成都为桑准治病的路。他开着车，我照顾着三个孩子。到成都前，虎豹就通过他陆军总医院的朋友为桑准挂了号，我带着三个孩子跟在他后面。当碰上麻烦时，虎豹就给医生讲我们和桑准的关系，讲我们好不容易从草原赶到成都，讲桑准再不手术，就没有机会了。他很会说，把我们的故事讲得声泪俱下，他不是装出来的，是真的流泪、真的伤心。他在一边哭，我也在一边哭，三个孩子看见我哭，他们也哭。我们想以眼泪让医生同情我们，想以哭泣为桑准换得一个住院的床位，更想以我们的故事唤醒更多的善心。终于，医生让我们把桑准带过去。他只看了一眼，就把头歪到一边去了，并让我把桑准带走。医生摇着头，很痛苦的样子，为我们开了住院手续，并给了床位。"

虎豹如何把他们的故事讲得声情并茂、绘声绘色，我不知道。但我知道在华西医院，一个普通的病人要在住院部当天就拿到病床，可是登天的难事。虎豹哪怕巧舌如簧、滔滔不绝、栩栩如生，仅凭一张油嘴滑舌，仅凭几滴虚假的眼泪，无论如何也不可能打动铁面冷语的医生。因为他们的故事是用爱滋养的，是用善心串联的，因为他们的眼泪是饱含真情的，是完全真诚的。所有的心都是可以用善去呼唤的，所有的情都是可以用情去温暖的，所有的爱都是可以用爱去拥抱的。

虎豹说："想不到在以后的检查中那么顺利，所有的医生护士都给我们一路绿灯，都用一种温暖的目光看着我们。以前，我也去过华西，那种感觉就是进了鬼门关，到处都是把门神，到处都有护法金刚。没有一个窗口不排队，有时把脚杆都要站断了，住院就更是我们这些老百姓想都不敢想的事，为等一张病床，甚至可以把命都搭进去。这次，华西真的把我感动了。"

"是因为你们先感动了他们！"我感慨道。

"检查结果出来后，医生说桑准不能手术。我问医生为什么，医生说孩子身体太弱，特别是血红蛋白太低。我缠着医生说，医生，你不用担心，哪怕只有百分之一的可能，哪怕她死在手术台上，我也要给她做。医生看见我的决心，看见我那么真诚，答应下午再次对桑准的一些指标进行检测。然而，医生摇着头苦笑着对我说：桑准爸爸，不是我不给她手术，是我不敢给她做手术，我不愿桑准死在手术台上。但医生说回去补补吧，等把指标都补上了，再来看吧。无论我怎么哀求医生，医生都只向我摇头。我觉得我们的末日到了。"

"怎么办呢?"

措斯基说:"我们都觉得天塌了,根本找不到方向。我俩互相看着,说不出一句话,只有眼泪在脸上流,流进嘴里,流进颈项。我好后悔啊,想对虎豹说对不起,又没说出来。正在这时,州内的一个医院给我打来电话让我们到他那里去手术。话说得很好听,一下就让我的心情好起来了。虎豹说先了解一下再说,华西医院都不敢做的手术,他咋就说得那么简单,不能拿桑准的命开玩笑。我给阿爸打去电话,询问这家医院的情况。阿爸听后,赶紧说:措斯基,千万千万不能到那里去,他们胆子大得很,你不能在桑准的命上开玩笑。我们都闷闷不乐地站着,什么都不知道了。

"出院后,我们找了一家价廉的酒店住下来,不甘心就这样回去。于是到网上查,看能不能找到一点希望。虎豹到处打电话,从朋友那里打听这方面的消息。他甚至找到了那个在草地做善事的活佛,又通过活佛找到更多知道这方面信息的人。三天中,我们就这样不厌其烦地像在大海中捞一根针。"

我不知道,有哪一个帮扶贫困户的干部,哪怕是高级领导干部能够为一个帮扶对象,拖着自己的家人,花着自己微薄的收入,倾其所能去成全一个残缺的面庞,去完美一个受伤的心灵,去开启一扇幽闭的童窗。

"捞到那根针了吗？"

"菩萨保佑，运气真还算不错。通过我的朋友，知道了一个嫣然基金，也知道了嫣然基金在成都的定点医院。我们决定到成都妇儿医院去碰碰运气。

"到医院后，我又给医生们讲我们和桑准的故事，还是想通过故事让医生同情桑准，为桑准换来希望。故事的效果真的不错，所有听了故事的人都感动了，他们都叫我桑准爸爸，叫措斯基桑准妈妈。杨主任亲自给桑准做各种检查，结果和华西一样。但杨主任主动为我们考虑困难。他说你们从阿坝那么远来，很不容易，如果让你们回去把孩子的身体补好后再来，也跑得太累了。如果住在医院给桑准输营养液等药品，费用又太贵。干脆，我把药品开给你们，你们去药店买，该吃的给她吃，该输的找一个社区医院给她输，一周后再来检查，如果指标达到要求了，再决定手术。按照杨主任的要求，一周后，指标好多了，基本可以手术了。"

我都有些等不及了，没想到一个唇裂手术会有这么多讲究。

"桑准不仅唇裂腭裂，眼睛也问题不小，我让虎豹恳请医生把眼睛的手术也做了。虎豹给医生求情，医生们也感动，但考虑到桑准的唇裂手术不是一个小手术，再做眼睛手术，肯定承受不了。只好先做唇裂手术，但好心的眼科医生根据眼睛的检查情况给我开了为她配一副矫正眼睛的眼镜单子，让我到外面去为她配，这样可以节省不少钱。听了医生的话，拿着他开的配方，我的手都在抖,心里有很多想说的话,但一个字都说不出来。"

"给她配了矫正眼镜吗?"

"配了。"

"多少钱?"

"近三千元。"

"怎么那么贵?"

"贵?你说啥子哟?一点不贵!比在医院配节约至少一半。"

无论是揩斯基还是虎豹,如果要给自己买一副时尚而美丽的太阳镜,相信这个价格也会让他们唏嘘着离开。

揩斯基已有些哽咽了,虎豹看她一眼,接着说:"桑准手术的前夜,我们睡都不敢睡。怕得很啊,生怕医生出差错,生怕桑准太弱的身体承受不起。像她这样的手术,出生九个月做是最佳时期,但现在她已经两岁多了。当桑准被推进手术室后,我俩就像把什么都抽空了一样,连坐都不敢坐,一直盯着手术室的门,等待门开。两个多小时的手术时间到了,门还是紧闭着。三小时过去了,我们的紧张不断地增加。四小时过去了,揩斯基看着我,眼光都直了,身体有些发抖。我心里虽然也虚,但我还是给她鼓劲,开导她说:一个小手术,不会有啥事。她说都四个小时了。五小时过去了,连我都有些坚持不住了,脑壳都大了,木呆呆的。我们一起坐下去,总希望手术室的门快点打开。快六个小时,手术室的门轻轻地开了,桑准被推了出来。我们跑过去,杨主任说手术很成功,他很满意。我向他致敬。桑准也从麻醉中醒过来,一点没有倦意,像获得新生那样灵光。我们真为她高兴,高兴得话都说不伸展了。"

一个两岁多的孩子,也许她不知道什么是新生,但对于措斯基和虎豹而言,却知道他们在做什么。也许他们不知道他们所做的这些是对一个生命的敬重,但对于桑准而言,却会享受到两颗爱心给予一个残缺面庞终身的护佑。

"说实话,桑准如果不能手术,我们是不好意思回阿坝的,没有面子啊!现在桑准做了手术,裂唇补上了,虽然鼻头还塌在唇上,但那两颗吓人的牙被嘴唇包上了,她终于有了一张完全的嘴,虽然还不完美,但和我们的嘴一样了。悬着的心落地了,以前所有的担心和忧虑都消除了,人一下就轻松了。几天后,桑准出院了,杨主任一行人来送我们,还说桑准爸爸,过几个月再来给桑准做腭裂手术吧。我那时真不想走了。不知道哪辈子烧了高香积下阴德,会有这样的果报。"

"不是你烧了高香,而是你们小两口本就是一炷香。也不是积了阴德,而是你们小两口正在积大德扬公德。"

"这话把我们吹上天了。我们从来没去想过这些,心里总觉得该帮她,这也是缘分。"

我不知道如何去诠释"缘分"这两个字,但我却知道很多人都不愿去结这种缘,不愿用自己的善行和爱心去缝合人世苦难的裂痕,去填充世间悲哀的深渊。

现在可以体体面面、轻松愉快地回家了。

"是啊,我们可以体体面面地回家了。那天,虎豹把车开得很愉快,三个孩子都很高兴,我们走走停停,哪里想要就要一下,哪里想看就看一下。到家天已黑了,我们都忙着往家搬东西,三个孩子也高高兴兴地往家里走,不知咋回事,桑准摔了一跤,扑倒在地。我赶紧将她抱起,看见她的唇上流着血,刚愈合的伤口又碰伤了。我当时怕得不行,要是出了大问题咋办呀?我把桑准抱到虎豹面前,他也紧张起来。"

"能不紧张吗?好不容易啊,千辛万苦,千言万语才手术,万一摔出大问题,我们付出的一切都可以不说,万一给桑准留下伤痕,那将是我们一辈子的痛哩。我马上掏出电话给杨主任打。电话通了,杨主任以为我是给他报平安。他说:桑准爸爸,安全到了吗?我说出事了。杨主任问出什么事了?我说桑准摔了一跤,把嘴唇碰伤了。他让我赶快下去。刚下的行李又装上车,不知道又会在医院住多久。开了一天车,六百多公里的山路,本就累了,现在又得连夜赶回去。没有办法,桑准的伤口像是命令。"

我问:"以前没这样过?"

"哪有这样玩命的,一天一夜二十几个小时,不要说开,连坐都不想坐了。天亮了,我们将桑准送到杨主任处。杨主任看了桑准的伤势,说:桑准爸爸,不大的事,处理处理就好了。真的,五分钟就 OK 了。但我们跑了十几个小时,我们被吓得心都紧了。

"再回到家时,我们先把桑准安顿好后,才去下行李搬东西,她成了我们家里的宝贝,什么事都必须先想到她。"

我不知道桑准以后的记忆中还会不会留存她和揩斯基、虎豹以及弟弟妹妹共同生活的那段日子,但我知道揩斯基和虎豹是一辈子都忘不了那些日子。从他俩的神情中,我感到了那些日子的和和美美,闻到了那些日子的奇异芬芳。

"可惜的是,我不能把桑准留下和我们一起生活,让她在县城上幼儿园。自己两个孩子,揩斯基要上班,我晚上基本上是通宵上班,白天休息,自己的孩子都在打她父母的主意。送桑准那天,我们的心里还是很难受的,当我们从学尔沟离开时,桑准抱着我们的腿不放,叫着阿爸阿妈,让人难受得要死。出门时,我一而再、再而三地交代,一定要让桑准去上学,哪怕学费由我出。"

"终于走完了这段坎坷而艰辛的路。"

"这哪里是头啊,才刚刚开始哩。每一次下乡,我去看她,她都站在草地上等我,一站就是好久,祖奶奶喊她,奶奶喊她,她都听不见,只说我要等妈妈。有时天黑了,奶奶把她往家抱,她都把头望向远方,呼唤着我要妈妈。"

我不知道桑准的爸爸妈妈听见桑准这样叫揩斯基和虎豹时会是什么感受,有没有亲情的失却?有没有血缘的旁斜?又有没道德上的愧疚和良心上的谴责？但我知道措斯基和虎豹他们是受之无愧，应之如常的。这种答应更重的是责任，更多的是担当。

于是，他们又上路了。

"过了半年多，听说汶川有一批爱心人士在那里做唇裂手术，我们带着桑准赶到汶川，医生看后说他们不做腭裂手术。我们只好又到成都妇儿医院找到杨主任，杨主任爽快地同意了。和唇裂手术相比，这次就真算小手术了。手术当然很成功。桑准出院后，我们才感到是真正的解放，解脱了，唇和颚的手术都做了。至于她的鼻梁手术要等到她十二岁以后；至于她鼻翼的整形和整容，也要根据以后的情况才能定。两块压在我们心里的石头都掀翻了，心里舒服了，从来没有感觉到这么一身轻巧过。

"虎豹说，出来都出来了，干脆就轻松个够，去旅游一趟。

"我想，这件事要是没有他，我是肯定做不成的。所有医院的事都是他摆平的，所有的医生都是他去说动心的，所有花的钱应该说也是他挣的，多亏了他，才有这样的结果。一年多的紧张日子也该结束了。"

十多天时间，他们去了峨眉山，去了重庆的一些重点景区。想吃什么就饱餐一顿，想看什么就饱看一回。"不一样的心情，不一样的压力，什么都变得可爱、可亲、可敬起来，连一根草、一朵花都好像在跟你说话，向你点头。以前，从来没有这样的感觉。"

是啊，天地万物，都是彼此相依的，也都是彼此平等的，没有高下贵贱。当我们在呵护一棵树时，其实是在为自己编织绿荫，当我们在保护一只鸟时，其实是在为自己弹奏妙曲。只要你心里装着自然，自然就会在心里巧笑欢歌，让你乐享一切。这就是福报，这也就是结缘。

中午的学尔沟被阴湿的冷风吹着，草原已在这里紧紧地束着舒展的腰肢。措斯基和虎豹告诉我的那一爿小屋就在山坡上，拘谨、矮小、逼仄，还没有一只旱獭那么惹人眼目。措斯基说的那个桑准果然如一朵不起眼的小花在那里开放出期待的芬芳。我们一行人向她走去，她没有像草原的孩子那样跑掉，而是坚实地等在那里。她张开小手，向措斯基跑来，扑进她的怀抱。措斯基将她抱起，她呼喊着妈妈并将小嘴向措斯基的脸上、额上吻去，吻得那么自然、那么急切，甚至那么忘情。

我们所有的人都羡慕起这一对母女来。

奶奶来了，让她下来，她反倒将措斯基的颈项抱得紧紧的。我们进到小屋，祖奶奶斜倚在藏式坐凳上，脸上再也没有了虎豹说的那种担心和忧虑。平和、自然、释然，整个小屋仿佛被温暖照亮了，整个学尔沟好像都被这样的温暖弥漫着。

我想，其实黑暗中的人，并不希望得到黎明的拥抱，只要一星点的光亮就足以驱除整个黑暗。对于深渊中的人，并不希望马上脱离困境，只要有一声呼唤，就足以毁灭所有的恐惧。祖奶奶如此，奶奶如此，我们每一个人都如此。

桑准生怕措斯基走了，一步都不离开。当我们即将离开时，无论是谁她都可以跟着走。三岁多的孩子，仿佛已经不能再住在学尔沟这样阴湿奇冷的地方，乃至这片广袤的草原了。

草原的孩子多么需要这样的向往和这样的行走啊！

措斯基抱起桑准离开了小屋，祖奶奶和奶奶并不挽留。措斯基说，是上次来答应她的，如果不带她，她会一直伤心到再次见到她。

措斯基和虎豹都说桑准是措斯基的福星。我被这样的话弄糊涂了。

"如果不遇上桑准，措斯基挣一辈子也评不上'感动阿坝'人物，评不上四川省优秀共产党员和一等功优秀公务员。"

然而我依然要说，桑准的唇腭裂不是措斯基帮扶她家后才裂开的，而是从娘胎里出生就作为铁定的事实存在的。两年多来，不知有多少人看到过这个事实，但看见也就看见了，有的直接走过去了，有的绕着走过去了。桑准一天天长大，悲伤也跟随她一天天长大，谁都没有看见撕咬她的悲伤在无恶不作，谁都看不到向她笼罩过来的无底的黑暗。更可恨的是她的阿爸阿妈，居然在孩子最需要父母之爱时将她狠心地塞给两位自身生活都极为艰难的老人。据说，他们有近百头牦牛，这在草原也不应该算穷困潦倒。据说桑准的阿爸长发飘飘，金耳坠、金戒指放着金光，很有点范儿，他却不愿为女儿卖几头牦牛做手术，还女儿一张纯粹的小嘴，弥补自己的错误。只有措斯基一看见桑准，就有了帮她的初心和冲动，而且不飘忽不掺假，一上来就信心如磐。

一年多了，两口子花了就他们的收入而言不少的钱，耗费了不少的时间，更耗费了不少的精力。他们不仅没有半句怨言，没有丝毫的后悔，更没有丁点儿的退却。硬是为一颗受损的童心涂上爱的圣油，为一个孤僻的孩子开出欢乐的花园，为一个不可知的生命塑造出一座光明的航标。

当桑准亲切无比地叫响阿爸阿妈的时候，那是人世间何等绝妙的亲情情感交响，当桑准用她柔软温润的小嘴亲吻他们的脸蛋、额头，甚至嘴唇的时候，那是生命中何等高贵的血脉守望啊。所有的荣光都需要付出和奉献，所有的付出和奉献都需要爱的底色！

措斯基和虎豹说，再过十年，他们还会为桑准去做鼻梁手术，他们同时也希望更多的爱心人士去帮助桑准，特别是为她整形。

是啊，爱是需要接力的，爱有时也是需要借力的，但爱更需要尽力。缘是需要用情和爱去结的。如果，我们都用一颗善心、一颗爱心去结缘，人间就会减少很多的苦难，世上就会增加不知多少种植欢乐的福田。

枯荷的馨香

薄暮时分,我独自坐在翠月湖的荷塘边。既不是为了听雨荷塘,因为是大好的晴日;也不是为了赏花弄月,因为时序已是初秋,"映日荷花别样红"的盛况早已走远。

然而,我是有些苦愁的。这份苦愁给心情着上些许暗淡的色彩,人也就随了这份暗淡而暗淡起来。荷塘当然也不例外。

荷塘不大,亦不规则,猪腰子似的东西延展。总是束身的楠木和总是张扬的银杏在荷塘的东边昂首挺胸,道貌岸然,给荷塘一些不堪承受的重。弥望而夸张的新叶甜甜地铺满了荷塘,亭亭地舞着凝碧的芭蕾。时不时地一枝两枝婉娩的荷花,遗世独艳,羽化成仙。好些莲子都已成熟,在那些蜂窝眼似的孕床中静养。还有一些熟透的,便垂垂地俯面向水,皱成沧桑的枯躯临了肥叶纤秆自惭形秽。巨大的反差中,却有一种落日的辉煌溢满湖面。磅礴的绿盖下面,静卧着那些枯去、烂去的荷叶,既不影响这满塘的碧丽,也不妨碍零星的孤艳,反倒如一首与月光、水、四周的景色都极为和谐的夜歌,款款而曼妙地从荷叶之下袅娜地泛起，氤氲成荷塘绮丽的晚装。

我被这样的晚装包裹起来，荷香似的那些东西就脉脉地向我走来。

我当然不会忘记那个人见人爱的日子。那个日子为我们的时代开垦出浩浩荡荡的福田。四十年中，这个田里生长了温饱、富贵、希望和尊严，滋养了一条五千年文明的河流，巍峨了一座近百年的民族丰碑，强盛了一个衣不蔽体、食不果腹的东方大国。

我当然也不会忘记那个用四川方言唤醒东方龙的巨人。自从他把那个"日"字喊成双数时，滚滚春雷响彻神州大地，我们在享受了这份荣光时，伟大的劳动热情和创造活力让死寂多年的山川河流从此莺飞草长，彩练当空。

如今，上上下下都沐浴在这个日子的荣光里，准备为这个日子盛赞和豪歌，更准备为这个日子盛装打扮。可以想象这个日子到来时的空前盛况：那么受之无愧的以其亘古的雍容华贵徜徉在九百六十万平方公里的土地上，尽享母仪万方的无限爱戴和敬仰。

这一切，都源自中国的改革！

改革是什么呢？是对旧制度的宣战，是对新世界的创造，是没有硝烟的革命。它意味着希望和新生，也意味着消亡和牺牲。狭路相逢勇者胜，两相比较取其大、求其远、就其重。然而，让我写下这些文字的却是那些舍其小、弃其近、抛其轻而为改革做出牺牲的人。他们不是改革的敌人，但他们是改革的对象，他们在被改革中为改革做出了可以大书特书的牺牲，是他们成就了中国的改革。

时间到了2003年，我去黑水出差。离开黑水已经整整十年，我便把以前县商业局团支部的一些旧友召集在一起消夜。我们围坐在一起，用花生瓜子下酒，酒把团支部的那些话和事赶了出来。那是那个年代多么自豪的单位啊，花样年华、花样岗位、花样饭碗。无论是在柜台前一站，还是在小城里一走，都是很有范儿的，不知会招惹多少想把人吃了的目光。然而好景不长，城市经济体制改革的第一刀就砍向了商贸流通。以承包、租赁经营为主的改革在商业局风起云涌，好些同事在承包和租赁中丢掉了铁饭碗，以后又有些同事在深化改革中失去了工作岗位。

我们回到了团支部的狂热之中，回到了青年的狂欢之中。以前卖酒的人几十年以后又一起喝酒，风卷残云，江水倒流。午夜时分，大家依然依依不舍，如当年不忍离开柜台的情景十分相似。

他们中，有以前民贸公司的总经理，如今是经营着一爿小毛线店的假小子；有五金商店的售货员，如今为烈士陵园守夜的"宝气"；有针织柜的负责人，如今是开着一个苍蝇馆子的"大个子"，还有一个擦皮鞋的理发员。

就这件事，我纠结了整整一天，我怕他们失落，更怕他们说我显摆。但每每想起团支部的那些岁月，又总是难以自已。下决心之前，我做好了思想准备。然而，我想得太多、太复杂了。

在这种太多和太复杂中,我唯一没有想到的是,团支部让我们陶醉在当年的欢乐中,火红的青春让我们忘却了所有的一切。

整整一个晚上,他们只字未提改革给他们带来的痛和疼,根本不言他们如今生活的艰难和窘迫。更不认为他们是改革的牺牲者,没有抱怨、没有愤怒、没有忧愁,依然那么豁达地对待眼下的活路,那么一往情深地笑谈今天的工作。

其实,2003年也算我最难以言喻的一年,我正在全力推进全州国有企业的改革。我被职工们骂过、关过、打过,但我依然保持着对职工的那份情感。我不想在我的手上断送他们的岗位,无论体制发生什么变化,都竭尽全力为他们保住饭碗。我从来没有怨过他们、恨过他们,因为我在一线,他们对我有什么不满、愤怒、怨恨都是可以理解的。

因为这些,以后的十余年中,我每年春节前都去看望那些特困工人。因为这样,我争取到了州里将其纳入统一慰问的政策。也因为这样,我与改制以后的企业商量,争取他们的支持,尽其所能捐资助困,募集近百万资金,用作工业企业特困退休职工慰问金。

记得是2007年春节前的一个上午,天下着牛毛细雨,都江堰的那份湿寒让人有些难以招架。我们一行来到州水泥厂的一户特困职工家里。

准确地说,这完全不是一个家该有的房屋,如一间简陋的工棚，低矮、潮湿、狭窄、灰暗。当工作人员推开那一扇破败的小门后，我弓腰钻了进去。拉住我的手使劲摇晃、嘴里不住地说着"感谢共产党！感谢人民政府"的是一位已八十多岁、头发全白的老妈妈。瞬间，我的心被漫天狂飘的雪花封盖了，不寒而栗。再往下看，我的心开始滴血，不忍目睹。

只可容一人行走的过道的两边有两张搭就的简易木床，木床上躺着两个人，一个是她的大儿子，双腿高位截瘫，动弹极为困难，所有的一切都只能依仗老妈妈；另一个是她的小儿子，患了严重的硅肺病，满屋子都是他破风箱似的声响。

看到这一切，我一句话都说不出口。我将"红包"双手递给她，她的眼泪就下来了。我凝视着她，好久好久，还是不知该说什么。我希望老妈妈对我发作一通，狠狠地骂我一顿，甚至扇我几耳光。她却依然让我很难受地不厌其烦地说着感激的话。没有办法，我必须早点离开这里，我真的受不了。我只好掩饰似的问道："老妈妈，你还有什么要我给你办的事？"

说实话，开始我是不想问这话的，因为我吃过这样的"亏"，我怕她也给我出难题，不答应让她伤心，答应以后解决不了让她更伤心。但现在我倒什么都不怕了，她说什么我都会照单全收，千方百计地让她满意。让我十分不解的是，她没有说房子，没有说医药费，只说她的养老保险因她的户口没在州里，交不了，让我帮她问问。

轻描淡写的几句话，鸡毛蒜皮的一件事，这时却变得如此浓墨重彩，比天还大，老妈妈用其一锤一锤地砸在我心上。

我像贼似的从那个棚子里躬身退出来，我的心里充满了对一个伟大母亲的敬仰和崇拜。她也尾随我而出。她走出来，不是怕我把她说的事忘了，她是为我送行，为了再一次重复那句话：

"感谢共产党！感谢人民政府！"

这些年这样的话把耳朵都听出了茧皮，有时听起来让人浑身起鸡皮疙瘩。本是几句再平常不过的话，今天咋就重于泰山、雷霆万钧了呢？老妈妈将其一锤一锤地敲在我的脑中。

我在会上大声疾呼：所有改制后的企业，无论国有还是民营都必须关心关爱困难职工，特别是退休职工。因为他们为企业的发展做出了卓越而不可磨灭的贡献和牺牲。

2014年的春节前，我来到一个特困职工家慰问，一盏自制台灯让我至今心里充满光亮。

可以肯定，这是我在这个世界上看到的最简陋、最低廉的台灯。整个台灯由三根箭竹制成。灯柱被固定在一张破烂的方桌上，灯竿从灯柱的中间平伸出来，一端用绳子拴牢在灯柱上，然后由一根斜撑的支竿将灯竿撑住，电灯从床头拉过来，在合适的位置上吊下来，将电线缠在灯竿上，主人便可以根据需要确定灯泡的高低和延展的长度。

我去的时候，主人正埋着白发蓬松的头，聚精会神地看报纸，那份专注中的怡然自得让我自愧弗如。当工作人员向他介绍我时，他有几分惊喜地拉起我的手，又是那几句让我痛不欲生的话。

一个被病魔折磨得如此骨瘦如柴的老人，连话都说得很不利索的下岗工人，泪水却流得那么淋漓。我惊诧地盯着他的台灯，他却不好意思地低下了头。

"莫得办法，总要有一个挂灯的架架。"

我想，我一定要送一个可以伸缩自如的台灯给他，让那一个支架不仅可以挂灯，更可以支撑起一个老人、一个退休工人对生活的信心。

他没有对我提出任何要求，仿佛这样的一次慰问就填满了他心中所有的空落，不足一千元的慰问金就满足了他所有的渴望。

说实话，每一年，我都被这样的慰问折磨着。每次看见他们不同的悲苦和疼痛，心里的难受是难以言表的。每次听见他们感谢的话语，心里的愧悔也是难以尽述的。然而我又每一次都被这样的慰问洗礼着，从思想到灵魂。我为他们的生活态度和信心所鼓舞，我被他们不计较自己的牺牲所折服。好些时候，我在心里真正地牵挂他们，生怕他们中的哪一位又不辞而别了。

他们是最弱势的一个群体，居于社会的底层。他们是工人阶级的一部分，除了自己以外一无所有。然而，他们又是最强势的一群人，不为生活所困，不为病苦所屈，不为牺牲所悔，不向政府求助，不向社会伸手，始终都自强不息，永远都相信自己！

夜已经很深了，没有明月朗照的荷塘依然难以入眠，游鱼出入水面，穿梭之中，将荷叶的梦摇碎。我看见那些在星空下闪烁着些微光的枯叶、败荷，又想起了那些为改革牺牲的人，他们都曾有过如荷香一样的峥嵘岁月，如荷叶一般的磅礴热情。他们不后悔，是因为他们曾为他们的祖国贡献过，他们的青春因此而亮丽，他们的过去因此而浪漫。

　　如今，他们老去了，如临水而歌的枯叶、败荷，给荷塘以别样的景象，给新叶以别样的骨气。

　　或许，真该用一种东西将荷塘里的枯荷、败荷乃至烂荷保护起来，让它们不被那些游鱼撕碎、不被那些池水泡烂、不被那些风吹干，将其定格成历久弥新的景色，凝练成筋骨俊朗的形象。

　　回归的路上，感悟无论是战争年代还是建设时期，埋葬总是不断在进行，然而新生也总是在不绝地诞生。能够为一个伟大时代而牺牲，让牺牲去成就改革这样震古烁今的伟大事业，何尝不是人生的一大幸事呢？

　　纵然世界上有许多不同的牺牲，我更相信如改革这种不流血的牺牲更具有时代的胎记，更充满对未来的憧憬，正如今夜荷塘里送来的阵阵荷香。

2018年9月3日晚于翠月湖

绿水青山还复来

四十年前，我的故乡很穷，却很洁丽、秀美、清雅。这种印象伴我走过了几十年的光景。由此而流溢出的乡情很纯正，有泥土和山野的气息。

然而，穷如大盗、惯贼，始终让故乡生活和成长在水深火热中。因此，那份带着泥土和山野之味的清秀总透出一些难以根治的病态。

如今，我的故乡不同了，却有些污浊、尘封、恶臭。如一张僵硬又不无欢喜的脸谱，时刻在我的眼前摇来晃去，让我失去方向。由此而泛起的乡情有些时尚、铜锈，也有些诚惶。

追腥逐臭的金钱沦为大盗、惯贼，无所不用其极的黑手把故乡掏空。因此，那些带着城市现代之味的红颜总彰显一种日落西山的回光返照。

那时，耳畔总有人说，靠山吃山，靠水吃水。过了几十年，山剥去了绿衣裳，水轻减了小腰围，穷困中人们眼鼓鼓地渴望着金山银山。现在，我们有了金山银山后又时时念及以前的那些水、那些山,才悟到金山银山终是买不到以前的绿水青山。深深地感叹既要金山银山,也要绿水青山,甚至看到了绿水青山就是金山银山。

一

我成长的那一块小到如一片嫩叶的故乡叫桃坪,因海拔不高,空气湿润而林茂花繁。村子后面是那条终年低吟浅唱的土门河,碧丽如绸,水生动物丰富多彩。无论是山水,还是禽兽,都给我记忆的底版烙上青葱蓊郁、充满活力的印痕,让我永远都走不出去。但除了这些,什么都没有了。面柜子里没有面,肉架子上没有肉,就连装盐菜的坛子里盐水都干枯了。家徒四壁,天上下大雨,屋里下小雨,外面刮大风,家里吹小风,茅屋为秋风所破歌让整个寨子寒彻心窝。

那是真正的饥饿啊,饿到吞一口口水下去都要翻白眼,完全没有一点力气。活人难道都被饿死吗?不饿死还真不行。我们村就有人被黄肿病收了命,全身上下水肿得亮汪汪的。也不能等死啊,总得出去找吃的,挖野菜,剥树皮,扯树叶,挖石面①,只要不毒人的东西,甚至于毒人的东西都往"皮口袋"里装,

---

① 石面,指观音土。

几岁的小孩儿也不例外。与穷斗，其法无穷。

一次我和几个伙伴去大山上——近处的山上已无食可觅了——采摘野菜。除石窖菜、蕾苏以外，我们都希望有春芽①能够成全我们。我们眼冒绿光，心生爪钩，那个"饿"凶极恶的样子，完全不亚于鬼怪。千辛万苦，千难万险中只要找到一株春芽，就如获至宝地将树砍倒。大一点的树必须砍掉，连小到可以拉下采摘的也不放过，格杀勿论。春芽如此，刺龙苞如此，凡是以乔木的姿态承载我们填饱肚皮食物的树都如此。我们小孩如此，大人更不例外。年复一年，靠在"穷"字上的人越来越疯狂，从河坝杀入高山，最后连老山的那些树都难以幸免地倒在"穷"字的屠刀下，血流成河。

靠山吃山，这是活命哲学，也是生活的真理。我们不懂真理、哲学，但我们知道冷暖饥饿，也知道如何去应对和解决。

毛梨儿熟在冬季，长在高山，不是成群聚集，喜独处。有的藤蔓铺张开去，罩住一圈矮树；有的却攀缘而上，死缠一棵巨树。记得，那一年的雪下得很大，几乎把所有树都裹了个严严实实。我们几个上山寻觅毛梨儿的人在山里疯狂地转，却难有收获。真要感谢天神，已近黄昏时，我才找到一株，粗实的藤巨蟒一般顺着那株白杨树干攀缘而上，枝蔓随树枝纷披开去，

---

① 春芽，指香椿树上刚长出的嫩芽。

块状的厚雪之中，卵形的毛梨儿琳琅于枝条之间。我望着那些猴儿似的圣果，口水不绝于口。然而，我却只能望果止饥，无能为力也无可奈何地坐在树下，直到脖子发酸，眼睛生涩。那么大的树干，我根本抱不住；那么高的树身，我完全爬不上。没有办法，我只好叫来伙伴，双双发力，用斧头去对付。那棵白杨倒下时，咔嚓的声响让我的头发都竖起来了，巨大的躯干，将周围的小树一一砸断，甚至连根压倒，狼藉一片，凄惨一片。我们却开怀大笑，征服者似的喜不自胜。满树的圣果可以抵挡饥饿的怪物。

那时的那个冷啊，是带了鞭、夹了刺的冷。冷在浅表是一种牙齿咬啮的痛，冷到深层是一种电击火烧的痛。那个"穷"字把我们的鞋偷了，把我们的衣裤也毁了。我们的手脚全部张开了猩红的小口，有的小口不时流血，有的小口唇壳硬厚。因此，我们得用力去砍柴，用劲儿去挖疙瘩，我们得让房子的周围都码上城墙一般厚实和高大的柴码子。既可挡风阻寒，又可生火取暖。一回到家，便在火塘上架上一小码柴，让腾腾的火光驱赶我们周围的寒冷。然而，那与"穷"为伍的恶风从背后袭击我们，把我们的破衣烂衫撕扯得更加零碎。前面都烤焦烤煳了，背后总不见暖。再加柴，再加柴，火舌都舔到了竹楼笆子，依然找不回被"穷"偷走的那份暖。柴码子不多时就下去了，被烧光了。到新柴码子起势的时候，我看见对面的那座山倒下了，脸色苍白，像一个临嫁的姑娘刚绞过汗毛就猝然死去的脸，连尘埃都被刮得一粒不剩。

到二十世纪八十年代中期，故乡四周的山上基本看不到树了，就连目之可及的最高的山脊上都看不到一棵树迎风招展了。

六十年代末七十年代中随处可见的麂子、獐子几年之间被"穷"字猎杀殆尽。几分婉转、几分清明的画眉、相思鸟被"穷"字一网打尽。土门河里那些色彩艳丽、体态优美的生灵被"穷"字电击淘净斩尽杀绝。

真是"穷"凶极恶到了无人可忍的地步，所有的山被它剥了几层皮，所有的地被它吸了几次髓，所有的河被它熬了几次油。绿水青山被一个"穷"字彻底埋葬了。我们在穷困潦倒之时一并撂倒了绿水青山。才知道，穷岁凶月，山水是养不住的，坐吃山空，坐吃水尽呀！

故乡的那张脸如被熊掌抓撕、狼群啃咬一般，再也找不到鼻子眼睛，完全不是脸，根本就没有了脸。

二

无工不富。但工业如骄傲的美女，只向城市抛媚眼，施柔情，只爱那些有资源的山水，对故乡这般的穷光蛋连看都不看一眼。好在故乡所在的地方还相对空旷，沟没有那么深，山也没有那么险；好在阿坝州可以建工业的地方都挤得满满当当；好在有两条高压线从故乡穿越；也好在故乡紧邻绵阳和德阳。这些天然的和人为的条件，让工业的老妪在"5·12"汶川特大地震以后可以委身于故乡。

没有见过工业老妪的乡亲们，用那份热情把河坝里的石头都捂开了花。从来就视土地为命根子的农民们，自此贱看了土地。征地时，他们没有一人去阻挡。自己的东西，也不讨价，更不涨价，政府给多少都行，从不加码。甚至还有的找到工作组要求开后门，将自己的承包地贱卖给政府，"你们看着给几个，多少都行。"地里的苹果树、樱桃树、李子树，都不在乎。树径的大小不在乎，价格的高低也不在乎。从来就没有见过土地可以卖钱，树木可以连根卖钱的事儿。穷惯了、穷久了的人根本就见不得钱，哪怕是微不足道、微乎其微的小钱。因为他们祖祖辈辈想钱，差点把子孙都想断了，把眼睛都想瞎了。

征了地的乡亲，数着数以万计的征地款，脸上的笑容如花而放，在梦里都会笑醒。没有被征地的乡亲，那份愁苦让山河都平添了几分黯然。几乎工厂和村里的新房同时建成，满河坝的果树被几根冲天而起的烟囱代替，满地绿汪汪的玉米被几个大罐子取代。街上的木架房被砖混房取代。仿佛一夜之间，故乡就变了一个人，以前那张清秀的脸一夜之间就胡子拉碴了，连声音都有几分浑厚和嘶哑了。然而，乡亲们不觉得，他们完全被工业这个巫婆弄得神魂颠倒，完全被工业这张有几分浪笑的脸弄得不知所以然。祖祖辈辈看腻了的那张脸，羞涩、腼腆、朴实。如今这张脸涂脂抹粉、柔情媚态，全新的感觉让乡亲们心旌摇荡，遐思连连。

成百上千的人去工厂挣钱了，一人一个月的工资要抵土地上近十亩一年的收成，要当几只肥猪的价钱。这份好，让他们更亲近、更宠爱这新来的老妪。以至于那些瘴气、灰尘、雾霾都看不见、闻不到。他们说以前煮饭不冒烟吗？以前狗从门前跑过没有灰尘吗？情人眼里出西施，穷人口里出美味。哪怕村子又变了一张脸，依然西施一般。

有钱的乡亲们，改烧柴为烧块煤烧电了，房顶大都装上了太阳能。他们再也不去土地上刨食了，猪也基本不喂了。过年时，白花花的票子往猪贩子面前一抖，要什么样的都有，要多大的猪也有。集市一下子就火爆起来，琳琅满目，要啥有啥，把整条街都要撑破了，把人们的眼睛也看花了。镰刀斧头，背架钉牛都无事可做，打入冷宫。一年年地，远山绿了起来，开始是插花似的绿。渐渐地，绿就牵手联姻了，海一样地铺展开去，树、林、花、草都安然地生长和开放。继之，近山已不惊不诧地绿了起来，勃勃的生机无穷碧去，哗哗地从山上往下流淌。画眉又在树枝上婉转，相思鸟又在竹篁上歌唱，就连从不下山的山楂鸟也拖着长长的尾巴在河边不绝地欢叫。

猎人成了工人，吊路子①成了打工仔。包里有了钱，什么山珍海味都可以买；手里有了工作，什么东西都不稀罕。怕人的野猪成群了，山上的猴子下山了，洞里的老熊过街了。

乡亲们有了富足的日子以后，故乡那些山水又恢复了以前的清秀。泥土的味道、山风的味道、野花的味道从山谷和林木之中生发出来，让故乡有了几分幸福的美感。

金山银山复活了故乡的绿水青山，金山银山成就了故乡的绿水青山。

三

那些漫天飞翔的尘埃如黑色的幽灵结伴而行，有时甚至成为一副飘移的挽联，从村庄的上空漫不经心地拂过，拂过山前的那些山林，缓缓地落定在叶片上、草尖上和它们脚下的土地上。

起初，人们不以为然，几粒尘埃又算得了什么呢？无须大惊小怪。如果那样，就太神经质了。渐渐地，这些尘埃就爬上屋顶，让屋顶变得油污不堪。那些尘埃又附着在菜叶上，成为菜叶上一层去不掉的腻膜，雨冲不去，水洗不净。那些尘埃又

---

① 吊路子，指羌族有一种能使用符咒，通过半人力、半神助的方式进行狩猎的猎人。

摧落了刚开的樱花、初孕的幼桃。人们都不以为怪，这些都不在乎。只要能挣大把的现钞，这一丁点儿的事儿连鸡毛蒜皮都算不上。突然有一天，一对年轻的夫妇，看着女儿放学回家，那么清秀和白净的脸蛋猝然不见了。只看见黑珍珠似的眼球生出火亮的明光，不是女儿脆生生叫响他们的称呼时，他们还以为非洲小姑娘来到了家里。起初，妈妈习惯地用手掌为女儿抹灰，不仅没有如愿，反倒更加难堪，涂鸦一片，再看看自己的手掌也被污染。扭了毛巾洗上一帕，油污污的依然难以洁净。再看看其他的孩子，如出一窑，炭孩子无二。

盐化厂虽然没有尘埃扬起，却不时有异味和着空气侵入鼻腔。异味就异味，和以前粪坑里的大粪相比，真是小巫见大巫，不足挂齿，无须较劲。直到有一天，一位工人感觉喉头有些刺痛并伴以辣乎乎的烧灼时，人们才在深吸一口空气后细细地品味到异样的感觉。他们闹到厂里去，才知道那是氯气，是一种有毒的气体。一旦这种气体被放出，满山的林木便会被扼杀，遍野的葱绿将会被灭亡。

很多人想起以前菜地里一年不断的青，那种青，纯然地弥漫在那些山坡坡上、山沟沟里，看上一眼，满眼的爽亮，满心的芬芳。又有很多人回想以前的樱桃、杏子。红在枝头的樱桃的那份晶莹和水灵，招惹多少小鸟婉转其间。黄在叶间的杏子的那片富丽和殷实，满足多少人对日子的向往。还有很多人想那郁郁葱葱的玉米林，风吹时哗啦啦的声音，胜于天籁。人们又把眼睛望向了那些浩繁漫卷的森林，他们似乎闻到了林子里松茸弥漫在空气中浓烈的香味，他们似乎又看到了撑开红伞的红菌子、闪着亮眼的露水菌、满头金发的刷把菌。那些老药夫子就念起昔日上山挖羌活、独活、大黄、棉七，扯细辛、柴胡时的日子，药棚子里那些欢天喜地的龙门阵。这些人当中，想得最头痛最要命的就是那些村官组官。他们时刻都在村民的风口浪尖上，厂门被封，他们苦口婆心地去劝说，那份罪是活受的。挣不上钱，贫困户一大堆，嗷嗷待"解"，那个苦是活吞的。他们想，这厂要是不冒烟不跑气该有多好啊，在清清洁洁中挣几个钱，心里舒坦，周身安逸。想和村民一起逼迫企业绿色和循环发展。他们又想，那些绿了的山里不知有多少以前救命的野菜野味、野果野泡儿，如今应该是安全食品、有机食品。那些长大的树，亮了脚的地上咋不可以因地制宜地种药材、种食材、养土鸡、养野猪、养中蜂。心里开始谋划，手上绘制蓝图，他们决心通过几年或再长一点时间，把绿水青山变成金山银山。

以前故乡的人靠山吃山，那仿佛是祖祖辈辈的一种宿命，那些山水成为他们的绳索将他们牢牢地拴死，放不开手，挪不开步。那是十个以至于上百个时代的悲剧和必然。以后只要金山银山，哪怕牺牲绿水青山。发展成为天经地义的导向，树死了不当回事儿，水臭了也不当回事儿，因为金钱的光辉让人们什么都看不见，金钱的味道淹没了所有的味道。慌乱的心气虚力弱，没有人敢说不要金山银山，几乎所有的人都不知道什么是绿水青山。现在他们已从吃不饱穿不暖的日子中解放出来，有了钱的日子就需要尊严和荣光，就想到食品安全、人身安全，才敢有底气地说出既要金山银山，更要绿水青山。继而他们会皈依于那些山水，主动去呵护和造就那些山水，让故乡的山水成为生活的走向、生存的未来，使之名副其实地让绿水青山成为金山银山。

想到这里，无须回望。

2016年3月16日

从壤塘到上海的孩子们

印象中,那是个天气凛冽的日子,尽管没有下雪,但冰雪却一直伴我左右。从阿坝县去壤塘,路并不远,却整整颠簸了五个小时,疲惫自不待言。这是一块深度贫困的土地,在冬日的严寒中显得更加不堪入目。看见那些雪窝子里的房舍和形销骨立的牦牛,即使阳光白花花地照着,心里依然打着寒战。

就这样,我走进了阳光中那座典雅而又别致的木屋。

木屋里弥散着淡淡的柏香,也流淌着惬意的温暖。香茗已煮出幽幽的味道,嘉央乐住将我安坐在他的对面,为我斟上上好的红茶。我们就这样在茶香中把话题打开了。

起初,我向他请教了一些觉囊派方面的问题,特别是关于坛城方面的知识,他从生命、哲学、自然科学等方面向我娓娓道来,徐徐展开。在语音抑扬、神光跌宕中给人以醍醐灌顶、耳目一新的清明之感。接下来,他向我谈起藏文化,特别是唐卡、藏药、藏香、布帖等传统文化的保护和传承、弘扬和发展,那种大有为文化倾其所有的使命感和紧迫感让人敬佩。最后,我们谈到了人的问题,谈到了贫困的问题,谈到了如何用文化的力量去拯救那些生活在水深火热中的贫困之人,唤醒那些在迷途上越走越远的糊涂之人,让人在共同的目标下体识善的殊途同归、无所不能。

就这样,我们在意犹未尽时,来到了他所创办的文化传承学校。

简陋的校舍,空旷的教室,阒寂异常。寒冷抽打着那些墙体和设施,一个个学生却异样地坚定,如一块块坚硬的石头,不为寒冷所动,也不为我们的到来所动。他们将一颗颗浸泡在文化温泉中的心定在那里,冻裂的手指,以及裂口上凝固的血和杉树皮一般粗糙的手背,丝毫不影响他们紧紧握住命运的乾坤之笔,那双凝视的眼睛,死死盯牢那一条通往未来的路。在一笔一画中,也在一色一彩中织就属于他们自己的那一方天空中的那一片锦绣。

我不时地停下,伫立在他们的背后,沉浸和陶醉在他们色彩飞舞的天堂中。然而,我的心又苦不堪言,我为艺术在那样寒冷的熬煎中感到深深的战栗。

出教室后,活佛依然紧锁眉头,和善的面容中总有些难以释然的苦痛,我知道他心里的那份苦痛。

以后的两年中,我又几次去到他的学校,尽管季节变了,但孩子们的那份安定并没有变,那种纯然的素朴如莲花般在高原的圣土上开得更加清艳。他们的造诣更深了，第一次看到的那些线条和素描，已让他们用故事的形式讲了出来，不仅栩栩如生，而且澄澈邈远，给人视觉和心灵的震撼。

然而，活佛那眉头似乎锁得更紧了，连那双明眸都被忧郁轻轻地罩住了。他不停地在我面前絮叨：

"孩子们不走出去不行啊！"

我望着他，盯着他，然后低下了无力的头。我无言以对。

好些孩子连汉语都不会讲，连汉字都不识，让他们往哪里去呢？路在哪里呢？去到外面，他们怎么面对和适应呢？最要命的是，有谁接纳他们呢？但我不能说，我怕伤害他。像他这样的人，我不知道他有多大的能耐。兴许，哪一天，他真就把这事做成了，找到了一条路，抑或闯出了一条路。

果然，不到一年时间，临近春节，他让我去上海看看那些孩子们。我怔怔的，不相信他说的话。

"他们在上海很不错的，真的！我不骗你，看了后你会高兴的。"更让人不敢相信的是，他居然说故宫博物院的院长、上海美术协会的会长、浙江大学的教授等，对孩子们的唐卡大为赞赏。

他越吹得天花乱坠，我就越不信。那都是些什么人呀，泰斗级的，国宝级的。几个毛桃子娃娃，才学了几天唐卡，既没有理论引路，又没有素描夯基，就神通广大、成龙成凤了。知不知道天有多高、地有多厚？我不反驳他，怕伤害他。

说服不了我，他并不气馁。仿佛这些东西已成为天上的日月星辰，你信不信，它们都在那里。

没过几天，有几个同事无意中谈及此事，都在惊讶中印证了此事，才让我有几分相信。

但我却一直没有机会验证。

今年的仲春时节，我去杭州出差，顺便去了一趟上海，想看个究竟。

上海的三月，甚是惬意。无须说那烟花竹树，也无须说那鸣鸟声声，只那温酥的阳光就让人受用不尽。

金泽工艺社，坐落在上海和嘉兴之间，那里属金泽镇管辖，由一个厂区改造而来。款款的一汪碧水轻轻地将其挽着，绿树绽春，新花吐艳。孩子们手捧洁丽的哈达夹道欢迎我，脸上洋溢着喜悦。活佛将一根金色的哈达献给我，舒展的眉头、爽朗的目光让我在赞赏中什么话都说不出来。他给我很郑重地介绍了孩子们昵称为"梅妈妈"的梅女士。

我真的为那些散发出古韵的房舍，那一垄垄修饬规整的竹子，以及那些颇具江南味道的亭榭过廊所倾倒。这是在上海，在黄浦江边的金泽古镇，融融的春意让人尽情消受。我想到了万里之外的壤塘，那里依然还被严寒深深地围就。雪山、冰河，虽也风光旖旎，却难有这等盎然的春意将人消解。何等的天上人间，何等的雪域海天啊！

饭后，我去欣赏了孩子们的毕业作品，观赏了坛城的美轮美奂。我被他们的作品紧紧地攥着，挪不开步。那些雪域的岩石、草木在黄浦江水的浸润下，竟然以其无与伦比的天然之色、天工之巧，默然绽放在上海滩，发出纯真而又久长的会心微笑。

谁会想到，他们居然是一群大山深处的藏族娃娃，他们没有像样地上过一天学、读过一天书，他们甚至连一句完整的汉话都说不流利。他们几年前还只是一群骑马牧牛羊的小牧童，或是一些迷失在穷困之中的小混混。今天，他们却以一个貌似不合格，实则很不一般的艺术家身份展示出文化的自在和自信，传承着独特文化的高天厚土。

然而，他们就是这样，心无旁骛、心无杂念，像沉在荷塘里的一块奇石，尽享着水的润泽、荷的清碧。以至于我们从他们背后走过，他们也全然不知。我这不速之客，也真怕在那里久留，怕成为丢于荷塘里的那枚讨厌的石子，打破了他们宁谧的海天之梦。然而,时不时地,我又情不能舍地驻足在他们背后，不为欣赏他们精心刻画的作品，而是想真真切切地看清他们的那双手，还有裂口吗？裂口中还渗出鲜艳的血吗？皮肤还如杉树皮一般吗？握笔的指头还在寒冷中不停地发抖吗？

没有，什么都没有了。游走的线条是那么端直，浸濡的色块是那么均匀，成像的元素是那么圆熟。我才知晓，孤独的艺术需要的是开放，冷艳的作品需要的是落差。

> 我住长江头，
> 君住长江尾。
> 日日思君不见君，
> 共饮长江水。

这时，我更想和梅姐聊聊了。

梅姐，姓梅，名冰巧。从这姓名中，可以体味到那种清香的精瘦和隽永，也可感觉到那种玉洁的光芒和精到。她的整个人，氤氲起唐诗宋词的芬芳，升腾起大漠落日的辉煌。

她来自东方之珠，驻足于金泽，想实现她和先生为复兴江南乃至中国一些濒临失传的传统文化的梦想。她和先生几乎走遍了大半个中国，然而一颗颗年轻的心只钟情于现代文明，好些人菲薄祖宗的传统文化，他们对西方文化上瘾。踏破铁鞋，却找不到她心仪的传承人。时光荏苒，她心急如焚。她想不明白，一个具有五千年文明的古国，如今却难以在天天高呼文化自信中找到忠实的文化知音，眼睁睁地看着好些曾喂养了中华民族文化佳肴的人随风而去。她不甘心，又和先生去了青海、甘肃，想着偏远穷困的地方会保存着文化的原生态，这样的原生态中一定会有文化的坚守者，有他们的知音，能成全他们的梦想。

然而，漫漫黄沙、浩荡黄河依然不心疼两位远道而来的有心人。除了极度的疲惫，他们什么也没找到。

这时，在偏居一隅的壤塘，有一个叫嘉央乐住的人，他手里有一大把这样的孩子，正在寻求走出壤塘的贫困之路，寻找大善人帮助这一群孩子脱离贫穷的苦海。他时而北上，时而南下，时而东去，时而西往，希望以他的身份和名望为孩子们披上幸福的袈裟。然而，他的善心依然没有结下一份善缘。实在无路可走了，他才想到孩子们的作品，虽不十分满意，也还有板有眼，像那么回事。他希望通过孩子们的唐卡画展找到与他合拍的人，为孩子们铺展下一条路。

于是，他带着他多少有几分得意的门徒和孩子们的唐卡画，诚惶诚恐地来到国际大都会上海。

让他惊讶的是，孩子们并没有被大上海的五光十色花眼，也没有被外滩的灯红酒绿乱意。只要往画架前一坐，孩子们还是石头一样，那颗心又坚定地，物我皆忘。

让他没有想到的是，大上海真是大啊，它拥孩子们入怀，给孩子们以欣赏的微笑。黄浦江真是深啊，它赐孩子们以母乳，给孩子们惊奇的赞美。

那天，梅姐在一个朋友的邀约下，以试一试的心情走进了展馆，随着参观的深入，她心里的那块冰渐渐地被那些唐卡所发散出的光辉所融化。她被盘坐在那些画架前的孩子们专注的神情和淡定的心久久地吸引住。不错，这些闪耀着兵马俑一般宝光的孩子就是她所要找的让她心仪的人。

她和嘉央乐住坐在了一条板凳上，他俩的共鸣如黄浦江的波涛发出天籁般的唱响。

就这样，壤塘的雪孩子们知道了上海滩有个金泽镇，阿坝的穷孩子们知道金泽有个善心如太阳的梅妈妈。就这样，孩子们在每年十月，当壤塘的北风刮起雪花的时候，便来到依然如壤塘之夏的上海。到了第二年六月，他们再从上海回到依然如上海之春的壤塘。成为候鸟的穷孩子们，成为知晓世界的艺术家。就这样，梅妈妈和她先生每年为他们砸进去几百万。也就这样，梅姐去南木达那山高皇帝远的地方投资三千多万美金，兴建旅游宾馆，那是迄今为止阿坝最大的外资落地项目。这其中的好些"就这样"让我瞠目结舌。于是，我问梅姐：

"为什么呢？"

她目光如水地把我浴在里面说：这是我想做的事。

我想，她真是太任性了。有钱就可以这么任性吗？但那是她想做的事，不任性会做不好。我俩坐了不短的时间，话却没说上几句，我并不觉得尴尬。

快吃晚饭时，她先生来了，和香港好些生意人一个长相，仿佛钱把他们的油水都榨干了。他给我说了好几件事，我缄默。有些话我心里没底，不知该不该说，干脆不说为好。但心里却在谋划着怎么去做，不仅为近两百名孩子的奔康路，更为一片艺术天空的星光闪烁。

离开金泽的时候，活佛去机场送我，又谈及一些让他难以解决的事，我让他告诉我他们合作的真实情况，他全部娓娓道来。我又问了他一些我认为在上海敏感的事，他也信誓旦旦地向我保证。我又想到了高原那一片明洁的天空，壤塘那一片碧丽的草原。在阿坝和壤塘看来，那是多么高远，多么广袤，然而在世界来看，又是多么狭窄多么逼仄啊。但我分明感到了一种异样的力量。

我想，我还会到金泽的。我真的舍不下大上海的那一块金色的土地。

一个月以后，我又去了金泽。我和同行的几位同事坐在青浦区人大的会客室里，朱主任和金泽的一行领导接见了我们。精明而又睿智的朱主任知道我们是因两百个壤塘的贫困娃娃而来，难免客气起来，依然少不了上海人的滴水不漏。从金泽工艺社所在地的规划到建设，又从长三角洲经济一体到金泽的政治地理、经济地理，乃至发展定位、战略考量等方面都一一做了介绍和描述。最后，才说到安全、消防、舆论上的一些隐患，所有的问题都不是我心里放不下的问题。我心里的担忧消除了，隐患也化解了，我代表孩子们和他们的父母向青浦和金泽表示我发自内心的感谢，感谢他们接纳了这一帮特别需要阳光的孩子，也感谢他们这些年来对孩子们的关爱和关注！让孩子们真切地感受到大上海的大、黄浦江的阔、上海人的暖。在近两百个藏族孩子的脱贫和未来的问题上，我们的心是相通的。

一夜之间，我的心里爽朗起来，我的脑子也豁然开去，我又一次在上海看见了高原的天空和雪域的江河。

我们又以会议的形式去一个个地解决那些问题，共同打捞起那一汪碧水中的些许渣子，共同除去那一块园圃中的零星杂草。阳光之中，我们相视一笑，幸福的涟漪荡漾在海天之上。

临走时，我让梅姐请来英周彭措和单增措，他俩是孩子们中唯一成为佳丽的一对，并且已有一个一岁的儿子。英周彭措是金川人，还未上完小学三年级就因家里没有劳动力，辍学回家放牛了。单增措是壤塘人，也因家里太困难而没有上学。英周彭措是舅舅介绍去的，单增措是活佛在壤塘招来的，从认识到结婚，他俩没有让人荡气回肠的罗曼蒂克，只有相互倾慕于那份对艺术默然的忠诚和淡定的期许，只有相互感知目光中那份不安的温情和洪水般的躁动。英周彭措真是一个让人喜欢的孩子,总是深情地向我微笑着,甜甜的。单增措却显得老成得多，她不会汉语，所有的问题都由她可爱的小男人结结巴巴地回答，让人总觉得穿上了一件大而重的皮袍。所有的话语中，只有梅妈妈和活佛的表述让人感到清爽和轻松。他们对梅妈妈和活佛的感激是由衷的,是骨子里的,是永生不忘的！甚至他们用眼泪,用眼泪里的幸福来告诉我、来证明他们的诚实。我怎么会不信呢？当我看见梅姐将他俩的小乖乖抱在怀里的时候，我就从她的目光中、呼唤中毫无办法地理解了这一切。多么幸福的小家伙呀，这么小就投进国际大都会的怀抱，吮吸着现代文明的乳汁，晃荡在黄浦江的摇篮之中，如风一样地长着，如花一样地开着。再想想他们的作品，哪一幅不是这样鲜活、这样妙趣横生呢？

英周彭措和单增措告诉我，去年他们分别给自己的父母带回三万多元钱，从上海回去还要给家人带去上海的好东西。他们还说，当阿妈拿着那么多钱，手都在抖，眼泪都挂在脸上了，他们的眼睛也泡在泪水中了。他们又说，第一次离开牧场和家人时，连牦牛都用不放心的目光望着他们。现在，连路上的石头都羡慕起他们来了。

近两百个孩子，近两百个贫困家庭。一个孩子给家里寄去三万元，就有近六百万元。这对壤塘这样偏远而又深度贫困地区的贫困家庭而言，不啻是一笔不小的收入。关键是这样的群体是会不断扩大的，在大上海不显山不露水，在壤塘却会撑起一片不小的天。

那天早晨，是上海的早晨，我坐在运河边的一棵泡桐树下，满树的桐花簇簇累累，晨风将花香送到大街小巷，吹入千家万户。我自然地想到了脱贫攻坚的东西扶贫，只一步之遥的浙江省就对口了我州的十三个县，所有对口帮扶的市县都毫不含糊，尽心尽力，尽职尽责，党和社会主义制度的优势极尽彰显。然而，从援藏再到援疆，从抗震救灾再到脱贫攻坚，尽管政治责任面前从不言难，但的确也让那些老大哥省市应接不暇，有的几乎到了难以招架的地步。于是，我又想到了金泽工艺社，想到了梅冰巧，想到了活佛，他们在不经意间构建了一种民间帮扶脱贫攻坚的模式，走出了一条东西扶贫的民间路子。既是一种资源的有效嫁接，又是一种城乡互补。在大上海可以欣赏坛城艺术的巧夺天工，又可陶醉在西域文化的醇醪之中，甚至成为一种稀缺的旅游资源，在上海滩上开出四季的景象。

试想，在广大的东部地区，这是一股多么磅礴的民间力量呀！只要我们去发动，去组织，去召唤，这股力量不会比政府的力量小。更重要的是，它可以实现不同区域间、不同民族间、不同组织间的自然对接，共同构织出互帮互助、互亲互爱的生动局面。

飞机从虹桥机场起飞后，我从舷窗向下鸟瞰，茫然四顾，我不知道青浦在哪里，更不知道金泽在哪里。心里沉甸甸的，满当当的，就在我收回目光的一刹那，仿佛看见他们就盘腿打坐在我的心里，整个上海滩上正绽放一朵硕大的雪莲。

我知道，过不了几天，孩子们就要回壤塘了。我也知道，再过几个月，孩子们又要回上海了。

当上海滩充盈了雪莲的花香，当壤塘铺满了上海的晨曦，那将是一幅怎样的大美风光啊！

羌人的农具

已有好几年没有看见粪桶、筛子、背篼、镰刀、锄头等农具了，某一天，心里缓缓地爬上沉甸甸的惆怅，让人消受不了。

回到家里，在做了杂屋的老圈里找魂儿似的找了好一阵。不仅一无所获，反倒弄得灰猫土狗，难堪自不待言，那份惆怅化成的水，快把人淹死了。

我问父亲，那些东西哪儿去了？父亲一点儿也不上心地说：烧的烧了，摔的摔了，能送的送人了。

我当然不能对父亲的这些举措有任何丁点儿意见。一个老农民，也许早就腻烦那些与自己朝夕相处的破烂东西了，还能指望在那些日积月累的艰辛中生出情爱吗？正如他看我的那种眼神。

但我不一样，我当农民的时间不长，恰好正值对农具生出情爱的季节。尽管以后几十年抚触甚少，一有阳光，便会伸枝展叶，含苞开放。

镰 刀

我最先学会用的是镰刀。

在一个家庭中，镰刀是最重要的农具之一。这种重要性在于它的四季功用，老幼均需。凡需"割"和"剜"的地方，镰刀均可派上用场。

一把好镰刀可以让主人很有面子，也可以给主人带来好些好处。父亲是打过铁的人，自然是这方面的高手。

最是麦收时节，镰刀给人强烈的自豪。生产队的所有劳力全都集合在一起，皮绳勒在腰上，镰刀提在手上，新发于硎的锋刃放射出饥渴的光芒，有幽幽的蓝光闪耀，亦有冷冷的低声呜咽。生出新锈的刃口，像带血而归的勇士，唱着凯旋的赞歌！

一个伟大的母亲立于村头，捧着一海碗哑酒，丰盈的微笑那么灿烂地照临着牦牛似的汉子。每一条汉子从她手中接过酒碗，信心满满地回报一脸憨直的笑，低着头大口啜饮，渐次将头上仰，让海碗翻转了乾坤，鼓着眼对视太阳。母亲点点头接过空碗，开心地笑着。她喜欢这样有血性有力量的空碗！

那些被哑酒和锋刃灌出几分醉意的汉子，嗖的一声脱掉羊皮褂子，又嗖的一声将勒在腰上的皮绳甩出几丈远，在麦浪的金边上站定，等待开镰的号令。

母亲和几个女人将一坛老酒抱于麦海的中央，一派华贵的金黄簇拥着她,她将坛口的封泥一点点地掰下,低下头去闻闻,陶醉似的摇摇头,一副享受的派头。然后,她豁然一掀,将一大片封泥哗的一声掷向远方,惊飞的鸟雀腾空而起,咂酒的醇醪席卷而来。母亲手里的红旗在微风中一挥,清亮的声音脱口而飞:

"开镰啰!"

那些挺直的脊梁咔的一下弯了下去,镰刀和麦秆摩擦出整齐铿锵的旋律,如衔枚疾走的骑兵。嚓嚓嚓嚓,力道十足,利快十足。起初是浪头似的齐齐推进,继而是箭头似的几多奋争、勇锐向前,再后来就只有一支棱棱的钢枪所向披靡地一往无前。更加明快的节奏飞向空中,落下的汉子们并不示弱,依然奋力追赶。有的将汗衫扯下,汗水滴洒在刀刃上,给铿锵的前行一些润泽。那支长矛继续延长着矛杆,矛锋直刺那坛老酒。终于,矛锋刺穿了那片金光四射的麦田,一束钢亮的光在天边闪耀。只听一声长吼,母亲就将那条鲜艳的羌红①挂在了汉子的身上。人们将镰刀抛向天空,蜂拥而上,将争得头名的汉子抛于头顶,吼着,闹着,唱着。酒被洒向脚下的土地,浇灌了厚实的赠予!

由镰刀主导的这场残酷的竞争,将丰收的喜悦升华为一种酒与力的仪仗,将劳动的沉重诠释为歌与舞的表演。千百年的

---

① 羌红,是羌族人祈求吉祥的信物。

土地与千百年的农人在漫长的野合中孕育和成长了这样精美而又诗意的劳动景象，让土地有了等待的焦渴，农人有了饱满的期盼。

想到这里，心里的痛油然而生。再也找不回的那一把把镰刀带走了整个村子的那份激情盎然的辉煌，也带走了儿童制造木牛儿旋转的天真和梦幻，更带走了土地流水一样的隽永和浪花一样的欢悦。

犁 头

自从有了犁头，农人就得到了一定的解放。在牛与人之间，犁头让土地与农人更加亲近。每年的春秋两季，它们构成一幅幅线条明快的画，被季节牵引着游走。

春天，大地刚刚苏醒，那些睡意阑珊的树枝适才有了水化雾状，柔和地轻漾开去，在山坡上、沟谷中盈盈漫溢。地边上、溪流边，刚有几苗嫩绿的苦苦菜时，春犁就开始了。

那是一个节日——开犁节，是耕牛们的节日，也是土地的节日，更是农人的节日，是孕育前的滚床，又有些花夜的滋味。牛们仿佛知道这个节日，总会在向往一个冬日的枯寂中去大快朵颐那一餐盛宴。饲养员给每一头牛准备了半桶面汤，在面汤里加了适量的盐，牛们认得自己的餐具，各自就位，呼噜噜地用灵巧的粗舌卷起美味。开始,那声音是半实半空的,沉沉地被牛头堵在桶里转,渐次变得空落起来,唰唰的甚为粗粝,仿佛舌上的肉刷把桶板都刷穿了。面汤吃完了,牛们依然不尽兴,举目望着饲养员,满眼都是期盼。饲养员麻利地将那些桶收起来,举起比牛头还高的鞭子,将它们吆喝到那块春情萌动的地中。等在那里的犁手上前招呼着自己的伙伴,他们有些巴结地伸出手,让伙伴们找回去年秋天的那种感觉。牛们伸出粗大的舌头,愉快地舔舔主人带盐的手。相互之间交流眼神,对话。主人便给它们戴上铃铎,轻轻地摇几下,伴着铃声说些赞美和情真的话,再将红布绾成的大花系于角上,抚摸着额头,轻拍几下肩胛,随即握住牛角向犁头走去。新郎官似的牛们显得理性十足,乖乖地任由主人将枷档放上脖子并系牢锁棍。主人们双手扶起犁头,等待开犁的号令。

须眉覆雪的寨老,毕恭毕敬地给牛王爷献上一海碗哑酒,如数家珍地为牛王爷唱一段经诗,高亢地吼出:"开犁!"

十几架等待命令的犁铧噌噌地插入土地,披红挂彩的牛队在曼妙的牛铃中行进,成了一道流淌的春色。牛山歌儿轰然响起:

我的牛儿你最乖,拉地好像转大街。
太阳为你取枷档,月亮为你红花戴。

这一嗓子如山林间的那一声鸟鸣，唤醒了满坡的七里花香，花香中氤氲起更加厚实的歌声：

> 我的牛儿你最好，总把主家当个宝。
> 宁可自己多用劲，不与主人闹与吵。
> 我的牛儿你最强，无人不知牛状元。
> 笔下泥土都成立，纸上乾坤都为粮。
> 我的牛儿你最美，赛过神仙羞死鬼。
> 牛王会上走一遭，歌如酒来酒如水。

芬芳的土地泥浪滚滚，微波涟涟。

就这样，春种的队伍尾随而来，到处充盈了春天的味道。

秋收以后，是耕牛们最要出苦力的时候。奉献完水分和养分的土地，变得枯瘦干涸而没有一点儿弹性，结成大小不一的板块。和春土相比，天壤之别。好在牛们经过一个夏天的长膘聚力，体魄和春天完全两样，屁股圆溜溜的，腰背平展展的，撒起狂来，尾巴在空中卷起扶摇而上的红色狂飙，威风十足。起初的几天，牛们精神昂扬，牛劲冲天，一上犁沟，便不须扬鞭自奋蹄，拉直了脖颈，所有的力量都齐聚于枷档包上，听不见犁手的吆喝就到边了。不到十天，牛毛便开始杂乱起来，慢悠悠的总吆喝不上犁沟，犁手不吼不骂是迈不开步的。有时鞭子落在屁股上了，才应付似的快走几步。没有办法，犁手只好唱着牛山歌儿诓哄着牛儿：

"牛儿呀，你使劲拉，拉完这块地我们就回家。回去我给你打麦粒子，还给你揉馍馍，我的好兄弟，你苦了，你累了。"

再过十天，屁股有些尖了，周身的毛如冬天的野草，肋骨一条条的清晰可见。犁手好不容易将枷档架上去，一鞭子重重地打下去，无所谓似的闪闪耳，抖抖身子，迈不开步子。牛不扎劲人就累了，本可以拉翻的土饼子拉不动了，犁手就得使劲地摇动犁头帮助掀翻。前十天只需用手扶正犁头即可，现在却要不断地调整犁铧的方位深浅。再后来，就有些颠倒了，耕一天地比拉一天犁还艰辛。犁手们的歌变得低沉哀苦起来：

吆喝牛儿上山坡，心里有话无处说。
牛儿的苦我知道，又有谁知我的苦。

就连那些清越的牛铃都如泣如诉了。

秋地终于耕完了，牛们脱了一身皮。犁头被犁手扛回家了，已被秋地吮舐得光洁如玉的铧，高高地挂了起来，闪着怡然的光辉。

这就到了农历的十月初一，那是羌人的年，也是牛王会。

牛王会是牛的年，农人自然忘不了对牛的慰劳和奖赏。首先，他们会给牛们分别烧一个大大的太阳馍馍，烧好以后从中间穿一根细绳，系在牛脖子上。太阳升起来了，牛们沐浴在阳光中，脖子上的太阳馍馍比天上的太阳更温暖，一对一对的牛聚拢了，好生亲昵地抵头抚耳，相互礼让起来，谁都不愿先去啃食对方的白面馍馍。头挨得更紧了，角与角摩擦出火花的低语。好一阵子，终于有一方在口里流出悬丝一般的口水后，粗粝的舌头伸向了对方的太阳馍馍。先是轻轻地舔一下，舌头反卷回去在嘴唇上绕一圈，又舔一下、两下，牛铃响了起来，叮叮当当。嘴张开了，轻轻地不忍心似的咬一下，尖着牙掂量似的咬下一小块，香香地细嚼起来，并将自己的脖子很友善地挨过去，投桃报李似的将自己脖子上的馍馍挨近对方的嘴边，晃一下，再晃一下，终于被对方咬住了，咔嚓一声，脆脆的就香到心尖尖上去了。一口两口三口，太阳馍馍碎化了，剩下的"太阳"碎裂在地上，它们并不争抢，有礼有节，有情有义地细嚼慢咽着，都不知道自己的反刍功能。牛铃更轻地吟唱，轻到快化成气了。吃完后，心满意足地相互间用舌头为对方梳理一身的乱毛。牛终归也得有个整整齐齐的牛样。农人们羡慕这样的场面，站在很远的地方，一句话不说地看着，不忍离去。心里有好多好多的话想对牛们说，又好似多余。

其次，是以柏香为圈舍熏烟，让可以清洁一切的柏香驱散牛圈的齷齪、秽气，赶走老鼠毒蛇，给牛以平安。再次，是把最细软、饱含了太阳味道的草为牛厚厚地铺上,并将最可口的精料倒于牛槽中,让其不仅可以有席梦思侍寝,还可随时消夜。当然,大红对联是少不了的,给牛冲冲喜,图个吉利,也让牛有个念想。

一架犁头,就给土地带来那么深切的快慰,让土地从播种到孕育再到分娩,安守着这本分的伟大,博美慈母的情怀。一架犁头,让牛也有了礼仪和谦让,在前行中共克时艰,在休闲中共享和睦。一架犁头,让农人在获得更多解放的同时,构织出一种天地间更广大的场景,演绎出动物界更深广的空旷,美妙的牛铃可以从天上如花雨一样地洒下,也可以从地下如江河一样地流淌。

好多好多年了,我再也没有听见牛山歌儿了,再也没有听见寨老给牛们唱诗一般的颂词了,再也没有看见放牛郎骑在牛背上那副高傲的样子了,再也没有目睹牛王会时太阳馍馍映照出的那种因共同奋斗缔造的其乐融融的友爱了。

这才知道,犁走过的那些岁月对一个村子、对一片土地有多么深远的况味。

水　桶

和水桶一样高的时候,我开始学习背水。

水缸在公社的厨房外，对公社而言，很是方便，笕槽一斜，水便可流入公社伙食团的水缸。对村人来说呢，却是要多走几步路。

不能等到队上收工以后去背水，一个生产队几十户人家，只有那一口缸，缸不大，装满后也不过两桶水，等水是必然。有时会排长长的队，都一副阶级斗争的面孔。

农村娃，懂事早，知道水的重要，也知道等水的焦烦。一有空闲，便背了可以完全罩住身子的水桶去背水。背带长了，用木棍子别上；背台高了，找几块石头垫上。即使从缸里舀水，有时也不得不把大半个身子都塞在缸里，一瓢两瓢，好不艰难。舀满了，稍微倾斜，水便会顺了手背灌进衣袖；往桶里倒水时，力有不支时，又会倒灌入自己的胸襟。夏天倒也凉爽，要在冬天，把尿都得冰出来。半桶以后，量力而为，把木瓢反扣在水面上，站在垫石上，耸着肩，憋住气，拉长了脖颈，双手紧紧地抓住靠近肩的背带，慢慢地手肩并用，将水桶拉至背上，身子缓缓地前倾，桶的上部沉沉地向头部压来，肩上有了重量，在倾斜之中，水桶与背台离去，所有的重量就压在我的背上了。现在更看不见弱小的人了，只有两只细腿艰涩地挪动，就像屎壳郎背了偌大的粪球向前蠕动。狗日的水欺人哩，在大人的背上规规矩矩、老老实实的，在我的背上却一点儿也不安分，跳着滚着，打着鹞子翻身，无恶不作地收拾我。我不敢挪动，稍一动步，它们就从桶顶上跳出来，搓着我的头发，让头皮冰凉。然而，不走不行啊，重量在不断地增加，在一定的时间内倒不进家里的水缸，我就非让其压趴下不可。那时我就会泡在水里，死在水里。必须要往前走，走吧，走一步，桶里就扑通地响一声，随着这警告声，一股水流响应号召一样冲了出来，直接从颈子钻进去。不行，得站住，让桶里的妖魅停下来。停下来了，再走，复如前。已经无所谓了，走吧，一直走下去，那狼嚎一样的声响就砸在头上。过一会儿后，那声音就落地为狼了，干脆呜呜地尾随在已有几分颤抖的小腿上。头发已湿成了一饼毡，背上已淌着一汪水，甚至裤裆里都往外滴水了。真不知头上是汗水还是水，也不知下面是尿水还是水。唯一感受到的是重量不断地在增加，实在有点吃不消了。

　　好不容易啊，终于到家门口了，更难的事来了，那门槛如何翻过去，大门过了还有二门。双手用尽吃奶的劲儿抱住门枋，如刚学步后那样翻门槛。那真是一种绝佳的考验，脖子上的青筋都快挣破了，十八般武艺都用尽了才翻过去，还差点被扯一个仰八叉。又好不容易走到水缸边，但我够不着水缸的高度，水桶的上部靠在了缸沿，却怎么也不能让其下部向上，倾斜出倒水的角度。我竭尽所能地试着将屁股往上翘，但总翘不到位。我无计可施地困在那里，不知如何处置。我的小屁股再也翘不动了，腿也无力再撑下去，只好扶住缸壁用力地再背正。恰好，灶门前的凳子向我招手，我喜出望外，撑住灶头绕过去，艰难地将水桶搁在板凳上。我稀泥般躺在地上，听得见肋骨啪啪复位的声音，听得见心脏咚咚敲击胸腔的声音，仿佛还听得见桶和瓢挖苦我的声音。半桶水，让我洋相出尽。

缓过那口憋在心里的恶气后，我起身一瓢一瓢地将桶里的水舀进水缸，并在水桶边放上板凳。我没有气馁，背上桶又向公社旁的大水缸走去。这次，我在路上得到了姑婆表奶奶的表扬，表扬给我长了劲儿，增强了信心，但没有掌握技巧的我仍然被水流泡了个酣畅淋漓。直到母亲收工回家，我还是没能把家里的水缸装满。但母亲的心满了，她心疼地说，哪个喊你去背的，你就不怕把你压成一个坨坨娃儿吗？我知道坨坨娃儿的意思，但我真的不怕。从此，我的心也满了。

没过几年，自认为已经老到的我在背水时已无难可困了。我加入了背粪水的队伍。

故乡地无三尺平，出门爬山。背粪水不仅需要更大的力气，在行走、用力、歇气等方面都有更严苛的讲究和要求。腰直了不行，太弯也不行。步子大了小了不行，快了慢了也不行。要命的是脚下不能打滑，大腿不能打闪，上台阶时得鼓足劲儿一步而成，哪一个环节、哪一个点不到家，粪水都会洒出来，顺头而下。轻者一头臭气，重者满身秽物，自怨那是当然，被讥讽、被嘲笑更为难堪，尊严被践踏后，信心也变得狗屎似的糊不上墙。

自以为是的我就在粪水的劈头盖脸中认不到自己了。但人生路长，岂是粪水可以毁坏。几经周折后，我又可以在山路上悠然快哉，在高台上轻松应对，从中悟出"没有大粪臭，哪有五谷香"的哲理。渐渐地，我能在行走中看得见远方的春色了，闻得到春花的芳香了。山路上的队伍如雁阵，如长蛇，灵动轻曼。特别是领头的小伙子将拐爬子咚的一声杵在地上，将桶底放于其上时畅快地吼一声，哦嗬！人们依次靠上去歇气，打威声次第响起，从男人的雄浑到女人的尖细，构织出春天的和乐在满山遍野游走。

就这样，我背水从小半桶到半桶，再背到八分九分满，从公社旁背到堰沟上。从生活用水背到粪水，背过了二三十个岁月，从力不能支和腿不能动到轻松应对和健步如飞，水桶给了我无限的妙趣和乐子。

上善若水。水是我的教父，它教会我在与它为伍时如何走路，平路时该走出如何的步态，爬坡时走出如何的步履，下山时又走出如何的步点。不同的路应有不同的步幅。水是我的音乐，它以不同的旋律为季节弹奏不同的乐章，让我在苦歌中成长，在甜歌中成熟，在命运的交响中丰满。同时，它又是我的画卷，它以不同的色调嵌入我的记忆，让我留下背水姑娘婀娜的身影，让山谷间的背水队伍永远随路赋形地在脑海中行走。

突然就想起了抢水的场景。每年大年初一的零时，全村人都会向水源地蜂拥而至,谁最先抢到第一瓢水,谁在新的一年里就会吉祥相伴平安相随。记得前些年是在水缸里抢,在水塘边抢。抢来抢去就抢出了新的景象,无论是缸还是塘,终归是极其受限的。于是就有人将抢水的地点移至小河上,一条长长的河,无论是谁都可拔得头筹,抢到一瓢。人们争先恐后地来到河边,马灯顺河而明,把小河照得醉意蒙眬,人们欢快地抢着,让这可以润泽幸福的第一瓢水成为家神,流淌出四季阳光。

一个"抢"字,让水的金贵和圣洁照彻着一寨人的福田,让人们世代都在这福田中生根。

这一切都来自水桶那一孔深深的教室,来自那一排长长的琴键,来自那一方明艳的画盘。

如今水桶不在了,再也听不见由水桶演唱的乡野之歌了,再也看不见由水桶描绘的大地之画了。心里的凄凉和冷落自不待言。

背　篓

农人是用背篓把太阳从东山背到西山,再从西山的垭口处把它倒掉的。

背篓的形状与地貌完全吻合。虽然也因功能各异分出夹背、花篮背等,但在家乡还是尖勾子背篓的天下,主政是当然的。

主政的主要原因是尖勾子背篼的不专业，门门懂，样样瘟。可以背柴，可以背粪，也可以背石头、背猪草，好处多多。其他背篼用得上的它也用得上，用不上的它当仁不让。按现在时髦的话叫，上接天线，下接地气。

形体丑陋也算它的一大优点。从名字上就可以得知它的体态，勾子尖是对应它的脑壳大，大到比勾子超出好些倍。农人恰好就为它孕育了这样的身架，并终身不弃。

不是自嘲或自豪于背太阳过山吗？背口小了，何以能把太阳装进去呢？要背着那么大的太阳过日子，累了还得歇口气吧，所有的平地都被农人斜依在山骨上，连歇气搁平底背篼那么巴掌大的塌塌都莫得。所以，尖勾子就大显其能了，随便哪里，都可以立锥，与农人在空间上构成不等边的三角形，稳稳当当的。

使用多大的背篼，完全因农活而定。如背石头、河沙之类的东西，背篼当然不宜过大，越大重量就越沉在下面，一百斤的重物你得用一百五十斤的力量才可背起；太小，又不能与力气匹配，腰都还直着，人们会骂你偷奸耍滑。所以，背篼和农活是配对的，配好了，不仅自己的劳力可以完全释放，在别人眼里也无话可说。要是错配了，自己难堪不说，别人还拿眼烧你，用舌头剜你。时间一长，形象就被错配的背篼给吞食了，连一个烂背篼都不如。就背篼而言，任何时候都要知道自己几斤几两，始终做到不越位、不错位，更不能缺位。

尖勾子背篼能够主政背篼群，自有它的过人之处。不怕脏是其一，不惧死是其二，善应变是其三，能载物是其四。

背干粪是它的专利，即使被利石撕裂得骨断肉碎，哪怕还有几根经脉，依然战斗不止。它是因地制宜的高手，坡上坡下，河里沟里，都能找到宜于奉献和进取的地方。它又是载物的力士，不仅肚大能容，而且深广可载。

我和背篼的交道不算长也不算短，断断续续有二十多年的光景。

应该是三四岁时，父亲就为我编了一个牛嘴笼子大小的背篼，用意很清楚，职业定位为背太阳过山，当一辈子黄泥巴腿杆。奶奶牵着我的手到地里，指着那些野草说这是苦苦菜，这是叉叉苗，这是地丁草，那是瞌睡草……我屁颠屁颠地在刚拖鸡公尾的玉米地里认着、扯着，家乡的土地让我充满好奇和诱惑，奶奶的教授让我充满向往和期待。当我第一次用那些嫩绿的野草将小背篼装满时，我以为我长大了。奶奶无牙的瘪笑，温暖我一生。

当我逐步长大，我的背篼也与我一起长大。好些时候我不能让背篼满载，为了躲避父母的眼睛，我学会了欺骗，以为那样就可以逃过挨打，哪知该死的背篼不说谎，是多少就是多少，让母亲在知晓真相后把我一顿暴搓。我对背篼的诚实心里不爽。有些时候我不自量力地错配背篼，背篼让我吃尽苦头，难堪至极。

再以后，背篼给了我至今难以忘却的自豪和快乐。

记得是秋收时节，从地里背玉米苞。我先将那些小苞装了半背篼，用脚踩紧，再一层层地装满压实，然后垒出一个小丘，再将那些大而长的苞沿了背篼边沿密密实实地插一圈，以此为边再一圈圈向上环去，最后闭合。圆溜溜的如女人隆起的胸部，我高兴啊，欣赏艺术品似的不忍移目，咂着嘴绕背篼而转，微微地点着头，一副大功告成的派头。我蹲下去，将这浑圆的背篼背起来，耸耸肩，轻轻地抖几抖，检验它的稳定性和紧密程度，无大碍，这才迈开步走。然而总是走不利索，不敢大步往前，怕开在头上的太阳花碎裂四散。好些人，特别是好些女人都从我身边噌噌地超越过去，超过时向我回眸，目光锥子一样扎人。没有办法，只好麻起胆子、拉开架势快走起来。一路上，我听见头上的马蜂包①如蜂王巢，嗡嗡嗡地响个不停，生怕自己的马蜂包哗啦一声垮掉。汗水和紧张加长了路程，增加了重量，我实在有些背不动了。好不容易走完背太阳过山的一小段，太阳几乎要了我的命。回到晒场上，好些人都为我的马蜂包行注目礼。我终于可以松口气了，终于可以人模狗样了。这以后，一切都成长得自然而然，包括我和背篼的情感。

背篼给我的快乐不仅如此。

---

① 农人们对背篼载满的形象比喻。

冬天来了，背篼会给我编织很多快乐的梦想。比如，我去山上抖柴疙瘩，当我把满背篼的柴疙瘩从山上背回家时，眼前总会燃烧起红亮亮的火苗，铜三角上的鼎锅里煮了腊肉、香肠，满屋堆满了肉香。天寒地冻后，大鱼们都躲进深潭和石洞里去了，那些小鱼却依然在浅水里找洞穴聚首取暖。我们便会下到浅水里，找到那些有空隙的石板，先将背篼在石板的下游安好，然后轻轻地将石板缓慢地逆水向上翻开。小鱼们没有受到过多的惊吓，只款款地摆摆尾巴，又列队似的齐整整地排在浅水里，有红尾金身的面条鱼，有穿着海马衫的花鱼，有头大体弱的石爬鱼，有时还有一两只细甲鱼混入其中。它们亲昵如兄妹，和睦似一家，头轻轻地挨着，尾疏疏地拽着，匀称而苗条的身子悠悠地晃着，把我们看得入神，完全是生命的姣好呈现。然而，我们忍不住馋魔的折磨，迅即躬下身子，口手并用，又是吼叫又是手赶，小鱼们便惊诧而逃，一骨碌便全钻进背篼里了。我提起背篼，水从尖勾子处白花花地流出，鱼们窝在背篼的勾子里，上面的用足力躬了身往上跳，更多的张着嘴哭泣，张合中仿佛在不停地呼喊妈妈。这一切，我们都不为所动。我几步从水里跳出来，将猎物倒入瓷盆中，盆中猝然响起悦耳的弹奏，胜于天籁。如此三五下，我们已被冻成红萝卜，但背篼给我们的快乐如春阳般温暖。

春天是扫木叶子的时候。无论猪圈、羊圈还是牛栏、马厩，一个冬天把所有垫圈的草都用光了,加之年前刚出完粪的圈舍,冷硬自不必说,天天的屎尿让这生硬平添了几多阴湿。春天,又是病发期,圈舍干爽,可以解决这一切问题。于是,我们便背了家里最大的背篼,上到青冈林里揽木叶子。不费多大的工夫,一座山样的木叶就背上了背。我们从山路上归来,每个人都如一个悠波球,晃晃悠悠地在坡上颤动,山路在我们的后面如一根细长的线,拖出无尽的余韵。

每到一个歇台处,我们会唱响一些老歌:"蓝蓝的喜模依呀啦嗬呀哈嗬,蓝蓝的喜模依呀啦哈呀哈嗬……"如有女人们,大家又会嘻哈打闹地唱一些野味十足的山歌:

> 小妹长得白漂漂,
> 好像豆腐才开包。
> 阿哥就是豆腐板,
> 压在上面水长标。

女人们不甘示弱,把劲儿提到最高处打压男人们:

> 青冈叶子白对白,
> 过了一群嫖嫖客。
> 九朵红花都采到,

嫖到老娘是角色。

歌声将丫雀和画眉惊飞起来，绕树三匝，和着在山坡上飞翔的歌声，久久流淌。

这些歌声让肩上的重物变得如此轻巧，催生出初春的绿意婆娑。

我们还用背篼在姑娘出嫁时、在老人去世时背太阳馍馍。太阳馍馍夸张地立于背篼上，呈出冉冉升起的半圆，背篼的上边成为伸展的地平线，游走在山路上的接亲队伍就是烈烈山岗。父母把一颗心装在背后，也把期望装在背后，让背篼里的太阳始终照亮女儿的路，温暖女儿的心。

我们在唢呐和羊皮鼓声中，为死者背上太阳馍馍，让逝去的人永远半阴半阳，去了阴间的那一半永远寄托着亲人的缅怀，留在人间的那一半又永远温暖着亲人的念想。

一个背篼背过山货，背过水货，背过天背过地，背过太阳背过月亮，背过生也背过死，把祖祖辈辈背到今天。背出了农人的自信自豪，也背出了农人的尊严！

现在，背篼退出了家乡农耕的原生舞台，太阳依然从东山走到西山，山野却少了那么多的生命灵动和生活光辉，几年之中就老出了那么无依无靠的味道。多么希望背篼里的那些天地、那些太阳和月亮又将我拥入，那些野趣、那些情爱再将我滋养，多么希望把未来的所有美好装入其中背到今天!

连　枷

那天，我到晒场上去，晒场已被四周的房屋圈住，好似一个天井，没有了向外开放的进深。我想起了连枷，这可是连枷跳舞和表演的地方呀!

连枷在所有的农具中，身材是最修长苗条的，娉婷中又衬着高挑，天生的舞蹈身材。

连枷的表演具有很强的季节性，一次是在端午节前，另一次是在春节前。

最为华丽和多姿的舞蹈是在麦场上。麦捆子从栏架上取下来，农人们将穗子参差交错地压着，麦捆头在外边平平地放着，显得乖巧憨厚。然后，再轻轻地挨上来一颗颗一样的头，惬意地抵着，小孩儿抵牛牛似的。三排五排地铺就后，满场的金黄就游走起款款的麦香。太阳被这样的麦香所诱，裸睡在这样的香中。

农人们将连枷缓缓地举起来，吐一泡口水在手板心里搓搓，握紧连枷母子，先将高挑的连枷儿子晃悠两下，轮回地划起圈来。这算是为连枷暖场，接下来就是集体舞了。按照麦穗的眠床，两人相对而抡，并自然排开，连枷儿子就在麦场上得意地跳舞。

它们在空中翻着溜溜的跟头，又轻盈地飞砸在麦穗上，发出啪啪的声响，农人们在进退之中，起落井然有序，悠然自得。手臂的旋动和伸展，腰身的扭动和俯仰，为连枷制造出节奏和韵律，谱写出铿锵的连枷之歌，编排出华丽的空中杂耍。

这样的场景让农人们实在忍受不住，麦浪似的打麦歌便与连枷之歌交织而响：

　　我们一起来打麦，
　　你们进，我们退，
　　我们退，你们进。
　　一边打麦一边唱，
　　唱那青稞咂酒香，
　　唱得心里喜洋洋。

连枷被农人的打麦歌灌了酒，更加猛烈地翩跹起舞，与那些流浪的风相遇，野合出欢愉的浅吟，一起翻滚在麦场上，那些浑圆的歌给它们装点了情场。

穗子被连枷的舞步揉去了饱满的籽实，秕壳零乱了初始的眠床。一排排憨憨的乖头依然不动声色地做着梦，脖子上的麦结结实实地束着，必须要完全解开，不解开麦结上的麦粒便难以脱粒。籽实不多，也终究是粮食，是用农人的汗水泡出来的，颗粒也不能浪费，这叫改捆子。改捆子是打麦的技术活，连枷的使用很是讲究，不能在连杆儿落下时弯腰，连杆儿也不能平平地直落，而是农人在连杆儿尖快触麦的一瞬，操作连母的前手必须上收，后手抖着前压，让连杆儿尖插入麦捆并不断地抖动，将麦捆抖散。这样的技术活，由男人来完成。男人们不规则地排着，连杆儿颤悠悠地如直立了脚尖的芭蕾演员，在《天鹅湖》的音乐中跳着舒缓的芭蕾，轻巧地跳着，滑溜地飘着，男人们也屁颠屁颠地乐着，炫技似的傲着，一副舍我其谁的狂野。尽管如此，还是有一些捆得太死的麦捆解不开，自然就有女人拿了扬叉来与之配对，男人们刚才的那份颤巍巍的舒缓没有了，有种发泄的味道，将蛮劲全使了出来。女人们将麦捆叉起用力往空中抛去，男人们便让连杆儿斜着身飞出，速度与风在切砍中吼着，将麦捆打散。如此几下，无论多顽固的憨头都会四散开去。这时的连杆儿又如平抬了纤腿的舞女，像花一样转着，形成曼妙的独舞，吸引了整个场子的目光。

　　连枷退场了，农人们在抖捆子时依然回味着那样的欢畅，眼前舞蹈着那样的妙姿。

　　如此三五天的舞蹈，连枷为这个青黄不接的季节增加了细软的佳肴，让这个季节有了期待已久的温润。

　　再次演出，已是霜雪驻足山头眺望的时节了，笼仓里装满了玉米苞，浪架上架满了玉米苞，金灿灿的满谷生辉。有的浪架上堆码着黄豆、白豆、花豆。这都是农人过年的所需，没有豆腐的年就没有弹力，喝酒时必须有豆腐干；剁圆子时不加豆腐，圆子就没有活力；至于豌豆尖没有豆腐加入，何以体现一清二白呢？白豆是焯腊猪蹄的，花豆当然也可在一些蒸肉中派上用场。玉米是农人的伴侣，一年四季总是离不得少不了的。干有干的吃法，稀有稀的味道，忙有忙的做法，闲有闲的讲究。林林总总，几十种样式，都能让农人心仪。

　　豆类是这台戏的龙套，因为少，也因为易脱粒，所以都不需如打麦那么具有仪式和场景。一待从浪架上掀下，便胡乱地铺在晒场上，太阳初初地一晒，女人们便围了圆环，连枷响得均匀的齐齐的，如千手观音的表演，时而向外伸展，时而又向内合抱，明快的舞姿如太阳花那么简洁悠长。

　　打玉米的场面更加宏大，晒场里铺了满场的玉米苞，农人们扯个大大的圈子，先是由里往内收，脚步踩着连枷的拍子，啪、啪、啪啪！到所有的连杆儿都将头聚拢以后，农人们又往后退，如花绽放，舒张开去，啪、啪、啪啪，翻转的连杆儿如舞女的手，有了些许的柔美和曼妙，人们踩在这样的韵脚上，就有了莲生脚下的奇妙。退至花瓣触地时，人们又齐齐地往里收，又如花之羞闭，舞女们在铿锵的节奏中弹跳出鹿的轻盈。那些飞起的金色籽实又如一滴滴玄幻的音符在空中翻滚。兴之所至的农人依然会在进退中唱起歌儿，应和丰收的心情，也迎接年的到来。

一阵暴打后,农人们把连枷往屁股下一坐,开始去搓没有完全脱粒的籽实。大圆转化为几个小圈,晒场里一下就有了春天的样态,几朵花怡然开放,疯野的龙门阵就春草般生长出来,笑语冲天而起,狂放的追逐随时上演。

连枷就在这样的场景中谢幕了,回到屋角处,站成一种窈窕修长的美。

看不到连枷,整个寨子就呈现出老态龙钟,晒场变得板结和硬朗起来,如一张晒干的生牛皮,死塌塌干瘪瘪的,散发出死亡的气息。我的心被舞女直立的脚尖踩着,一滴一滴的血如被连枷打飞的玉米从空中滴落下来,等待连枷和土地的和乐。

锄 头

锄头将农人的职业定位为修理地球。既道出了职业的庄重,又定义了农人的伟大。

"修理"一词真是精准,说明地球在运行中也会有冒失,在成长中也会有瑕疵,不让农民时常修理修理,也会在运行中出些差错,在长相上出些丑怪。锄头于是这里修修,那里补补,外边敲敲,里边打打,让其听农人的话,受农人的赞,乖乖地给农人的辛劳以丰腴的馈赠。

故乡的锄头大都以形状取名,如扇子开扇的名曰扇子锄,如瓜子身的唤为瓜米子，如钢钎之尖锥的呼之尖尖锄。闲暇时，它们被挂在壁架上，头顶着楼板，所有的锄把长梭梭地呈出些许的浪漫排列开去，给堂屋平添流星的曳光。

所有的锄头都必须用力去喂养，否则，锄头就会承担不起修理地球的特殊使命，"修理"也只会是隔靴搔痒。

每一种锄头都有特殊的用途，既可以对地球小修小理，也可以对地球大加整饬，小修理时大多一人或三五人而为，疏疏朗朗的农人照耀着土地，土地变得棱角分明，泥土的气息飘动漫飞。大整饬时，场面就轰然而起，热热闹闹的风光如潮般涌起，土地反倒沉郁默然又心事重重。

春天是瓜米子锄头的舞台，那是播种的时节。

冬眠的土地刚开始怀春，农人们便牵着春天的触须忙活开了。开始是一架牛犁出现在地边上，犁手轻轻地吼一声，铧头噌的一声就插进了被春雨刚浇醒的田土，清甜的气息从铧尖丝丝缕缕地漫了起来。两架三架七架八架犁铧走过后，一片新土就黑油油地铺张开去。等犁手喔喔，回头几声唤使以后，点玉米的队伍上场，一场浩大而繁盛的农事活动便上演了。

生产队长根据劳动力的情况，决定用几把瓜米子锄。一把瓜米子锄就是一个团队，由挖窝窝的领头，依次为丢种的、点小豆子的、浇粪水的、抓干粪的、盖窝窝的，还有一个传粪的，两个背粪水的。劳力多的可组成四五个团队，劳力少的也要确保两个团队。最忌一个团队，效率低下，毫无生气，不是春天的景象，更不是播种的阵仗。

这是清明鸟刚开始酒醉的时候，婉转明亮而又清丽，七里香开得白花花的，浓郁的花香漫坡而上。只见挖窝窝的小伙子把瓜米子锄往面前一放，呸呸地吐一泡口水在手板心里搓几下，便春骚骚地用出蛮劲，斜斜地飘着身子往前行进。一锄下去，将锄头重重地深深地插入，再斜刺着抽出，瓜米一样的窝子就活脱脱的餍儿似的笑在土地上，金灿灿的玉米种子落进窝里，均匀地分开，粪水浇在种子上，干粪又盖在粪水上，泥土覆了过来，平了窝子，种子就被那样的油水大肉簇拥着开始了生命的旅程。几个团队依次排开去，形成一个美丽的斜面，斜边如旗杆，旗面在那么多人的穿梭和运动中，如风鼓荡，在整块土地上飘舞。

起初，是一种奋争中的默然。过不了多久，就有人掉队，就有人大呼小叫，就有人批评人了。看看你挖的啥窝窝，干粪都装不下？盖窝窝的更是叫苦不迭，有你这样挖窝窝的吗，连盖土都没有？这时，队长或老农就会去检查，真是如此，他们就骂：你这样种庄稼，秋后估计连尿都莫得一条！或者他们会去示范，边示范边批评，鬼在撵你吗？慌个锤子，慢工出细活。然后说，第一锄先扯个窝，第二锄再把滚进的小石头刨出来，不能蜻蜓点水，更不能猫盖屎。速度慢了下来，挖窝窝的就有了腰身伸展弯曲的韵律，就有了轻重得当的节奏，一个团队就有了协同和谐的妙趣，小歇时就有了怡然开怀的乐趣。小伙子唱起了《日阿恰》，"嘿啰嘀嘀嘀哦，哦哦嘀嘿啰嘿啰嘀，嘀啰嘀嘿嘀哦，哦嘀嘿啰嘿哦哦，哦啰嘿哦，哦嘀嘿啰嘿哦哦。"①

整整二十来天，扛瓜米子锄的小伙如旗手，把团队从这块土地带到那块土地，他们把汗水洒在种子上，把艰辛揉进土地中，乃至把骚味十足、野味十足的龙门阵和嘻哈打闹全都放飞在那些白花花的七里香中。

七八岁时，我也曾加入这样的队伍，我是一个传粪人。任务是将干粪从粪堆上传送到抓粪人的撮箕里。力气小，多了背不动跑不快，少了抓粪人不满意。那时，我传给的是一个地主婆，个子高高的，脸膛有些红黑，眼里时不时地总有泪湿着。我恨透了她！她总是长声吆喝不断地叫着我的小名抱怨，要么说我慢了，要么说我背少了，要么怪我太矮，让我在她的抱怨中丢尽了脸面。几十年过去了，如今回想起她那亮汪汪脆闪闪的声音，真是十分悦耳动听，给人以无尽的遐想。

当瓜米子锄指点完江山后，河坝的土地已是绿意初泛，早播的玉米已开始拖鸡公尾②，野草也与之比肩疯长了。于是，薅

---

① 日阿恰，意为种粮食，歌词为"阿哥挖窝妹丢种，妹跟后面哥在向前冲。妹叫阿哥你慢一点，哥说背时活路做不完"。
② 指玉米最先长成的两片叶子已像鸡公尾羽那样柔美地弯曲着下垂了。

草的时节到了。

扇子锄闪亮登场。

这是由扇子锄构成的场面,是一种嫩闪闪的场面,如水泛又如水流,淙淙地和土地磨搓。

几十个人扯出一个宽宽的幅面,领头的必须是村上最得力的,压尾的也需是好把式,一上来就将幅面扯出斜线。前面的如铆足劲的箭一般直指对岸,后面的紧紧尾随,曳光弹一般地拖着亮尾。只等一到边向上薅去,后来者也跟了,慢慢地又形成下弦月,再后来就前后倒过,回复而去。

这是偷不了懒的活儿,无论男女,各自一行。妇人们当然会力不从心,就有跟不上趟而掉队的,也有撑不上而蒙混过去猫盖屎的,甚至还有干脆就跳窝子加速的。队长或者副队长总会抽空去检查,站在一些跳窝前一边骂一边补薅:人哄地皮,地哄肚皮,一报还一报。

虽是集体劳动,但却会温情脉脉。薅草时大都是夫妻相挨,母子上下,力大的帮力弱的,超前的帮落后的。即使不是这等关系,依然可以看到相互间的帮衬。都不言说,心中有数,只要一有机会,便可好有好报。这是第一次,这一次是要追肥的,或浇清粪水,或施化肥。

第二次薅草是在油菜和麦收以后,玉米都绿油油地女大十八变了,因此要给根部垄垄土,护着不让风吹之折之。那是一件很艰难的活儿,时令已至盛夏,玉米已一人多深,叶片肥厚,叶边如刃,叶尖锋利。在热浪中经受着叶边叶尖的割拉,实在苦不堪言。但那又是一件惬意的事,农人们总可以以歌除乏:"锄头落在地里头,阿妹念哥在心头。心想给哥一杯水,又怕人家闲话稠。"歌像扇子,给农人们送来凉风,给土地送来祝福,让人在欢笑中有了更加饱满的期待。

就在这样的期待中,最早成熟的玉米收成了,虽还有一些青苞壳,但二季不能荒废,荞子还等在种子仓库里哩。

湿漉漉的土地一翻,荞子就急切地飞入新耕的土地,尖尖锄上台了。

翻耕的土地俨然一架硕大的钢琴,排列伸展开去的犁沟如铺张的琴键,农人们顺了横切的犁沟均匀地排开,依了腰身的俯仰,尖尖锄起起落落,如光洁玉润的纤纤巧手,轻柔敏捷地弹跳在琴键上,时而整齐划一,时而又错落有致,时而重重地落下,时而又优雅地弹起,让土地在受孕之前尽享这爱之舞、情之歌。农人们就在这样的轻歌曼舞中看见荞花开了,把秋天妖娆起来,把成熟艳美起来。

如今,锄头没了,地球长出了荒芜,在没人收拾和修理中杂乱着、孤寂着。地皮子发痒了,没有扇子锄磨搓着止痒,那是一种老人的瘙痒,痒得心里慌慌的难受。土地板结了,没有尖尖锄疏松,憋闷得透不过气,又是一种临死的窒息。年年岁岁没有了农人们播种时的繁忙和打理时的互助，土地就老迈了，耳朵聋了，眼睛浑了，背也驼了，于是怀念起那些有人侍候和打理的日子，有人为之歌舞的日子。地球依然那么转着，发出干涩的声响，才知道只有锄头是它的知己。

筛　子

筛子是一个粗针大线的妇人，除长相扁肥外，更不可思议的是一点儿没有心计，心里连一点儿渣渣草草都搁不住。因此，农人在编制筛子时也很草率，竹子可是劣等的，破成大剌剌的几片，将竹黄不经意地刮掉，毫不讲究地胡乱纵横，千疮百孔成一个什么都漏的农具。要用时，去最凌乱不堪的猪圈上或草楼上找，它肯定躺在那里无所事事，也无所思。不用了，随手像扔飞饼一样往那些一年四季连正眼都不看的地方一扔，管它睡死睡活呢。

筛子分草筛和细筛，无论粗细，终归是筛子。但因粗细不同，功用当然也不一样。

草筛出场时是大场面，大都是在晒场上的集体劳作。一待连枷退场，筛子就出场了，两个女人一个草筛，平平地端着，另一个女人用撮箕将脱粒后的带草的粮食倒进去，两个女人就拉锯似的平筛起来，那些籽实就唰唰地从漏眼里瀑布一样地倾泻而下，金灿灿的熠熠生辉。女人的光脚背就被这样的光华抚摸得有几分醉心地酥痒。熠熠的光华渐次退去，她们便数着一二三，将草筛往外一翻，将筛上的草、秸秆或玉米芯倒出去。由这样的团块组成的场面实在有些松弛，和筛子构成粗犷的谐和，那样的轻快又随了轻歌慢语悠然氤氲在场上，如进行曲以后的田园交响曲，让人感受风是从土地深处轻轻吹送的，光是从粮食的芽口处缓缓放射的。满场都沉浸在那样的水漫金山中。

这样的粗针大线倒有了几分现代人的审美情趣和时尚快感。

细筛是相较粗筛而言，只要是筛子，总逃不过千疮百孔的宿命，只不过在做工和选料上稍微在意一点就可以了。二者之间，亦构不成阳春白雪和下里巴人的反差。关键是，只一个粗细之分，命相就不一样了。

粗筛退场后，细筛就由妇人轻轻地拧了出来，一人一个，先是从筛下的粮堆上揽粮入筛，筛子便平平地被妇人端了起来，双手左右均匀地捏住边沿的近腰处，顺时针方向转动起来，女人的屁股就和筛子一样旋转起来，筛子做着机械地转动，屁股却有韵律地甩动，活力四射的有些撩人的情绪，围腰的带子更好看地飞起，飞成晒场里那美丽的彩虹，此起彼伏。男人们的目光不去追那些飘飞的彩虹，死死地盯住彩虹下那一坨风情万般的肉体。

就在这样的飞短流长中，那些二次过筛的籽实又流水一样地从金光中泻下来,再一次泻在女人们的光脚板上,绸缎一样地光滑,奶娃子一样的乖巧。这样的感受把前些日子孕育的辛劳和分娩的痛苦全都消解了。

所有的粮食大致经过这两次筛后,就入仓装库了。只有那些要充公的粮食或农人们以粗粮换细粮的粮食,必须再过一次筛。

儿时,一次我和母亲去中心公社用黄豆换大米,一斤黄豆换一斤二两大米。黄豆分到家本就不多,但家乡不产大米,没有米吃。一个家庭的日子也同粗筛一样让人瞧不起,尽管没有豆腐的日子让家人缺乏营养,但营养是看不见的,粗筛的日子太打眼了,不重视不行。加之,岁娃儿们没吃过的东西,不吃,又如何长得大呢?

我随了母亲,母亲又随了更多的人,闹哄哄的好多人,天还没亮就顶着家乡那一条黎明的毯子出发了,走走歇歇,二十来公里的路要走五六个小时,好不容易到了粮站,不知哪里来的那么多人把坝子都站满了。长长的换粮队伍就那样如一条刚吞下巨食的大蟒,慢慢吞吞的好半天才蠕动一下。日头倒是下得快,不知不觉就快衔山了,就怕夜的降临,就怕从夜里抽丝一般的那条回家的长路,要多长有多长,永远都走不完。

天都快黑了,我们才排到位,粮站的收购员伸手从母亲的口袋里抓一把豆子,娴熟精准地抛两粒于嘴里,嘎嘣地响过,连正眼都不看我们说：还得晒晒。母亲想说什么，还没说出口，收购员已人模狗样地走过去了。好在还有太阳光在晒场上等我们。待太阳落山时，我们收起黄豆，终于经过了他的牙口关。我以为可以过秤换米了，哪知一条由铁丝编织的筛子威严冰冷地等在那里，每一个筛孔都如一张张大嘴，等待进食。果然，母亲将黄豆从上边倾倒以后，那么多小颗粒的黄豆从筛眼里被漏掉了，每掉一粒，我幼小的心都紧一下。过筛以后，我的心真就痛了起来，那是我们一家人几餐白花花的米饭呀！要知道，那时的我们要生病以后，医生开证明才可以到粮站换半斤最多一斤大米。更不可思议的是，漏掉的那些黄豆居然不让我们去扫走。我就想着收租院里的大斗和小斗，那样的筛子我总共也只见过几次，每见一次就增加一层苦涩，也增加一次愤怒。由此我想到，农民交给国家的公粮、公肉、公油必须是最好的。黄豆必须最饱满，猪肉必须最肥，猪油必须是板油，含辛茹苦的辛和苦都是为国家，农民高兴，国家也认为应该。

想到筛子，就想到这几十年，岁月的筛子那么无情，筛掉了自己的童年、少年、青年，让皱纹如筛篾一丝一丝地堆上脸。不识愁滋味的那些年岁，时光就白花花地从筛眼里漏掉，筛子上留着那么多渣渣草草浑然不知。即使以后的几十年，也没好好地用过一把把筛子，让人的唏嘘如筛眼一样四处张望，八方游荡。

簸　箕

簸箕和筛子是相亲相爱的两姊妹，只是各自的性格不一样而已。

筛子是老大，性格粗犷开放，穿得宽大松垮，吃得也粗饭马茶。簸箕是老幺，百姓爱幺儿，自然地，有什么顾得上的就要优先照顾。

总认为簸箕是农人细心缝制的农具，缝制簸箕必须做到针脚细密，走针匀称。最好的竹篁自然是簸箕的，被农人用篾刀裁得细细的，连节子上的竹痕都要用刀刮得光光滑滑，一小股一小股地捆扎起来，像时尚女子拉直的头发，一缕缕地纷披在高处。就连簸底用的筋骨也必须是上好的有劲道和硬度的竹片或竹棍，一点不能马虎。编制上更是考究，经纬纵横编完骨架后，便将精制的青篾丝抽出一根从簸底的适当地方开始编制。起始处就得认真，篾丝从那些骨架中青竹标①似的游动着滑过，一条绿色的环线就留在上面了。农人又从纷披的秀竹丝中抽出一根，再抽出一根，三根竹篾如三缕秀发在农人的手上依次前行，灵巧的双手如巧妇在童女的头上编着美丽的麻花辫。几个回合

---

① 青竹标，是一种色泽青绿，梭得飞快的蛇。

后就成型了，圆圆的一片青光幽幽的天。

簸箕的大小，农人会根据自家女人的力气予以决定。大了，女人用起来吃力，小了又损失效率，要恰到好处。

西天现出些许彩霞时，簸箕编织完了。农人自是有几分成就感地站起来，伸一个懒腰，对着那些彩霞吹一口气，再环视一周远方的山峰，随手将作品拿起，最先是审视和检查，看有没有败笔，细节处理是否得当；然后用手拍几下，听听拍击天宫的声音，声音沉浑且圆润，自是有一份满足的喜悦；点点头，最后将其立于地上，顺手抛出一个弧线，簸箕就理解农人地滚动起来，一连滚出好几个囫囵的圆，有些表演地连转两个趔趔趄趄的圈，半推半就地如一片甜甜的荷叶铺展在地上。农人的那份惬意如莲花开在碧水之上。

簸箕是做细致活的。

现在该它出场了。女人大都将它立起，学着男人的动作，抛出一条优美的弧线，簸箕如听话的女儿，滴溜溜地打着鹞子翻身往前去了，在金堆银堆中倒下。女人沿着簸箕滚过的路扭动着腰肢走过去，拿起有些慵懒的簸箕，一边抵在肚子上，一边插入粮堆里，双手往簸箕里刨两下，蹲下去将簸箕平端起来，先前后摇几下，算是热身。接下来就伸展着腰肢，上上下下地簸开了，天上一下，地上一下，粮食在簸箕里随着女人腰肢的伸展和收缩，也跳起和落下，发出哗啦哗啦的歌唱。在歌唱中，那些轻脑壳^①跳得最高最远,到它们即将跳出簸箕时,女人将屁股一翘,腹肌一收,簸箕在下落中往女人怀抱里一缩,那些轻脑壳就被簸掉了。

这时的女人们排成一队,腰身在粮食的歌唱中伸展和收缩着,起落的粮食为腰身的舞动打着节拍,女人的腰身又为粮食的歌唱控制着韵律。微风将那些扬起的尘埃和灰渣吹掉,簸箕将那些只有空皮囊而腹中无物的没有一点粮食味道的倒掉。女人的前边,秕壳和渣子堆积起来,烂花花的,女人的后面就铸起了一座越来越大的金山。女人依然那么悠然在粮食的歌声中,伸展在粮食的天地间。哗啦、哗啦的节拍应和着这样的季节。

现在的确不需要它了,总想起那样的簸箕表演场面,上可以簸天,下可以簸地。该簸出去的,毫不留情地除去,该留下的又一粒不少地都留下了。没有了簸箕的女人,腰肢就变得硬撑撑的,不能像水蛇那样柔软地扭出曼妙又婀娜的舞姿,好像屁股也没有劳作时那么圆实,男人们不眼热那些瘪出骨感的屁股,土地也不眼热那样干枯的村庄。

---

① 指秕壳和渣子。

震不碎的九寨沟

九寨沟的美是自然雕饰的精品、绝品，是上帝千百万年珍藏的极品，是大自然馈赠给人类永恒的圣品。因此，她恒久不凡，超凡脱俗，历久弥美。不会因为2017年8月8日那个小小的七级地震而毁容、损颜，失去让世界上所有美女都自愧弗如的丽质，减弱让天下所有狂野女子都自叹不及的张狂。乃至那轰然而歌的豪情、低吟曼妙的温婉、雍容华贵的绰态，因为世间的一切都难以抵挡九寨沟攻无不克的具有杀伐一切的美。

8月9日午后，阳光有些强烈，我满怀撕心裂肺的忧虑和疼痛，钻进了我上百次游览过的九寨沟。脑子里充满碧水蓝天、绿树红花的色彩，释放出一波波、一池池、一脉脉美之精灵的画卷。我圣徒般地在心里虔诚地不绝地为九寨沟祈祷。然而，我心里依然难以抑制地生出些许深切的悲情，那种带了刺、携了刀的"怕"总也驱之不去，黑色的幽灵啸叫着张开铺天盖地的巨翅无情地扼杀着我心里的美好回忆。进沟不远，我便被那些恶态狰狞的鬼石给惊诧了，哪里跑来的恶煞仿佛理所当然地要成为这里的主人，以其硬生生的万恶来主宰这一方容不得半点丑恶的世界。我继续前行，沿途的鬼石阵以其永不言退的姿态誓死阻挡着我，又陪伴着我，听不见声音、看不见硝烟的决战把誓死的场面拖入沟的纵深。就在这样的生死之战中，芦苇海有些折戟沉沙，玉带两旁的芦苇没有了娉婷的身姿和青碧柔美的常态，狼藉在一片肆水暴虐之中。海战以后的黄沙和残剑断弓，叙写了昨夜战场如歌的壮美。我的心隐隐地痛开去，毒蛇一样游走于我的肝、肺、肠和所有的脏器，这种痛让我哭不出来，甚至咽泣都不行。忧虑开始涨潮似的从心里泛起，在泛起的同时郁结起来，手挽着、肩并着，以其排山倒海的力量衔枚疾走，蹈壁冲津。快到火花海时，记忆便不绝地展现出她火花瑰丽闪烁、霞彩明灭的倩影。当火花海边沿金黄色的堤埂直刺我眼球时，我的心不经意地滴下殷红的血，当异形的海盆崎岖而蜿蜒地映入我的眼帘时，我的心瞬时被撕开一条巨大的口子，哗啦一声，血从口子涌流出去，泪水洒落进海盆。我似乎再也走不出这一凝聚和沉积了那么多华彩的金色海盆，仿佛在为一个卓绝的精灵默唱美妙绝伦的哀歌，以至于在为她送行的同时和她一道走入一座堆金叠玉嵌珠镶彩的放射出永恒光彩的墓寝。我不敢不愿不忍再往前去了，我怕树正群海那几个童顽不眠的海子不再，那几座老态可掬的磨坊不再，树正瀑布的万千风情不再……然而我又不得不去，如果真是那样，我将祈求上帝让世间所有的美女去赎回九寨的红颜，让天下尽有的放纵去置换九寨的浪漫……

还好，在路上，我闭上眼，远远听见树正那天下最动听的交响，我的心开始舒缓。老虎海、犀牛海那丰腴的身姿让我重归于前。然而好景不长，诺日朗，你这让风流横扫一切的男神，如今却变成了另一副模样。那些声震寰宇的豪歌，那些佳丽三千的豪情，如今都哪里去了呢？难道你已厌倦了那种让人振聋发聩的宣泄，腻烦了那种回肠荡气的场面？在这种责问之中，我看见了镜海，她在微尘轻浮中少了娟然如拭的靧面，粉渍溅污了她的碧丽。绿得让人心悸的孔雀河道，却让泥土压覆自己的容颜。五花海啊，花开不败的五花海啊，却是满面污浊，浑身蒙尘，花飞花谢，红消香断。就连那些肠子里都装满花的裸鲤，也不知又去了哪里寻欢。环顾四周，那些曾被绿裹得秀色可餐的山山岭岭被一双无恶不作的巨手撕裂，那么华贵的衣裙猝然委地，玉肌血痕，胴体被摧残。

我几乎要跪倒在曾经的五花神前，恳请她不要这样去埋没那么多鲜活的绝美记忆，祈求她将那些倦怠和疲惫洗去以后，再开出雨后清新、浴后清丽的异彩之花。

晚上，我难以入眠，辗转在余震的不撒手中。余震之中，我听见山间巨石鬼怪般地呼啸着砸向已千疮百孔的九寨沟，我看见那双不可一世的黑手继续罪恶地撕扯九寨沟的皮肉，那些血腥的魔口又咬向了九寨沟的玉体，吮着血液、嚼着香骨。

翌日，我无心他事，咽不下这口恶气，我怕美消亡。

我真的是铁了心要重新再去寻找、发现，或许，根本不需要那种欣喜若狂的蓦然回首，根本不需要那种愁肠百结的黯然神伤。只需将尘蒙的面容轻轻地一洗，撕烂的裙子稍稍一换，一切又会惊艳如初，美丽超前。

我坚定地向九寨那一沟碎玉般的呼唤走去。

我逆着流水，选择对面的栈道向前。

芦苇海没有在昨夜的余震中垂垂老去。昨日的萎靡不振已在一夜之中复苏，那些伤苇萦蔓于弱水之中，鬣走带牵、诗韵款款，几许忧伤的歌缭绕于延颈秀项之间。我看见那条玉带又增添了几分深情的宝蓝，在苇丛中凌波微步。巨浪拍击的那些水之骄子正被轻歌曼舞的玉带抚慰，芦苇的青春渐渐地返归于那个袅娜合唱。我坚信过不了几日，芦花琴琶、苇叶芊芊、苇韵涟涟的胜景又会让人流连忘返。它们依然会整装列队，成为九寨沟这尊旷世的高原美神的仪仗。

盆景滩还是震前的盆景滩，因火花海海水的决口，流水将带出的钙质尘土薄薄地沉淀其上，金沙流泻，碧水如金，浅浅地低唱如黄金在铮铮地流淌。

火花海的海盆放射出黄金一般的光华，那种此景只应海上有的别样景致在蜿蜒的湿滑线条中妙趣横生，让人叹为观止。

盆底的那汪碧水，水银似的似荡非荡，祖母绿似的默然温润，小巧到一口便可吞了下去，凉幽幽地在滚烫的心里生出永远的惬爽。其实，火花海的复活极其简单，不就一个五米宽的口子吗？缝合这个小口子只需一支针一根线。

双龙海、三级叠瀑、树正群海、老磨坊、树正瀑布、老虎海、犀牛海等大美之处依然那么鲜洁明媚，大美无言。只是在这有些寂然的时刻和伤痛的日子融入了些许的忧伤和喟叹。

诺日朗为什么要一直野下去呢？为什么要终身的佳丽三千呢？今天，我凝视着曾经放浪形骸的诺日朗如今轻轻地吟浅浅地唱。多好啊，昔日的一头秀发从肩上纷披而下，让人满眼生景，现在却被梳成千万条细小到弱柳扶风一般的小辫，从头上淅沥而下，不也给人情何以了的无限挂牵？我们听久了李娜那母狼嚎天的《青藏高原》后，谁不为杨钰莹那小鸟依人的《杨柳依依》魂牵梦绕呢？

狂野有的是，珍珠滩瀑布从来就没有逊色过诺日朗。没有了诺日朗，珍珠滩会变成老虎、狮子滩，雄性傲世，野性惊天！

一夜之间，镜海如一位心灵手巧的贵妇，彻彻底底地收拾了自己的残妆，晶然如宝镜新开，鲜妍如光面新拭，将那些山峦、高峰、绿树花草映照得栩栩如生，纤毫毕见。

我没有去五花海、孔雀河道，我知道那里的郁结更盛，那里的融合更密。但我相信，五花海地下的那一百零八个泉眼，会日夜不停地用地心所有的精美快速地修复这九寨的皇冠。那些沉落于碧水间、花色中的尘埃,也许会在地表和地下水的双重作用下成为水下珊瑚、水下奇葩,演绎和幻化出一种从未有过的旷世绝观。

据说熊猫海中堆积了不少自由落体,让海盆发生了较大的变化,水依然点滴不减。装水的盆子发生一点变化不值得大惊小怪,只要水色如初,水质似前。说不定,异形的盆子更能让人产生奇特的想象,让人在赞叹中又去咀嚼残留的忧伤,在惊恐中平添几分敬畏,在敬畏中更加呵护自然。

箭竹海和她孕育的那个更玲珑娇宠的瀑布静息在安详的怀抱中,在这份难得的宁静中享受自己的华贵和梦幻。

长海啊,你这九寨沟仪态万方的圣洁母亲,不因喜盈,不因愁减,安守着一方万世的大美。那份胸中自有山水的淡定和自信,可以让所有破坏美、损伤美的凶神远走他乡。五彩池如一个安睡在慈母怀抱中的乖巧婴孩,那么安稳、那么童真,不知有秦,何以晓汉。

至于那些山峰、山岭,那些森林、树木,有几道轻轻的划痕,倒下几棵树算得了什么呢?那是一种自然的梳理,当然的换装。

这就是现在我实地目睹、亲耳听见、亲身感触的九寨沟。这就是目前还存有些许惊魂未定、尘灰轻笼的九寨沟。这就是眼前还面有几分淡淡忧伤、心有几分丝丝愁绪的九寨沟。这些不仅没有让我感到她红颜老去、丽质清减，反倒让我在一种忧郁释怀后看见了美不胜收的奇景异观。我仰躺在地上，背负大地，目视苍天。这才悟出，天地之中哪里有纯粹的灾难，每一次付出都会收获金玉满堂。九寨沟本就是地震后的自然厚偿。

前天晚上，一个朋友在短信中对我说，一天有四五万人，九寨是不是不堪重负，你们是不是在过度掠夺，因此上帝在惩罚的同时警告你们。我没有回他的短信。还是那天晚上，好些朋友伤感而缅怀地问我，诺日朗是不是垮了，以后我们再也看不到诺日朗了。好多朋友在微信上晒以前诺日朗风光无限的照片。我看了后，心里十分难受。他们仿佛是在用那些美好珍贵的记忆为他祭奠，和他永别。于是，在三天之中我第三次去诺日朗。让我有些伤怀的是，两天前我看到的那些小辫子似的小流没有了，诺日朗几棵松树的对面，流水从那条豁口似的裂隙中白花花地涌出，仅靠裂隙的地方有二十米左右的轻微垮落。水从那些裂隙中下渗，在几十米以外又汇入河流，流水从小桥下流过，依然哗然响然，轻歌曼舞。于是，我要负责任地告诉所有人，诺日朗没有伤及筋骨，百分之九十五还完好如初，只要采取科学修复，诺日朗依然会佳丽如云、风流倜傥。

只是，那一位朋友的短信让我沉思。我不知道上帝是谁，我只知晓人类永远都走不出自然，自然始终是我们的衣食父母。为此，我们每一个人都必须效忠自然、钟爱自然，以我们的钟爱和忠情取悦天地对人类的自然而然。

　　但这所有的一切，都丝毫不影响九寨沟的依然美丽：因为九寨沟的美是自然雕饰的精品、绝品，是上帝千百万年珍藏，是大自然馈赠给人类的永恒的眷恋。这所有的一切，都在反复地、不绝于耳地告诉人类：世界只有一个地球，人类只有一个九寨沟！让我们好好地去爱，好好地去珍藏！

2017 年 8 月 11 日

呵护仙境的九寨人

她叫业果，是一名边边街的清洁工。

8月10日早晨，我经过边边街，那是早上的六点半。整条边边街阒寂无人，透过玻璃窗往那些袖珍小店里窥视，地震留下的狼藉随处可见，栩栩如生地再现了当时的惊恐万状。街面上，四散着残砖碎瓦，屋檐上悬吊着还未落地的碎瓦片。有些店牌被地震给撕裂，破败地被风吹出凄厉的叫声；有的被整体摔在地上，还有些铺面的铁门被震坏后再也关不上了。我想象着那些饮者和食客当时的样子，心里余悸泛起，再一次感受生命的脆弱和大自然的敬畏。

渐渐地，在余悸渐息、河水轻吟处，我听见了一种声音，"唰，唰唰"，和着河水的声音氤氲而起，给震伤中的九寨之晨生发出多么曼妙又多么强烈的旋律，让人的心里感到温馨、温暖。如弱柳扶风，又似荷叶临水。我循声而去，一个穿着橘黄色衣服的清洁工，正在街面上沐浴着初秋的晨风，冒着不时袭来的余震，手握曳尾如凤的扫帚执着而专注地在那里工作。我停下来，看稀奇似的凝眸于那团赏心悦目的色彩,听着她妙手演奏的天籁般的晨曲,我还有伤痛的心被一双温情的手抚慰。那尾美丽的凤羽轻抚在九寨这块受损的土地上,仿佛在给土地以抚摸、慰问、疗伤。那团蓝天白云下,绿水青山中的橘黄仿佛震后在中国大地燃烧的情爱,既是一种万众一心、众志成城的磅礴力量,又是一种永不言弃、永不言败的坚韧志向。我从她的旁边走过,向她行注目礼,然而我没有去打扰她,我知道现在的九寨沟多么需要除余震外的这种柔美之音,人们多么需要在余震不断袭扰的夜梦后听见这样的抚慰之曲啊!

连续三天早晨,边边街依然死寂无声,只有那一尾如凤羽似的扫帚从未终止晨曲的轻吟。每天早晨走到那个地方,我的心都会得到朝圣般的安适,都会生发出一种激荡的力量。

昨天早晨,我实在忍不住地驻足在她身边,她根本就无视我的存在,依然忘我地一扫帚一扫帚地扫着那些落叶、纸片、灰土。

我轻轻地问道:"您是这儿的清洁工吗?"

她充耳不闻,依然专注她的工作。我加重语气重复了一遍,她斜睨我一眼,没有停下手上的活儿。我再加大分贝问她,她才将伸出去的扫帚往身边一收,对我点点头,然后又专心致志地扫地。我靠近她,问她一些信息。

她说,她叫业果,今年六十三岁,是边边街物业公司的一名清洁工。旅游旺季时，一个月工资两千多，淡季时只有一千元。她说地震后，她的工作不知道还有没有。这时她的眼泪下来了，有些凄凉，也有些浑浊。

今天早晨，我经过那里时，一辆摩托车已候在那里，她已不再穿工作服，急急地向我走来说："公司从今天开始停业，要停一年多时间。"我问她去哪里，她说不知道。眼泪从她的眼眶里流出来，那么无奈，又那么茫然。摩托车轰鸣着，她向那里走去，留给我一个单薄的背影，余震再一次袭来。

感谢业果大姐这几日为我奏出那么美妙动听的九寨晨曲，也感谢她给震伤的大地的温馨抚慰，更感谢她让我生出不屈和坚韧。

2017 年 8 月 14 日

地火掠过九寨天堂

我想对你说：九寨天堂是一个耐人寻味的景点！

你敢说不是吗？

她坐落在干海子的森林中，远而眺之，如翠海中的一叶扁舟，悄然地荡漾在一碧万顷的波涛中，洁白的风帆有些夸张地展示出异样的风采。近而观之，又似一朵硕大无朋的白牡丹，雍容华贵、卓尔不凡、仰天而卷的绝美花瓣可以让天地行走其间，舒卷之中，天籁般的声响涟漪似的漾动开去，将花香氤氲成汹涌的浪潮，在山野间游走。

你可以在任意一个阳台上听细叶密语，看柔枝披风，也可以在房檐下听夜雨情话，赏明月清辉，乃至观万里风云席卷山野，听千顷波海迫击天地。心中的郁积随风化瘀，眼里的迷蒙顷刻清明，宠辱皆忘，幻然成仙。

你可以在天浴温泉的柔情蜜意中洗去一身的疲乏，在清凉爽快中看明洁的天空星汉灿烂，闻月桂飘香，乃至饮一碗吴刚桂花酒，赏一幕嫦娥广袖。你也可以在羌寨之中听羌笛的幽怨凄美,看驼队的浩荡归来,乃至听成都况味十足的吆喝,品天府美食珍馐的奇特。你更可以钻入花心,去感受花中的蜜液流成千古不枯的河,去聆听水中鱼虾弹奏万般美妙的歌,乃至那些自然向天的生长,那些轰然落地的辉煌。

干海子如一个柔情温婉的伴娘,那么天然巧成地不离左右,承接着大自然的玉液琼浆,微微地浅笑着,给天堂嵌上艳美的花边。

她就是这样的一个宾馆,完全笼罩在日月的光辉中,沉浸在自然的花香中,难道你不觉得她是一个风光旖旎的景点吗?

她就是这样的一个景点,完全被舒适的梦境围绕,被芬芳的美酒微醉,难道你不以为她是一个舒适温馨的宾馆吗?

说她是森林里的城市一点不假,你可以在那些街衢、古巷里徜徉;说她是云朵上的街市也丝毫不夸张,你可以在那些商铺店面购物。你只听说过天堂,向往着天堂,在这里你才知晓了天堂。那不是一个凄美的所在,更不是一个可望而不可即的所在,而是一个既可想去就去,也可想走就走的人间天堂。让你真正悟出终极的美并不是一种死亡,而是一种随心所欲的自由自在。

然而,天堂的美也会经历地火的煎熬。8月8日的地震让九寨天堂不能幸免,地狱的所有魔爪汇集在一起,绝意要将九寨天堂扼杀,让其成为人间地狱。

那是一种美与丑的拼杀、善与恶的较量。

我想，你一定会为其忧心。我和你一样。

当我第一次目睹她受伤的样子时，心里流淌出无以言表的痛苦，我为她的遍体鳞伤而痛苦。我看见那些狼藉的衣袂，那些炸响以后的弹片、久久弥漫的硝烟，真的不相信，天堂怎么会瞬间变成地狱，宾馆怎么会成为须臾战场，景点怎么会风光损伤。我真的想不顾一切地冲进去，将那些撕破的衣袂缝好，将那些还在流血的伤痕给以包扎。但一条来自人间的警戒线将我隔离，我在武警的盯视中难以逾越，只好伫立在那里为其伤怀。我相信你也只能这样。值守的保安说：那两只黑天鹅真聪明，一直躲在白牡丹的花心，如两粒花蕊，始终不离花的左右。这个灵动的生命让我生情，我想冲过去营救天堂中的生灵，他们全力将我拦住。正在这时，被揉碎的花瓣又在余震中纷纷落下，发出花开一样的声音，妙不可言。

你信不信，就是那两只天鹅让我几天之内心情难以平复，我总是一有闲暇就会想到它们。没过两天，我实在不放心，水没有了，它们怎么生存呢？曾给人们以遐思的圣物何以经得住那般的惊恐？食物没有了，怎么生活呢？那么娇宠的生命何以经得起这般的揉搓？我总怕它们忠贞而洁白的象征被终止在地火过后的余孽中。我第二次到九寨天堂，那场面依然如两天前，没有人去打扫战场，没有人去收拾那一派不堪入目的狼藉。警戒线还是那么高，值守的武警还是那几句话。我说我必须过去看看，我怕那两只天鹅饿死。他指给我一条相对安全的路。我钻进树林，没有几步，两只梅花鹿已退去惊慌，不惊不诧地向我们一行注目，待我们走近，才又不慌不忙地走了几步。两只洁白的小羊咩咩的有些惊诧，却依然向我们报以依恋的目光。入得室内，临近大厅时，几只星秀鸡从一堆破败的玻璃板中向我们呼叫着跑来，声音伤怀，不绝于耳。我们想将它们捉去野外，就是撵不上，在瓷砖上趔趔趄趄的样子让我们叹为观止。我终于还是忍不住在险象环生中向大厅的水池走去，几只野鸭嘎嘎地在水凼中鸣叫。那两只黑天鹅在桥下，如两尊安详的神物静默而傲然在那里，我被这份尊贵的独处所征服，也被这份顽强的安详改变初衷。穿过恐怖的场景出来，我叹服地回望黑天鹅，虽然看不见它们的身躯，却能强烈感受它们的存在，如母雕。

我还是担心它们的生存，给保安说，应该给它们投食。并要求他们把它们送到甘海子里去，让它们回归自然。那些人并没回我的话。

回来的路上，我才恍然大悟。我想告诉你的是，无论她毁损也好，完美也好，她都是九寨天堂！天堂不仅仅是人的向往，也是所有生命的向往。就连那些生活在天堂中的孔雀、梅花鹿、天鹅、鲤鱼等，只要进入天堂，是再也不愿离开的，哪怕地火熊熊，哪怕余震不绝，就像朝圣的路，就如同皈依的心。我还想对你说，无论她笑也好、哭也好，她都是九寨的一个享誉全球的景点，只要看上一眼就会目不转睛、魂牵梦绕，哪怕荆棘丛生，哪怕千难万险。

其实，我已有几年没去过九寨天堂了，但她就是那么铭心刻骨地留在我的心上。如果你不信，去试试，相信你一脚踏进去，就会再也没有从前。永生永世住在白牡丹为你建造的天堂宫殿里，做着清幽而奇异的花香的梦，难道不是你我的一大幸事吗？

2017 年 8 月 16 日

金庸题字天鹅湖

恰好是在九寨沟的诺日朗瀑布前，我正为震后修复的神工叹服时，惊悉金庸先生去世的噩耗，适才激越昂扬的水之交响曲猝然间飞雪漫天、哀声震谷。

2004年9月，正值九寨的仲秋时节，金庸先生来九寨，我十分幸运地与他度过了快乐的三天，给我留下了终生难以忘却的印象。

记得是在几个月前，时任中国作协副主席的作家前辈刘绍棠先生到九寨沟参加活动，我有幸陪同。他对我说，过些日子金庸先生要来九寨，他不想惊动官方，你陪陪他。我喜不自胜，欣然接受。

当我和著名导演张纪中先生在九黄机场接到他后，我反倒忐忑起来。我将这一喜讯告之妻子，她说你连金庸的半部小说都没读过，咋个去陪他？我被这个问题困扰了整整一夜。

次日清晨，早餐后，我们从九寨天堂出发去九寨沟，我临他而坐，显得有些局促和拘谨。先生倒随和地与我拉话，问我的工作、族别等情况。当我告诉他我的族别时,他便向我了解羌族的历史、风情、习俗等,俨然一个学生的样子,谦逊到让人为之倾倒。就这样,困扰我的问题让他轻轻拂去,气氛随之宽舒而活泼。

由于他的名头实在太大,尽管说不惊扰地方政府,但地方政府也不敢不重视,并做了较为详细的安保方案。因为他已八十高龄,管理局也不得不考虑他的游览路径,生怕发生什么不测。尽管做了一些保密工作,但其实难以保密也保不了密。在珍珠滩景点,因栈道和道路的问题,我们将车停在公路边,想让先生远观珍珠滩,听听珍珠滩瀑布的轰然声吼。哪知,车刚停下,游客便蜂拥而至,有敲着窗户,恳请先生下车与之合影留念;有递上本子、书卷,让大侠为其签名留念的;还有的干脆哀求说:大侠,我们都是读着你的书长大的,你就让我们好好地看你一眼,了却我们几十年的一个夙愿吧。先生被眼前的一幕幕感动,他隔着玻璃不断地向游人挥手,眼里蓄满了亲切的泪水,薄薄的嘴唇翕动着。那时的我,真有万千感慨,一个文化人的无穷魅力辉耀着九寨沟的山水,让其更加美不胜收。

车发动了,人们不为所动,喇叭声一声比一声急切,人们依然不为所动。车子缓缓向前,人们簇拥在车的四围,如一群吸附在车上的蚂蟥。谁能想象,在偏远的九寨沟,先生有那么多的粉丝,大侠有那么多日夜想念的情人。

在诺日朗午餐时,先生游兴正盛,他完全被九寨沟的绝世无双之美所陶醉，八十岁的他在九寨沟的盛情下欣然举起了酒杯，品味着咂酒的奇异之美。这时，与我一道陪同半天找不到说话机会的九寨沟管理局副局长，活跃起来，本不胜酒力的她却倒了满杯的咂酒，毕恭毕敬又诚惶诚恐地站到大侠身旁，套近乎地说："大侠，我是你的铁杆粉丝。今天，哪怕醉死在这里，我都必须敬你这杯酒。"然后将韦小宝、令狐冲等先生妙笔下的鲜活人物一个个唤出来，与她站成一排给先生敬酒。先生站起来，用柔和如玉的目光抚慰她，她就更加兴奋地将一些细节背给先生听，让先生不停地点头。她双手捧着大大的酒杯，举过头后再徐徐地轻移到唇边，咕咚咕咚一气喝下，两手将杯往先生面前礼仪地一亮，很是激动，双颊有潮红泛起，大侠为之高兴，也一饮而尽。于是，满屋都是神雕侠侣，到处都是情珍义馐，我们被网罗其中，难以自已。

先生的脸也有些红了，不知他是否也有些微微的醉意？下午四时许，我们出得沟去，在沟口的茶肆处安排了茶休，想让先生歇息稍许。先生却无甚倦怠，一边品茗，一边对九寨沟的美赞不绝口。管理局的同志看他游兴未消，恰到好处地铺好宣纸，研磨香墨，请先生为九寨沟题诗。先生并不推让，立于桌旁，稍作沉思，便提笔挥毫。只见他运笔娴熟，落毫生韵，一气呵成：

"长江源头九寨沟，水如翡翠波如绸。想象渝州三峡下，明珠猛虎入海流。"

大家看后，叹为观止，掌声四起。先生似有不满地摇摇头，再仔细地推敲一下，轻轻地放下笔。几个贪心的人还不放下，又让先生题名，先生不知题什么。有人便说，犀牛海和老虎海下边有一天鹅湖还没立标牌，请先生为其题名，先生乐意为之。待工作人员重新将纸铺就，先生气定神闲，拿捏乾坤，使出全身力气，一横一竖一撇一捺，极其认真地楷书出"天鹅湖"三个大字，湖水青碧，仙鹅翩跹。

离宴后，大家仍不放过他，好些人捧着他的书排队等候在那里请他签名。更多的人从沟口专门赶到九寨天堂，只为近距离地看他一眼。他几乎一个不漏地为那些人签上他不朽的大名，让他们满意而去。他用他的微笑和略带几分歉意的挥手，将他的形象刻骨铭心地定格在人们的心间。我们抢抓机遇，不放过地折腾他。先生并不厌腻，全心全意地满足我们的所有要求。

我们来到九寨天堂的会客厅，又为先生铺上纸、磨好墨，请先生为我们每一个人题词。我不知道那晚先生写了多少幅，只记得他先给九寨天堂的老总邓鸿题了"大展鸿图"四个字，尽管意韵深广，邓鸿似有不甘。先生为我题词时，我感佩地站在先生对面为其牵纸，他将细柔的目光望向我。少顷，便饱墨而书，一挥而就，八个大字"以谷运龙，以农兴国"，字字珠玑，字字情深。在场的所有人都将诧异的目光投向我，歆羡不已。当时我望着这八个字也惊诧不已，我何以承受得了先生的这等厚望呀！正当我要请教先生"以农兴国"时，先生伸出了他绵软而又力道千钧的手，我双手将其捧住，还未等我说出感激的话，先生却先我而言："谢谢你今天给我讲了那么多羌族的知识。"这句话让我惭愧不已。然而，先生真诚的目光让我相信他追求不懈。翌日，先生又去了神仙池，他的《神雕侠侣》电影在那里开机。

临走时，先生让查太太将他香港的电话和地址留给我，让我去香港做客。查太太风趣地说："打电话时你不要说你是谁，只说你是九寨沟的。"

离开九寨沟后，先生又去了四川的峨眉山、青城山、都江堰等地。当记者问先生此行四川，哪里最好时，他不假思索地答道："还是九寨沟好。"

一别十四载，我从未给先生打过一次电话，更不用说去他家做客了。总以为如我之人是不足以与他通话的，因相距较远，先生的信息知之甚少。只有一次看见先生在剑桥大学读博士后，再次惊诧。惊诧先生终身对学问的孜孜不倦，也惊诧先生学无止境的求学风范。

每每与人谈及陪同先生的九寨之旅，难免有些自豪和幸福。每每想起先生送我的八个字，又难免有些自愧和自责。今天，我掬起九寨沟的水为先生送行，但愿先生魂来九寨！

2018 年 11 月 1 日

亲爱的燕子

我伫立在窗前，太阳还未出来，天府的东门被汹涌的红潮洞开。红潮炸裂开去，再炸裂开去，飞溅出无以计数的溪流向天际回流，耀升的光焰变得金汤漫涌，向空中渐次薄去，最后隐匿在空中。在红潮的鼓荡和涌动中，一枚温软的玉体渐次从那荡漾的胞衣中脱出，轻盈地以滑行的曼妙向太空行去。

这样的朝晖中，总是有燕子在空中欢快地飞翔。它们沐浴其中，时而将朝晖拖曳出万缕金线，时而又将一派彩霞裁剪成烂漫的衣袂。然而今天，一切都在等待唤醒。阑珊的秋意还攀附在初冬的背景上等待唤醒，天府的明丽还沉浸在微寒的梦境中等待唤醒，就连睡在绿意葱郁的阴香树中的鸟儿也在等待唤醒。

这样美好的早晨是需要孕育的。在成都，这样的早晨更是难以孕育。我欣赏着，沐浴着，赞叹着。突然，一个甜甜的嫩绿色的声音很有质感地传入我的耳膜："爷爷，您挡住燕子回家了。"

明月的这个声音，仿佛把世界都唤醒了。于是，城市的面貌在我眼前铺展开来，城市的声音在我耳畔喧嚣起来。在这样的喧嚣中，燕子亲切的呢喃似乎才从天际若隐若现地飘来。我将头伸上去，把目光望向头上方的燕窝，窝门上的残绒依稀飘飞，这才恍然大悟，似乎有两天没有看见燕子了。我问明月：

"燕子是不是飞走了，我好像两天都没看见它们了。"

明月说："对呀，我也几天没看见它们了。"她挠挠自己的头，有些失落的样子。

我俩坐在床头，将目光望向朝霞已退去的东方，一种思念爬上心头，正如那枚已快燃烧的太阳，生发出一丝焦灼的离愁别绪。

和明月一般大的时候，我等待燕子飞回时，如等待母亲回来。因为，燕子回来时，地里的苦苦菜就绿绿地长出来了，我们便有野菜充饥了；天气就暖和起来了，我们手上脚上的冰口就不再往外冒血了。我们会在群燕的飞舞中唱着"燕子扫天天要晴，燕子扫地要下雨"的儿歌，尽情观赏。

然而，燕子也会让我伤心。它们总是去公社的楼下或村里其他人的楼房下筑巢，就是不体贴我们这样的寒酸之家。好些时候，一进门，总是情不自禁将头望向没有楼板的房梁，房梁依旧。便问母亲燕子为啥不到我们家做窝。母亲说，燕子是嫌贫爱富的富贵鸟，我们这样的人家是指望不上的。母亲的话并未在我和燕子之间造成屏障，我对燕子依然充满希望，我相信"旧时王谢堂前燕，飞入寻常百姓家"的圣境。果然，没过几年，父亲将我家也装上楼板了，堂屋里庄严起来，铡猪草的地方也移去灶房。那年春天，燕子就飞进了我家。

我家有了燕子，我们的日子也并不好过，但燕子填饱了我对它的欲望，让我瘦骨嶙峋的生活有了味道。

是高尔基的《海燕》让我敬佩燕子。我看见苍茫大海上的燕子，箭一般地直冲云霄，它欢叫着，让乌云听见它的欢乐！尽管那时我还不知道什么是海燕，但故乡那些燕子在河上的矫健飞翔和欢乐鸣叫，依然演绎了黑色闪电的英姿飒爽。

这以后的许多年，尽管再也难得停驻在一个地方，那么痴呆地凝视它的飞翔，聆听它的欢叫。然而，儿时存留于心的这份亲切，始终如流水那样悄悄地流着。无论在哪里，只要看上一眼，心里自是惬意。

几年前，在我家窗外横梁和立柱的相交处，一对燕子的倩影出现了。它们用黑喙叼着南方的春天来了，浑身浸染了海礁的色彩，满口弥漫着南国的花香。在燕语的呢喃之中飞进飞出，飞下飞上，辛勤地从那些水凼边、泥淖中衔回黏泥，一丝丝地、一丁丁地细细地雕筑着它们的小屋。十天过去了，才在梁柱间勾勒出一个轮廓。又十天过去了，才有了一个背墙。再十天过去了，小屋还不成型。它们依然不慌不忙、不急不躁，从不疲惫，从不倦怠。早上，唱着晨歌披着霞彩，高高兴兴地出去。晚上，它们哼着暮曲沐着虹霓，亲亲切切地回来。一个月、两个月，美丽的婚房终于建完了，就在夹角中，通体印着它们秀丽的吻痕，弥漫着它们口齿的芳香。于是，它们开始在轻盈的翻飞中恋爱，说着温柔而又甜蜜的情话，在新婚宴尔中享受着劳动的伟大，向往着父母的高洁。

小燕子出生了，它们更加忙碌起来，不断地从林子里、小溪边捉回小虫，精心喂养着。透过窗玻璃，我们看见它们勤苦而幸福的身影，听见它们累了归来时唱诗一般的晚祷，心里充满了怜爱和钦敬。然而，没过多久，一只小燕子从窝里冒冒失失地掉了下来，掉在雨棚的玻璃上，我们谁也没看见。待我们看见时，小燕子已定格在死时的样子。它的翅膀奋力地张开，它的小爪子希望抓住什么似的用力伸展，它的颈子拉得很长……我不知道小燕子是怎么在挣扎中、呼唤中死去，也不知道它的爸爸妈妈是如何用悲恸的泪水将它送走。总之，当我看见它时，微风将它的碎羽吹拂着，俨然一副在蓝天飞舞的样子，仿佛把死亡轻轻地叼在嘴上。我用安魂似的目光轻抚着雕塑一般的童体，心里凄恻不已。渐渐地，它们黑色的粪便堆积起来，并将它的飞翔埋葬其间。但我总觉得，那只小燕子并没有死，它终归在某一天还会成为那道黑色的闪电，直冲云霄。

没过多久，另一只小燕子又从窝里掉了下来。当时，我目睹了它掉下的过程，它在空中展翅收脚，做出本能向生的搏击。尽管死神以残暴的魔爪将它拖向死亡，它依然无畏地展示着生之伟力，昭示着生命的天高地远。最终它还是重重地摔在雨棚上，但那一堆粪便和兄弟的尸体为它做了眠床似的铺垫,它并没有被立刻摔死,它呼唤着,挣扎着。刚才还为它生命护航的那堆粪便现在却和死神一起迫害它。它的翅膀、它的脚爪、它的整个身体都被裹住,连动弹一下都很艰难。它的爸爸妈妈焦急地围着它,用燕语抚慰和鼓励它,甚至想将它叼回窝里。它们张开矫健的翅膀,像鹰那样翱翔,时而用爪去抓,时而用嘴去叼,时而用翅膀去扑扇。然而,所有的努力都无济于事。我们也焦急地瞪着眼,有力使不上。家里没有任何够得到的工具,楼道里也没有,爱莫能助啊。小燕子也并没有放弃,它在父母的鼓励中放射出生命无以复加的能量,它那有力的小腿不停地蹬打着,它那刚毅的翅膀不断地扑扇着。那些裹在它身上的黑色幽灵被闪电碎裂了,它正从自己不懈的努力中解放出来。它的爸爸妈妈围绕着它时而旋飞、时而舞蹈,共同上演着生命的辉煌交响曲。终于,小燕子挣脱了死亡的陷阱,它将沉重的翅膀拍打在雨棚上,用小爪子奋力地向父母划去。然而,倾斜的玻璃以其光滑的诱惑让它向下滑去,沉重的惯性牵引着它幼小的身体在加速度的作用下越来越快地向棚沿滑去。它的父母悲歌不绝地啼鸣,带着泣血的低飞无可奈何地伴着它下滑,它们想在棚沿处挡住它或用背驮着它,终归枉然。它从父母的身体中间,从父母的呼唤中间,从父母生之歌舞的中间滑落而下。我没有听见死亡坠落发出的微笑,很久很久没有看见两只燕子飞回来。

我将目光聚于窝门，恐惧着那一孔小小的门洞成为又一个生命的死亡通途。

那一年，对那一对燕子无疑是灾难的一年。忧伤总如炮弹挂在它们的翅膀上。

翌年，它俩依然叼着南国的春天回来了。痛苦并没有让它们的羽毛成为黑色的忧伤。它们仔细地检查着它们的旧巢，清点着高傲的安全隐患。于是，它们衔来黏泥将埋伏着死神的门洞加长，并让门的下帘微微地向上翻卷。那一年，从春天到秋天，我们听见的是欢乐的家之颂，看见的是美丽的生之舞。尽管它们的粪便已在雨棚上堆成一座小山，丝毫不减弱天空中又多出那几道黑色闪电，大地上又增加那几首生命颂歌。

又一年，孙女孙儿分别要上小学和幼儿园了，房子不够住，儿子的目光自然地落在了那一块几个平方米的雨棚上，采取挑出去的办法，在棚梁上安上窗棂、装上玻璃就大功告成了。

工程是从春天开始的。燕子回来了。它们看见这正在发生的变化感到十分茫然，连续几天都在周边不停地飞，急切地、不懈地，叫声也失去了柔情和韵致，从不言弃地在那里做出"钉子户"的宣言。我们是为了一间房，燕子却是为了一个家。再说，那本就是它们原生的地方，我们却要强盗似的与它们争地盘，甚至把它们赶走。房子不装不行，拆了燕子的家也不好。我将这样的原则告诉工程人员，要两者兼顾，两全其美。几个月后，工程竣工了，燕子也在老巢里诞生了新的生命。从都江堰过来的明月首先对燕子感到新奇，每当看见燕子美丽的身影，总会唱起"小燕子，穿花衣，年年春天来这里，我问燕子你为啥来？燕子说，这里的春天最美丽"。

是啊，春天是美丽的，春天是燕子怀抱希望的季节，也是燕子释放爱情的季节。秋天也是美丽的，秋天是燕子享受天伦之乐的季节，也是燕子将季节灌注进自己羽毛的季节。那是这片土地上的力与美，也是这片天空中的霞与彩。

房间建好了，四面全是玻璃，尽管我们在它们邻家的地方为它们开了一扇窗，但它们有时还是会误撞在玻璃上。每当听见燕子撞上玻璃那沉闷的声音，心里也总是和燕子一起痛。看见燕子被撞后趔趔趄趄向下坠去的姿势，心里也总是斜着往下沉。

为了燕子的通行，我们起床的第一件事就是将窗子（包括纱窗）全部打开，让它们去翱翔蓝天，每天晚上最后一件事才是将窗子全部关上。夏天，蚊子从那孔窗里飞进来，嗡嗡的轰炸机似的在我头上乱叫，甚至有时整夜不得安宁。然而，这样的烦闷，都会在燕子的一次飞翔、一声亲昵的呼叫中消退。白天，苍蝇也飞进来，嗡嗡地在家里四处周游，或在水果上爬行，或在鲜肉上产卵，家里到处都充盈了它胜利的歌唱，我们被这样的噪声污染着，在夏日的溽热中难以忍受。然而，为了燕子，为了那些新的生命，心里也感到慰藉。暑热一浪一浪地涌进来，在房间里开出旖旎的花，在壁上画上吃水的吻痕，我们如泡在温泉中的冷水鱼，张着嘴呼唤寒气。空调失去了制冷的机能，被热浪打败。这时，只要燕子站在窗楣上啾啾一叫，春天就从它的小嘴里掉到屋子里，青幽幽的树便将凉爽的枝叶长满每一个角落。时不时地，燕子也会善解人意地往家里飞，在客厅里绕一圈，制造出爽人的蝴蝶效应，将暑气从翅膀上带走。

就这样日复一日，我们在相互理解和体贴中建立了他人难以理喻的感情，这种感情饱含着世间的情爱。

冬天，当它们南去后，我们心里总是怅然若失，仿佛家里的亲人出走了。我们会在灰蒙蒙的雾霾中想念它们那双有力的翅膀，或许，我们的心里涌动着南海的碧丽，它们欢叫其间、翻飞其间、幸福其间。

正像现在，我和明月坐在床头，举目凝视着那满是吻痕的燕窝，串珠似的缠绕成一个完美的城堡，窝门上那些飘飞的彩羽如城堡上的猎猎旌旗，眼前跃动起南国春潮的浪花，燕子在浪花中奋飞，如蜜蜂穿梭于鲜花之中，用蜂针去吸食花蜜，用花蜜酿制春天。

当这样的酿制完成后，它们就叼着春天飞回来了。

这时，我将渴望的目光移向窗外，望向南方，等待燕子回来，像儿时等待母亲回家一样。

女儿国的梨花

金川又下起了梨花雨,没想到这样的洁丽也会在如此深广和纵横的雪域河谷中飘洒出这番勃勃的景象。素朴也罢,纯洁也罢,都敌不过疯狂的叙写和野性的抒怀。

其实,这样的野性和疯狂并不是梨花雨浇灌和滋养的,它是这条河谷的秉性,也是这条河谷的风貌,更是这条河谷的情韵。将梨花的花写成一种女人母仪天下的磅礴之美、烂漫之美、泼洒之美。

这样的美,让我想起那些女人。那些女人又让我想起以下的这些事。

不能不说说那一场旷日持久的战争了,清朝的乾隆皇帝居然会为偏安一隅的蛮夷之地大动干戈,这一动便如翻下深沟而又无遮无挡的汽车,只好任其一直向下翻滚,真有梨花一枝千滴泪的哀怨堆垒。从四面八方汹涌而来的兵丁,从皇城之中奔袭而来的甲胄,从府库之中滚滚而来的白银,在这些深切的沟谷中厮杀拼死。二十九年,那些梨花在血雨腥风中依然应时而开,烂漫成惊天地泣鬼神的恸哭。它们在自己的一派诗一样的雅致中看见那些英姿勃发的生命如梨花一样陨落在那些沟谷、山峰、河流之中。鲜血濡养着沟谷、山峰和河流。嗜血的土地就这样在刈割生命的同时也孕育了疯狂和野性。洒向这块土地的银圆和埋在这块土地上的白骨一起成长为满山遍野的梨树，所有的梨树都为思念那些珍贵的生命而来，为悼念那些生命火一样的忧伤而来。

在这场战争中分外妖娆的女子，以一种虚妄的高贵去攀附自己的理想，以一种女人的野性脱掉裙子去点燃这场战争。那不是她的错，她珍爱自己梨花一样的洁丽，她更珍爱自己梨花一样的爱情。她从来不曾想到，仅仅是两个土司的地盘争夺，竟可演绎出这样一场祸及这块土地的战争。

她知道她的错，便从这种错中如春天绽放的梨花一样萌动开去，以锐不可当的阴柔去到那些呼风唤雨的大帐，让那些嗜血成性的汉子忘了战刀，让那些指挥若定的将军哑了军令，不断地上演着血雨腥风中的梨花一枝春带雨的温酥小调，不断地让官军用自己的刀去要自己的命。

那是一种怎样的女人情怀呀！只要能让花香去传递黑色的信息，只要能让花色去装点胜利的背景，一切都无所畏惧。

多少年了，我总是想着这个野性的花开姑娘，每每穿越那些沟谷、翻越那些大山、跨过那些河流，我都听见她那爽朗开怀的大笑，那是无私无畏、纯洁无瑕的笑，正如初放在枝头上的簇簇梨花，带着对土地深深的眷爱和对春天久久的等待。

每一次翻越巴朗山时，我都会朝向阳坪的方向瞭望，总会看见如花的姑娘梨花一样的静好和淡雅，她的缤纷的头帕让日光无辉，她那飘飞的艳裙让山花无色，她以梨花随风飘落的自然神态让飒爽英姿的生命去迎接另一些生命的花开。

她叫阿扣，是一种中国结似的花扣。也有人叫她黑色幺鸡，我不知道这是一种黑色讽刺还是一种红色幽默。无论是哪种颜色，我都拒绝认同。她就是开在这块雄浑而又深远土地上的一朵永不凋谢永远芬芳的梨花。

我不知道人类的战争有多少是为了土地，也不知道战争的英雄有多少是因为女人，只知道战火硝烟之后，金川的梨花更艳丽，经过战火洗礼后的金川女人更有梨花的情怀。

战争结束了，皇帝将自己的黎民用锁链拴在一起，以荡气回肠的忧伤和山高谷深的痛苦在大刀和鞭子的叫吼中用脚丈量万里黄路。在京城，在皇城和宫殿，又一朵金川的梨花在皇宫里苦涩而又灿灿地开放。她叫阿凤，她在宫中以她那梨花一样明洁的微笑，雪梨一样甜蜜的呢喃，令皇上因爱淡忘了战争的忧伤，使那些去到京城的梨花在即将碾作尘的时刻又重入花季，静待花开。如今，当北京香山脚下的那一株株梨花应时而放时，金川河谷就会弥漫起充盈的芳香。我就会一次次地想起那个风情万种的女子，听见她在皇宫里曼妙的歌唱，看见她含笑而归的倩影。

这方土地，总是不乏这样容颜倾国的女子，也总是不乏这样巾帼不让须眉的女子。这曾是女人主宰的山川，也曾是女人滋养的土地。这是昔日女儿国的所在。一大帮女子在这里演绎了几百年阴风璀璨的历史，将这些山川河谷打磨得花团锦簇，流光溢彩。

我曾驻足在至今还弥漫着胭脂味的女儿国城堡的残垣断壁前，仿佛看见白石神朗照下雄浑的城堡熠熠生辉，那些簇拥在城堡四围而又花枝招展的女人唱着深情的歌，跳着铿锵的锅庄，她们每唱一句，梨花的芬芳就氤氲而起，她们每踏一步，梨花的春雨就漫天而下，她们每转一圈，山川河流都飘飞起来。那是怎样的一种美轮美奂，那又是怎样的一种虹彩熠熠。我轻叩着那些石头，脆朗朗的声音穿过时空，飞向天宇，我捧起一块白石，辉耀的光芒洞穿历史，洒满山川。如今，每当我看见马奈锅庄，看见那些披上艳美织毯的女子，火焰般地燃烧在女儿国的土地上，野画眉一般婉转在女儿国的森林里，就不禁连连唏嘘，仿佛那些柔情的梨花钻进了我的胸怀，湿润了我梨花一般纯洁的情爱。

其实，我每年都从这条大美的河谷穿越，不是在梨花开放的时节就是在梨叶燃烧的季节，两相比较，我更留恋于春天的梨花。这样的留恋是一种磅礴的哀思和深远的悼念，为那些生命的流逝，为女儿国的消亡。因此，那些花枝招展的梨花在我的眼前总是顾盼生情的女人，她们或青春萌动，或情窦初开，或风韵阑珊，或暮容依稀，梨花总会在她们的脸上幸福地开放，所以，我将梨花视为墨尔多神山下这方圣土上圣洁的女人花。

现在，这满沟满山的女人花都开了，开出了女人的风姿绰约，开出了女人的风花雪月，也开出了女人的风情万种和风光无限！

于是，我说，我爱这样的梨花！

2019年4月9日

所有的色彩都在朝拜花湖

秋天，在翠玉似的花湖上开了。花湖耶？湖花也。抑或，只是秋天，凛冽出草原另类骨感的凄美。

其实，草原基本上已难再有秋，就像成都已淡化或虚化了春天一样，虽那些迎春、梅花、樱花、桃花、玉兰等应时之花还走不出季节的色彩，但季节却强行让那些浓郁的芬芳堆累在夏日的裙边。正如现在草原的秋天，虽已在严酷之中瑟缩起来，板结起时空融化不了的硬朗，但开放，依然是草原秋天生命的轮回。正是这样的轮回让季节不断地开放，氤氲起天地间大美景色的荡气回肠。秋天的开放，更展现了季节轮回的不同凡响。

恰好，这样的开放更青睐于那些泡在光影中的发烧友，他们不知道女人温酥的怀抱时不时也隐藏着锋利的藏刀，闪着光芒的甜蜜的笑靥中却盛装了要命的毒汁，但这也是一种坦然的开放。

这样的开放更能挑逗，招惹，甚至诱惑。说不清楚，那些人是奔了草原去，还是冲着秋天去，或者奔着草原的秋天去。

一帮能够融化秋霜的疯子，让冻成冰刀冰针的星光戳在头顶，让雕刻过的风簌拥着向花湖扑去，去拥抱开放在花湖上的秋天。

草原是勤苦的，即使这样的季节，即使这样的冷酷，依然早早地眨动它金色的睫毛，腰身也随之曼妙地舞动起来，天籁回声轻漾时，一幅牵扯出生命华彩的光辉挥洒开去，给西面的虎狮山注进雄性的能量。所有的镜头都一齐望向东方，等待着秋天在晨光中的芬芳弥漫。

被裹挟的我，紧紧地将军大衣裹着，袖着快被冻成冰棍的双手，如一坨被草原吸干了能量的牛屎，机械地扭动着肢体，圪蹴在栈桥上。水汽氤氲起薄薄的纱罩，在风的作用下缥缈如波，漾动出夏的韵律。渐渐地，夜的洞箫结束了沉浑的独奏，花湖之秋的开放正徐徐启幕。

我从来没有在这样的时节将自己置身于这么深广的草原，更没有在这样深广的草原上把自己顶在日子的头上。没有春花的草原，总是把春的所有色彩所有芬芳都留给夏，让夏天去主宰这个世界的五彩缤纷，让草原去统治这个星球的锦绣江山。

记得，是六月下旬的一个傍晚，也是陪他人在花湖摄影，早已过了晚餐的时刻，发烧的镜头一直冷却不下去，快门倒是站在草原深冬的严寒中。我急啊，希望草原上下起浇灭一切等待的大雨，甚至砸下可以死人的冰雹。但草原总是善于逢场作戏，善于讨好它认为对它有用的人，不仅用一个冷酷的微笑教训了我的恶意，而且收起了那些残云破雾，一度乱云胡搅蛮缠的不洁天空清明起来，渐次清亮。夕阳在向草原挥手告别之时，将如此瑰丽的霞彩一层层地涂抹在西天，由淡而浓，金幡鼓荡，红旗飘扬，铁流奔腾。这样的大美景象流淌起来，漫卷起来，倾泻下来，草原的晚歌匝地而起，和斑斓的西天暮歌交响着，在大地上翻滚出难以书写的美轮美奂。

花湖，花湖！花湖把所有的天都揽入自己的怀中，让天地颠倒过来。不断生长的晚霞把青碧的湖水拱上天去，把翠绿的草原顶上天去，那些牦牛驮着星辰，那些绵羊拥着月亮，花湖的水注入银河，让断桥的故事不要再往下讲了。

然而，就在湖的周边，所有金黄色的花都朝圣般地簇拥着，它们不仅来自草原，也不仅来自大地。我只想说，大地上没有这么丰富的金色，大地上也没有这么醉人的贵黄。这样的黄一定来自宇宙万方，一定来自所有星际。花湖啊，那么雍容华贵地甩开裙裾，接纳所有色彩的朝拜，谛听所有星球的诵唱！

然而，这是秋天，这是秋天旭日东升的时刻。当然，这样的时刻，即使在草原最最严酷的日子，都会迎来生命顽强的跃动。

起初，是一只野鸭在湖的冰凼里游动起来，偌大的一朵洁丽的花就颤颤地禽动起来，由湖心轻轻地漾动开去。两只三只的野鸭在不同的冰凼中出现了，晨曲在它们之间曼妙地响起，似乎听得见它们双蹼划水的声音，听得见它们身体与浮冰碰击的声音。这些声音从湖心游走开去，渐次地让湖边堆积起来的清冽阻断。夏天那些冲天而起、过于炫耀的水鸟似乎都飞走了，鸟群炮弹一般地俯冲而下捕鱼的英姿，如在冰面上演，该是何等壮美的一幅图景。然而，这是开放的秋天，静好才是它的所求。

黑颈鹤还没有飞走，它们从眠床中迈着仙女的步子，婷婷地走出来。它将细长的脖颈伸向太阳，一直伸至它的极限，仿佛听见了愉悦的舒张，在这样的舒张中，它那覆天之翼徐徐开放，如舞女的裙，罩住它那婷婷的腿，托起它那高昂的头。像一朵袅娜的睡莲孤傲地开在冰湖之上。当它的巨翅闪动这片寂静的大地之时，一声裂帛似的高歌将晨光碎裂成万千帛片，这便引来了秋霜唏嘘的哈欠，秋草舒缓的懒腰，整个冰面在阳光穿透的时候，发出冰刀划过的铮铮声响，无数的声响交错在冰面上，奏出不绝如缕的低吟弦歌。只有站立在栈桥边上的高原芦苇，无惧天地，无惧风霜，站立成一首铿锵的诗，开放成一朵铁质的金色之花。

那些解冻的快门兴奋起来，弹跳出与花湖上秋天开放的谐音，那些傻呆的镜头灵动起来，猎豹一样追逐着绝佳的至善至美。闭上眼睛，随快门何时按下，随镜头转向何处，镜框里都会弹出大美的景致，哪一张都可以为最美的秋天代言，哪一张都可以成为流浪地球最漂亮的名片。

阳光充盈了日尔大坝，秋天如岁月从季节的牛奶中分离出来的乳香芬芳的酥油，温煦的阳光将其无声地融化，金汤般的油脂缓缓地氤氲开去，圈舞一样幻化开去，一层层地涌动着，一层层地剥离着，绽放着。从高处，从四周，向花湖流淌而去。渐渐地，整个日尔大坝都漾动在这样金质的酥油之中，四围的浅峦似卷起的肥美花瓣，圣洁的花湖点缀在秋花之中，莹洁的靛蓝中闪耀着宝丽的光芒，我们都成为这光芒中闪动的光点，所有大地的生灵都从这样的金汤中游动起来，霞彩被生命涌动着，交织着，翻卷着，世界都被这样的声响充盈。

　　从来不曾想到，在草原的深处，秋天会以这样瑰丽的色彩、这样舒逸的姿态、这样灵动的梵音开放在花湖。也从不曾想到，花湖会以这样冰清玉洁的静好成为草原秋花的花蕊，我们都成了追花逐蜜的蜂，将大美草原酿成糖，让这糖胶着花湖上的秋天。

2019 年 11 月 4 日

到牛棚子看雪山

现在的牛棚子真有些傲视名山了,甚至敢和四姑娘山一比高低。连它自己都说不清楚是哪一天,又是什么原因让它变成现在这么有底气。

它站立在那一片绿油油的草地上,很是得意地扭动着有些旱獭似的身躯,那些雄姿英发的万千山峰就尽收眼底了。不知什么时候,牛棚子变得这般高雅起来,总喜欢听满世界的山讲故事。一不小心就陶醉在猎人和鹿妻的爱情之中,一不留神又陷于布达拉峰那些热烈的争论中,甚至能听见鹰击长空的嘶鸣,看见玉兔乖巧可人的回眸。山那边是四个姑娘的不朽传奇。那些传奇牛棚子耳熟能详,总是寒光四射,冷艳袭人。特别是第四个姑娘,以其孤傲傲视苍穹,万年的魔发飘飞出永恒的魅力,母性的柔丽与明洁,滋润并朗照了这方圣地。

以前的牛棚子从来都以为山是山、水是水、树是树,牛棚子当然也只能是牛棚子,各为其主,互不相干。现在,牛棚子改变了它的认知,不自觉地融入了这方自然,浑然一体,每一棵草、每一滴水都牵扯到它。山痛了，它也一起痛，水欢了，它也一起欢。

牛棚子让回望的目光走得更远了：以前它最多也不过是一坨牛屎，而且是被太阳吸干了水分、被屎壳郎吃完了养分的牛屎。所有来棚子里的人和它差不多，身体干瘪，脸色枯槁，总是一副穷凶极恶的样子，不是一群恶鬼，就是一帮穷光蛋。他们很少带来欢歌笑语。这些穷凶极恶的活鬼一年四季都变着花样似幽灵般地游荡在那些山里，把所有的山精和地宝残酷地搜刮干净。山上的树一年年地少了，山就变得青筋毕露，形销骨立，秃了山头。水边再没有大黄那么甜甜的叶子了，瘦水从曲折的石上流过，敲骨吸髓的声响不绝于耳。大地被活鬼门掠夺殆尽以后，变得空乏起来，皮囊却异常地坚硬，即使一只画眉跑过，都会发出枯碎不堪的哭泣。牛棚子不为所动，心冷且硬。

那些活鬼在靠山吃山的生存哲学、生产模式、生活依赖中坐吃山空。那又有什么呢？活鬼们别无选择，祖祖辈辈就这么过来的，以后还得这样"吃"下去。

牛棚子没有办法，即使是令人敬仰的神女——四姑娘也没有办法。她的貌似天仙只能是一种罪恶，养活不了她脚下匍匐不起的所有生灵。牛棚子也如一个行将就木的老人，曲着手指，计算着自己不远的归期。

牛棚子在这种毕竟东流去的以生存法则践踏生态法则的颓

丧中奄奄一息,但那些活鬼不让它死,它也终究没有死下去。来的人渐次地多了起来,有了欢笑,有了妙趣。好景似乎并不长。牛、马一群群地成长起来,草就在这样的成长中矮下去、瘦下去、少下去。牛棚子听见牦牛和牲口的嘴唇如铲车一样从地皮上往来铲动,声音粗犷到让人心惊肉跳。牛棚子从没见过那么多的牛马,即使在月夜也在山坡上啃嚼粗粝的草根。

草不足以承载它们,那些杨柳、沙棘以及更多的树皮也成了牛马不得不选择的食物。牛棚子看见那些柳树被牛马剥皮的剧烈震颤,听见伟岸的沙棘被割肉的惨烈叫喊。

牛棚子后悔当时为什么没有死掉。

突然,有一天,一个背囊向牛棚子走来,兴奋的欢叫让它以为疯魔来了,牛棚子以为大限已到。

不知又过了多久,双肩包多了起来,照相机也聚拢过来,他们住在牛棚子里,白天拍山水,翻来覆去地拍,连乌云都不放过,晚上拍月亮,让星光作为陪伴。那些活鬼有几分人模人样。

从火塘里掏出酥酥的馍,从泡菜坛子里捞出几片莲花白往前一放,他们八辈子没吃过饭一样唏嘘着大快朵颐起来,赞不绝口的恨不得连舌头一起吞咽下去。

一批长檐遮阳帽来了,一窝蜂似的涌入牛棚子,让牛棚子大跌眼镜,一样要吃烧馍馍和老酸菜。

又一批登山服钻进了牛棚子,火塘边已烧好几个馍馍,磨扇似的贴在那里，灰扑扑的略施香粉，牛奶和着面粉的味道悄然弥漫，老腊肉、老泡菜让这样的美食无与伦比。

牛棚子感到奇怪，多少年了，它从来没有感觉到那个火塘有什么奇特，那些烧馍馍存什么美味。唯有这些双肩包、遮阳帽、照相机、登山服、那些花花绿绿的伞以及那长长短短的裙子才吃得口齿留香，语惊四座。

牛棚子踩着烧馍馍的风火轮、驾着老泡菜的簸箕云到了双桥沟以外的许多地方，甚至到了大洋彼岸的异国他乡。

牛棚子也和名气一起膨胀起来。烧馍馍如金元宝、银元宝似的在牛棚子里聚集和堆码，老泡菜和老腊肉也如红栗子一样飞舞。烧馍馍的火塘又多了几眼、泡泡菜的坛子又多了几坛，火塘如铸钱的炼炉，菜坛如聚财的财神。

祖祖辈辈在山上挖药的药夫子的后代人模人样地开启了药店，一年四季偷伐木头的活鬼很是自豪地办起了超市，就连那些啃食树皮的马都回归了自己的本分，摇篮似的马背摇出了赏心悦目的富足。牛少了，草就多了，草高了，牛也更大了。大黄的叶子更加张扬，杜鹃花的花朵更为杜鹃。

牛棚子听见大地渐次丰盈的声音、牛棚子看见山峰日益圆润的姿态。

又是一个晚上，牛棚子看见它甚为自豪的主人十分娴熟地数着百元大钞，好一阵才说：手都数酸了。牛棚子觉得他有些臭美。正想说点什么,主人的婆娘却说话了:过几天,锅庄坪就又要开朝山会了。我明天去县上好好地买些祭品,在朝山会上好好地敬敬我们的山神、水神。

牛棚子看见男人惊讶地盯着他的婆娘,你不是从来都不信,从来都不去吗?

现在我醒悟了,什么都清楚了,明白了。再不去感恩山神、水神,就不是人了。

牛棚子想:它的这些山水朋友都会去领受人们的这份敬仰,它们受之无愧。牛棚子又想,它要是也变成那些好看的山、好听的水多好啊,不朽在宇宙中,不老在人们的心中。

云朵上的人家

出蓉城南去,傍乐山大佛而过,依峨眉山月而行,三百里许,有大渡河凝碧漫溇,亦有象鼻山耸翠延宕,乡韵款款,野趣幽幽,生发出峨边小城。沐大佛之天光,承普贤之地气,坐而诵经,其声也曼妙,其情也袅娜。

难舍为人之常情。然不远处有新境初识,天然丽质。彝人语之黑竹沟,译之为云雾居住的山谷。好事者不以云喜不以雾欢,生生地唤之为——中国百慕大,世界黑竹沟。

大亦大矣,却有些借壳入世的浮躁,扫荡了峨眉的半轮秋月,也驱散了大佛的一脉善缘。眉目传情,貌若天仙的阿咪子却硬生生地穿上高跟鞋,既有些水土不服,又有些邯郸学步,真有些难为她了。

秋之笑靥刚从甘嬷阿妞的唇边漾起时,我来到黑竹沟,便被世居的沉岚积雾所缭绕,山飘在云上,林沉为雾脚,身在何处,实在难以知晓。

本想从天空鸟瞰汪洋恣肆的八百里雾海,饱览世居的云村雾寨，聆听因云而生的风情万种——因雾结缘的特克马鞍山云雨。然而，直升机狭窄的视窗拘束了我的放纵思绪。纵然如此，我依然窥见云团在浩荡雄峻的八百里山谷中钩织出绵延不绝的奇特景象，铺展开去，又凝聚起来。在收放自如中不断地浮现出山市蜃楼的风光。我被云气托举着，信步在这些云构雾筑的村寨之中，盈气荡胸，飞鸟眦目。

这就是八百里山川上居家的云。哪里有半点闲的样子，是山精、是水怪、是猴趣、是树鬼。天上有它们潇洒走一回的脚印，地上有它们浪荡不羁的怪影。它们可以在山野中千娇百媚，也可以在森林中如胶似漆。它们可以在峡谷中酣畅入睡，亦可在草地上妙语连珠。

这当然是一种剪不断、理还乱的自然景观，更是一种人间百味的世态情爱。要看个究竟，只有深入其间。于是乎，我从天上下来，又钻进了迷蒙的云村雾寨之中。

我向蜂巢岩徒步。导游说，那里曾是甘嫫阿妞出逃的地方。美人出逃的地方，一定有荡气回肠的故事在山水间演绎，也一定有惊心动魄追杀抢掠的场面在延续，也许蜂巢恰好是甘嫫阿妞的栖身迷宫。

一闪身钻入雾寨后，完全没有了云屋雾房，只有巨树森森，华盖非凡。流水在其间猛浪似箭，豪歌漫卷。鸟鸣清幽，猴趣憨萌。四千米的上下翻越，清风相伴，微雨同行。虽也些许脚力不支，心却被厚绿所拥，肥翠相抱，怡然之美，难以言尽。

整个过程，我都在寻求云袂雾裳，希望这种诗意的飘逸给我带来美妙的异想天开，我想依了这样的仙物升入天空，羽化浩宇。又想依了这样的相伴成为云村雾寨的世居，成为风景中的一缕细雾，一粒色彩瑰丽的尘埃。

然而，我亦深知，我这样的俗物是入不得这样的胜景的，有所一游亦算修为而得。出得胜境，亦是向晚时分，雨脚更密，加大了对夜的缝合速度，发尖有雨滴滑落，带着走过的那些村寨的彝语。

也许，蜂巢岩是黑竹沟最最一般的景点，我以为不枉走过一趟。它还有更为神秘的罗索依达，更为奇险的石门关，更为旷达的荣宏得以及更为辉煌的特克马鞍山景点。这些景点构成其独特而撼人的魅力。那些仙风道骨、林草之间的杜鹃林以及姿色上乘的杜鹃花，那些翩然翔飞、鸽鸣空谷的珙桐花都为黑竹沟植入美的精灵，让云村雾寨之上，孵化出更多的耐人寻味和流连忘返。

这些景点我都还没有抵达，留下遗憾那是当然，好在黑竹沟的云和雾都已将我缠绕，好在来日方长，我还会去云雾居住的山谷与云再次结伴，野游闲荡，成为一抹特克马鞍山的晚霞，永远都给云村雾寨点缀光彩。

2018 年 10 月 7 日

灾难中的女人花

在茂县新磨村富贵山高位崩塌的灾难现场，每天都可以看见她忙碌的身姿。

她叫刘成军，一个具有几分血性的名字，一个具有慈爱胸怀的柔情女人，一朵盛开在灾难现场的女人花。

6月24日中午，当我赶到灾难现场时，那里已是机声隆隆，人潮澎湃了。1800万方的崩塌体在几小时内虽已被四面八方涌来的人流、机海和情恸所淹没，然而那些硬生生、毒花花的石头在天雨的酥润中依然兽性地撕扯着渐渐远去的生命，那么多黑色的幽灵将那些生动的灵魂抢掠着飞升而去，让这个场景变得百般凄惨而灼炽。哀恸的呼唤和撕心的痛哭与场地上所有向生命致敬的巨手在此时分秒必争地与黑色的幽灵进行着一场抢夺时间和生命的保卫战。就在这种激烈的交织和迷蒙的混杂之中，我看见了她，如乌云翻滚中的一束霞彩，又如波峰浪谷中的一盏航标灯，将灾难深重的现场照亮。她不停地做着同一个重复的动作：趴下去，双手急切地抓起蛋糕、面包或饼干，递给从她面前匆匆而过的陌生人。趴下去，伸直腰，递出去；再趴下去，立起来，递出去……如一个不知疲倦的机器人始终重复着这个机械的动作。我从她手上抓过来一包蛋糕时，不经意地觉得这个"机器人"咋这么面熟，再一细看，我就为她上佳的名字自豪了。人流将我向前推去，我也来不及问她情况，她依然专注而熟练地重复着那个给救援者填食的暖心动作。走出好长一段嶙峋的路后，我从人流中回眸，她还是那么上足发条似的重复着那个机械动作。

雨下得不大，有些血腥，她闻不到。眼前只有那些不断伸过来的手。她的头发被雨冲成一缕缕的披在脸上，如一帘好看的发瀑，她不知道。那道发帘真的就滴水成瀑了，她也不觉得。一位不知名的人为她撑开了黑伞，她用一枚浅浅的微笑表达谢意，来不及说什么，又重复着"机器人"的动作。直到她身后的包装箱乱七八糟地将她"装"在里面，她才直起腰，吐出一口长气，用手撑住快塌下去的腰，须臾以后，将手握成松软的拳头，环腰而捶。有气无力地喊着同伴们赶紧起程，回几十公里以外的饭店为救援队伍准备盒饭。

6月25日，也是中午时分，我陪同一些刚从外地赶来的遇难者家属去现场。他们必须去目睹那个该死的吞噬亲人的灾难现场，去呼唤和缅怀，去回忆和追思。刚进入现场不远，我就看见她向我急火火地跑过来，上气不接下气地对我说："那边的救援队伍没有饭吃，饭桶和菜盆太重了，我们几个女人抬不动，请你帮我找几个战士抬过去。"

十几个战士安排好了，她给他们简单地交代了几句，往自己肩上扛了一个纸箱就往前冲去了。

昨天傍晚，我从白腊村了解疏散群众的安置工作返回时，经过了那1400米的乱石穿云和惊涛裂岸，是一段极度难穿越的完全没有路的乱石堆，巨者如磐，中者似屋，无论大小一律相交相抱相携，结为难以跨越的一体，棱角尖利，石锋如刃。

现在，这群女人就选择了这样一条极其艰难的路负重穿越。我目送她踉踉跄跄地行走在石尖石刃上，看她艰难地调整着身体平衡，深深地为她担心又深深地为她折服。

6月26日，我又看见了她，乱石滩中的她，人山人海中的她，机械酣战中的她，如清丽如河水中的一弯皓月，泠洌似乱石中的一朵小花。她从同伴的手中接过饭盒，将可口的菜浇在饭上捧给救援的人。那些穿着军装的汉子为她的这份娴熟与这种真情所倾倒，几天了，他们从她和她的同伴手中接过了不知多少盒快餐，那些快餐给他们以力量，给他们以温情，也给他们以遐想。然而，就是这样一群资深美女却连名和姓都不知道。有的兵哥哥边吃边问："你们给我们送了几天饭了，请问你们叫什么名字？"所有的同伴都把目光投向她，说她是我们的女老板。那些兵哥哥就有些惊讶地望着她愣住了。"女老板，你叫什么名字呢？"陡然之间她不知怎么回答这么简单的问题，须臾，她给他们抛去开心的一笑，有几分自豪地说："我是人大代表！"

问话的人有些不如意，又不好再追问，只"哦"了一声，又低头吃饭。听到这个回答以后，我心里很甜美，很骄傲。这几天，我看到了王安兰、莫安全等等等等。他们可都是人民代表呀！

这几天，我也看见了省委书记王东明、省长尹力、省人大副主任刘作明等等等等，他们也是人民代表呀！

6月24日，我们听见了总书记和总理的重要批示，饱含深情，字字千钧，他们仍然是人民代表呀！

6月27日下午，根据安排，我要去做其他的工作。临走时，我想去看看她。我来到回归饭店，她正好还在饭店，与她的伙伴们忙碌着。我请她过来坐在我们一行人之中。她不消停地坐不下来，不是给饭店安排事情，就是发短信，还一边向我们说对不起。当她好不容易坐在我旁边时，我才真切地看见她的的确确瘦了，黑了。虽然那双始终都洋溢着粼粼波光、泛出亲切亮色的大眼睛风采依然，却也藏不住那种疲惫之后的残酷伤痕。我看出了她波光中些许的痛楚，亮色中隐忍的忧伤。

她说灾难发生以后，她火速地租用了两台挖掘机和一台装载机，装了两桶柴油，早晨8点钟第一时间赶到现场实施救援。机具上路以后，她打开库房，一边安排同伴将食品装上皮卡，一边又让其他的一些同伴开仓放粮、烧火煮饭。

一天之内，她将沙湾村回族送饭队、顺城送饭队等送饭大军全部来了一个沙场秋点兵，集结一起，建了一个五十多人的微信群。在群里根据距离的远近和各个队的优势进行分工，既整合力量，又发挥专长，做到有的放矢，有求必应，做好抢险队伍的保障。

不到两天，她把武警水电、武警消防、武警交通、武警黄金、铁路施工、四川路桥、解放军、地方救援等每支队伍的联系人的联系电话全都存在自己的手机上，密密麻麻地写了好几页。他们与她联系，提出要求，她便按照需求去分工、去落实。让人不可思议的是，在那么短的救援时间内，不仅可以让每个人都吃上热菜热饭，还可以让救援队伍吃上想吃又好吃的菜饭。不仅如此，她也给交警送，还给危险路段上的瞭望人员送。如普度众生的菩萨一路施舍，所有的管制点都为她打开绿灯。"没有办法，我必须在最短的时间内将饭菜送到。"接着她又说，"都是为了工作，哪个人不吃饭呢？"

她说6月24日晚上送完饭回家，已是25日凌晨2点，25日回到家里已是26日凌晨1点，26日晚上回到家是27日凌晨近1点。她又说明天早上还要给他们送稀饭，消防部队已联系她了。

我问她，最多的一天，供了多少盒饭？她说：6000盒。我吓了一跳，6000盒，每盒2两，也要1200斤米。姑且不说耗掉多少原材料，就装这6000盒饭都得花多少精力呀！她疲惫地笑着，我只好让那些男人去舀饭，女人们舀菜。我问她为什么？她说：舀饭是力气活，我们舀不动。我说：库房已空了吧？她就让我去她的库房，好大的库房，堆了几千斤大米，她指着半边空库说，已用去好几千斤。在快餐库房中，快餐面、蛋糕、面包等方便食品琳琅满目，堆码规范有序。我问她用去多少，她说拉了两辆皮卡去工地。然后又如数家珍指着那些存货很有底气地说还有这么多。

我不明白一个开餐馆的人为什么存这么多熟食和方便面。她便给我讲起了"5·12"汶川大地震。"5·12"汶川大地震，她的馆子每天都熬制稀饭供过往人无偿享用，而且还给附近的三个村和救援部门无偿提供粮食7000多斤。从此以后，她就存粮存货，只要发生灾难她就开仓放粮，赈济灾民。玉树大地震，她苦于不能畅快地表达对灾民的大爱，除在第一时间为灾区捐款以外，她加入北京的一个志愿者队伍中去玉树尽自己的一份力量。

"在玉树工作了几天？"

"四天。"

"都做些什么工作？"

"下物资、搬物资等粗笨活路。"

"本来还想做几天，心脏病发了。海拔太高了，我实在受不了。朋友们都劝我回去。我也怕病了给灾区添麻烦，就回来了。"说后，她从坤包里掏出救心丸给我看，"这个药我是离不开的，随时都带着，一旦发病，马上就得吃。"我怔在那里，不可思议。一个有心脏病的人，怎么可以去到海拔超过4200米的地方，去从事那么粗笨劳累的工作？一个女老板，怎么可以去承受那么苦重的生死疲劳？我紧握着袖珍小瓶，看着"速效救心丸"五个字，感受着一颗强大心脏的搏击。一个心脏有病的人何以能够去拯救那么多在灾难中苦痛的心呀！我将小瓶还给她，为她祈祷。

临走时，猝然下起了大雨，不一会儿，门前的停车场就肆水横流了。她兴致盎然地给我介绍她的柴油罐、她的养猪场。又对着雨水抱怨，抱怨之中，她的目光就痴痴地望向新磨村的方向。我和她握手道别，我感谢她作为人民代表为人民做出的这一切，她脸上的笑如花而放了，有几许梨花带雨的润泽，又有几许牡丹含苞的羞涩。就是这湿漉漉的笑让我的心里惭愧起来，我仿佛听见她说：面对灾难，人民代表就是一个攻无不克的钢铁战士；面对灾民，人民代表就是一个无物不有的丰富仓房。只要人民需要哪怕把自己液化成一滴水，催化成一口气也是一种神圣的践行。这种践行会铸就为一座金色的丰碑，在天地间，在人民的心里成为不朽的永恒。

我真的在她面前汗颜了，跳上车，在大雨滂沱之中急急而去。

她站在那里不断向我招手。我在心里不断地感受着那种召唤的力量：多好的人民代表呀！多么善良高尚的人民代表呀！让我们记住这个水一样的名字吧，无论什么时候，只要想想，都会绿树葱郁、芳草连天；让我们记住这个名字吧，不管什么场景，只要想想，都会心潮澎湃。

2017 年 6 月 28 日

泛黄的情书

在书柜里发现了一个多层的塑料文件袋,蓝色的封皮,外用两根胶圈捆扎着。我小心翼翼地解开胶圈,将其取出,不同的夹层里装着不同的东西,最多的是一大摞纸张泛黄、别针已锈蚀不堪的情书。

这些情书全是我三十年前为小陶写的,虽然纸颜老去,纸边蚀卷,但字迹依然清晰如初,闪烁出耐人珍视的情爱之光。我用整整大半天的时间不敢敷衍地将其读完,心里便点亮了几盏灯,如豆的灯光深情地照彻了我的心房,温暖了有几许渐凉的人生,唤醒了我那青春律动的情和爱。

我在倏忽之间生出久违的相见恨晚。

我不知道几十年以前的这些文字为什么会有如此顽强的生命,会有如此起死回生的感召,会有如此高天厚土的情爱。

感谢老婆对这份恋情的珍视,对这段生活的窖藏。

一

我不得不交代一下，我和她恋爱时的时代背景。

我俩是1977年恢复高考以后的第一批考生。我们同时被录取在阿坝州财贸校80级二班，专业为商业会计。那一届的中专不分高中、初中考生，录取以后实行混装。我是高中考生，她系初中考生。我的高考分是128分，她的中考分是50多分。我回乡当了半年的回乡知青，她下乡当了三年多的下乡知青，接受贫下中农再教育，以后的政策规定下乡知青的工龄和学龄可以连续计算为工龄，回乡知青却没有这种待遇，因此我比她少了五年工龄。

这些都不重要，重要的是我们俩恋爱了。当时她不到十八岁，我不到二十岁。天啊，在那个老母猪赛貂蝉的时代，这是一个多么危险的年龄段啊！在那个年代，就连《第二次握手》都列为禁书，还能奢望看到点什么招惹人的、挑逗人的浪笑和媚眼吗？让性饥渴到人性都快灭绝的程度，因此，一部电影《五朵金花》就让人爱不释"座"，一口气看了三场还不解馋。你说只要是正常的人，能不恋爱吗？恋爱不重要，重要的是被人发现了。发现了也不重要，重要的是班上开会批判了。那些平时与我形影不离的朋友，那些偶尔得到我帮助的同学一时间从我身边纷纷散去，他们以违心的唇枪舌剑将我驳斥得体无完肤，人性的和美和人情的友善荡然无存。同学们批判不重要，校长找我谈话了。天啊，我何罪之有，校长光顾。校长让我坦白，让我交代，还说陶英莹都已经交代了，你还不老实交代。以后我才知道这叫诱供。在校长盛气"吃"人的威猛下，我不得不交代，多么丑陋的行为，多么冒天下之大不韪的恶搞啊。我人性的天然花蕾被不人性的校规摧杀。校长谈话不重要，重要的是我俩在实习待分配中天各一方，她分去松潘，我分去黑水。我俩并没有因批判而离弃，也没有被校长的谈话而分离。我们以我们的忠贞捍卫我们的海誓山盟。我们也知晓我们会因此受到处分，但我们仍一厢情愿异想天开地希望分去一个县，以求得初恋的深入。

在一个漆黑的夜晚，我俩一起斗胆敲开了校长的门，苦苦地哀求他将我俩分配在一个县，成全我们的姻缘。然而，我们什么都没有得到，那一声砰然的关门声让我至今脑袋炸裂。于是，便有了那凄美而坚定的生死恋，便有了那忠贞而华美的情来书往。

二

想象不到这份历经几十年的声音，不仅没有在穿越时空的隧道中减少和释放原有的能量，反倒让已有的能量聚合、裂变，形成新的威势和排山倒海的力量，如雷贯耳，振聋发聩。我被这久违的声音醍醐灌顶，通体清凉。

"亲爱的莹"现在读来都有几分肉麻的亲昵称谓，在当时真是由心而发的最强音，这种声音也是那个时代所有爱情的最强音，接下来是描写和叙述相思之苦，相思之深，相思之切。那种描写一直扯住心肝，那份苦是真正的苦、纯粹的苦，尽管在描写和叙述中有些言过其实，却真真切切地在心里感受到痛，这种痛往心里钻，发散不了，释放不了。我不知晓如今的短信、微信是否可以达到如此深切和细致的程度，我却可以断言写短信和发微信的人是绝对没有写情书时的那份感受，那份为情所困、为情所陷的苦和乐。特别是很久收不到恋人的信件以后的那种被网在情中央的困苦，那些超越常理的胡思乱想，以至于走入极端的报仇雪恨的恶思坏想往往把人都快逼疯弄狂了。那个年代的爱情多么专一和多么坚韧，不是写在纸上记在书里的海誓山盟，是一种心底的海枯石烂。那种爱情是一个时代的心灵鸡汤。现在的"80后""90后"不理解。就像我儿子，他妈妈向他炫耀我们的爱情时，他却有几分调侃又有几分老练地说：我爸把你哄惨了。也许这就是代沟吧！

每天下午邮车一到，我和朱叔叔都去邮局帮他们分报纸和信函，先把黑水商业局的分出，朱叔叔这样做是想早早地看新闻，我却是另有企图。一旦希望落空，那种空落和寂寥把人整个地掏空，满目恓惶，全身乏力。苦苦地等待后，一旦收到恋人的来信，那种欣喜和狂喜顿如被打入过量的"鸡血"，精神百倍，世界变得那么不可言说的美好，自己也得情而忘形。就那样如恋人入怀，哪能释手，哪敢释手。读啊，读啊，读得一往情深，读得荡气回肠，读得口舌生香，读得浑身燥热，最后读得长吁短叹，泗泪暴流。

那时的描写难免矫情、多情，以至于偶尔也伴之假情、虚情，却定是真情、专情中的节外生枝和瑕不掩瑜，现在看来也特别有情的味道和情的色调。回味这种味道，凝眸这种色调，自己唏嘘不已，前述的那种声音轰然而至，滚过头顶，扫荡心灵。

我和小陶结婚已经三十六年了，如今我们已是两个孙子的爷爷和奶奶了，但我们从来没有过一个结婚纪念日，因为到现在我们都不记得我们是哪一天结的婚，问为我们订婚的父母，妈总说是生火林娃的第二天，本可以火林娃的生日加以确定，但我们都懒得去求证。结婚日不说，我们到现在还没有一张结婚照，终身大事我们却如此草率。如今，她已奔六，我已花甲。

在情书中她叫我"亲爱的龙"，一起生活后，她叫我运龙，再以后叫我谷运龙，现在叫我老头子，连手机上存的号码都是老头子。我现在大多时间叫她小陶，女人嘛，总不愿意男人把她叫老，一个"小"字很能说明我懂她，有时我也称她"老婆子"，以示还击。其实这种年龄叫老婆子还真有一种亲昵的成熟和厚实之美。

几十年中，我们的夫妻生活有深情款款的时候，也有平平淡淡的时候，有惠风和畅的季节，也有风霜雨雪的时令。我们是人，是两个人，过的是人的生活和人的日子。这期间，我误解过她。她也误解过我，更多的时候是她理解和原谅我，以至于宽宥我。也有闹到势不两立的时候，但又总会有风扫残云的光景，终是时间弥合了一切，让我俩和好如初。

很多时候，当我俩闹不愉快，我都会想到她第一次到我家的不祥之兆。一群仔鸡害瘟，瘟得不凶，没精打采地像睡不醒，眼睛微合，鸡头偏斜，爸爸和妈妈深深地喜欢她，因此让我刀下断喉，每天两只，宰而烹之，一连几天都有鸡肉，实在是当时的"共产主义"。这个不祥，父母老道，只字不提。我俩热恋，哪知异事。更不祥者，鸡瘟不可言说，临走时，家里的肥猪突然瘫而不起，都不知何故。父亲果断决定将其杀掉，后看到脊梁骨被扭断，才知缘由。好在已是油肉断季之时，大部分借给乡亲，余者到县城卖得一笔急用之钱，也让父母伸了一回手，给了不知是不是概念中的儿媳几元送别钱。这种事在当时的农村绝对不祥，甚至可以说她是灾星，是不能与之再恋，更不能完婚的。然而，我们以绝对过得硬的爱情化不祥为吉祥，化灾难为幸福。

那时的我，实习期一月工资26元，转正以后也只有32.5元，两个弟弟，一个读威师，一个在茂中，两个妹妹也在读书。家境的那份窘迫自不待言，我的那点工资要成全这么多的事完全不可能，因此全凭小陶的资助。运凤有时直接写信给她，理直气壮地提出要钱，这还未过门的大嫂，当然不会驳了即将为人师表之弟的面子，伤了他的心，爱屋及乌呀。

那是一个"票"和"证"的年代，物资匮乏到所有的东西都按票证定量供应。由于肚子里少油水，32斤定额粮根本饱不了自己的肚子。工作以后，温饱依然是问题。粮票就成为生活的第一要务。加之运凤在威师读书，时不时也希望上馆子撮一顿，没有粮票也不行，于是，"亲爱的莹"便省吃俭用，并将其粮票如期寄我，让我解决一个"饱"字。为了"饱"，我常常在星期天为伙食团劈柴，以讨得厨师的厚爱。好心的刘叔叔便在周日为我打牙祭，巴掌大的白菜水饺成为绝味美食。因为这种劳动，刘叔叔在为我舀菜，特别是回锅肉时，总是手不待抖时就将其倒在我的碗里。每当看见他那职业性的手抖，心里真的很害怕，瓢沿上的一片肉很可能就被他抖掉了。

每当收到粮票时，心情甚至超过讨得一碗剩饭。然而，这些粮票都是妻口夺食，爱情冲昏了自己的头脑。除了饿以外，冷也是一种考验。那个年代，气温较现在要低5℃左右。黑水县城一到11月河里便漂冰，有冰凌也有冰块，让人望而生寒。我为她寄去一双塑料手套，外加一双内戴的线手套。那种手套，她那乡下是绝对买不到的，虽只有几块钱，但在当时亦算一笔不小的开支。在商业局几位孃孃对一种鞋的赞美下，我不惜血本为她购买并寄去一双价格不菲、虽不美观却保暖的鞋。奉献的喜悦无以言表，却在信里以贬而褒地矫情道，鞋虽丑陋，却是我的暖意，希望你喜欢。这种以情换情、以心暖心的举措实在是不胜枚举，正是这些情举和爱措让空间的距离缩短为零。

以后我在从政的路上节节向上，走得一路顺风。随着职务的升迁，这所有的一切都渐渐远去了。初恋和热恋时的那份情和爱的热度下降了。奉承的话听多了，姣好的面容见多了，那些婀娜的身姿，那些如花的笑靥，那些如水的柔情，那些故弄的绰态让曾经的唯一人老珠黄；亲昵的呼唤不再了，和美的生活远去了。昔日的情爱如冬日枯草凄树，再也没有了接地连天的万千色泽，再也没有了荣耀秋菊、华茂青松的妩媚韶华了。引力不再，天马行空；吸力不再，放浪形骸。以至于时有口角，骂也枉然、哭也枉然，野性无羁，难以收缰。权力真是个好过头的东西，如不控制，它会无限放大人的自尊、放纵人的骄奢。一旦坐在权力的宝座上，渐渐地整个人就会飘起来，眼前的景物都会发生难以想象的变化。即使你有一定的定力，相当忠义，也难以在社会生态恶化、在土壤河流和清风明月都受到严重污染中洁身自好。权力一旦私化泛化就会成为十恶不赦的恶魔，它异化人性，畸形人情，毒化爱情，虚化家室。凡此种种，均可以在一种虚伪的冠冕堂皇下以牺牲自己的一切去捍卫和保护这种权力给予的光华。权力的拥有者可以懒惰、可以欺骗。不做家务是当然，不尽父爱、不尽主责也是当然，不施家教依然当然。一步步地，权力把拥有者的灵魂腐蚀、情爱掏空，让其变成道貌岸然又华丽恶心的行尸走肉。再也不会说人话、做人事、过人的日子、享人的情爱。

那一次，她检查出一个囊肿，本是医疗专家的弟弟说不碍事，过两月就吸收了。她却十分看重，总以为弟弟在忽悠她。我听专家的不当回事。她在家里边扫地边掉泪，以为自己"癌"上了，末日即将来临。手术的当天晚上我就离她而去。她那份凄苦呀一直往心里钻，把她的心一片一片地割裂开去，让她生不如死。她一定想到了孩子将生时，我从黑水骑自行车去松潘接她的情景。正值七月，暴雨让河水陡涨，好些公路被冲毁，所有的公路被雨水浇透。自行车的轮胎被稀泥所挟持，每走一步都极其困难。这期间我还得扛着自行车翻越一座山。特别是在叠溪海子上，我扛着自行车从光滑的岩壁上穿越时，下面是百丈悬崖，暴涨的洪水吼声震天。两天之中近200公里的艰苦卓绝，我不言弃，不言败，两包三毛钱的饼干为我提供动能。沿途没有一家餐馆营业。完全凭借着那份爱坚持着抵达目的地。当我见到她时，我和自行车一起倒在她的面前。两相比较，天上人间，谁不寒心呀！

如今，我的眼前又复现了那时的情景，我听见了海子中洪水的狂吼，看见了雨中绚丽的彩虹。

人是会变的，但不能变得面目全非，不能把自己变得不是人。

时不时地想想恋爱时那些情话、时不时地忆忆恋爱时的那些行为，心里便会有一种背叛和离异的痛。这种痛让我审视自己的灵魂，检索自己的历史，看到自己心里的阴暗和丑陋。那些泛黄的纸页上那些情爱密码似的语言顷刻之间闪射出一束束透视自己的光，让自己恐怖。

人生一世，官有几时，权有几时？身外之物，终在身外。唯情永恒，唯爱永远。是伴的时候，相依的那份情才炉火纯青，相偎的那份爱才淳厚绵久。

三

记得在越里山上的苹果树下，我们相距一米左右，连手都不敢牵（真有点如现在所说的"带电的高压线"），当时说的话很少，但心里的话很多，那种欲说不能的憋闷像尿胀着小肚子似的难受。那时我俩我行我素地相约去离学校几公里以外的一个坐落在半山上的苹果园。二十年以后，我在汶川工作时又从那片果园走过，似有所忆地发出微笑。到现在想来，我什么都没记住，只有"我亲爱的莹"说"我妈死前对我说，要找一个羌族的白马王子"。当时的我还真有点不知啥叫白马王子，但我知道这是她妈妈的临终遗嘱，是一种阴阳相期的厚盼。岳母大人死得早，我从未与她晤面，连做梦都未梦到。但她对女儿的这个愿望,对女婿的这个标准从此让我刻骨铭心。即使成不了羌族的白马王子,我也要努力成为羌山一棵有用的树,成材,抑或成景。尽管我如今还不是,但我要告诉九泉之下的岳母,在我去天堂与你相见的时候,也许我已成为你期盼的那棵树。从此以后,我为我设计了一条从文的路径,立志要做一个作家或文学家。我从来没有给自己设定一条仕途的路。我不喜欢仕途上的那些险恶和倾轧,我甚至不屑于仕途上迎我而来的一缕阳光。阴差阳错,我却走入了仕途,不自觉地赤裸着走入了仕途。"官"当得不错,"官"也当得还算不小。有时很受活,有时又很难受;有时很光辉,有时又很阴湿。自认为自己还算得一个好"官"。能够当到这个份上,真该感谢小陶和文学。写情书时尽可能让情书生色、生香,想方设法搜索枯肠去让词句华丽一些,满足一点文学青年的虚荣梦。以至于时时写几首有感而发、有情而抒的狗屁不通的情诗,让情诗成为情书的一部分。那些记不住的情诗真有点"一个放牛郎,骑在牛背山,仰望红太阳。啊,他不是在看太阳,他是在想婆娘"的无病呻吟,然而诗言志,诗难道不言情吗?

我在做着文学梦的同时,也在努力地实践着文学梦,那个严啊,真是严到了位,把自己管到了家。我为自己制订了奋斗计划,每天早晨五点半起床,晚上十二点半睡觉,奋斗目标为作家。一天到晚所有的时间让我塞得满满的,星期天就去图书馆。

江馆长和图孃孃把我视为特殊读者，不需要借书证。不大的图书馆如自己家的一样。那时的图书馆成全了多少人的梦想啊，现在的图书馆不知还有没有那么多梦的翅膀在那里飞翔。我和她节约到一本书、一本杂志相互寄阅。当收到寄来的书或杂志，那种喜悦如获至宝，又一次打了鸡血似的热血澎湃。

自从心甘情愿又身不由己地误入仕途以后，"官"道的许多意想不到的诱惑便放射出华美的色彩，让人在眼花缭乱时心旷神怡。一直自在地在心里光芒四射的文学渐渐地微弱而暗淡下去。然而，它始终没有熄灭，始终都那么灵性地闪烁。当我离它越来越远时，当我在难以顾及而久不理它时，它便做出回光返照的跳跃，用炽烈的火舌去舔灼我的心，我的心被这种温情的光一灼，我就又不由自主地往回走了，亲手为那一盏长明灯添加油料。但我终是敌不过"官"道上的升迁，我真是抗不了"官"位上的繁重，我不得不识时务地开始冷淡和疏远我这冷暖同路、荣辱与共的老朋友了。在这个问题上，"我亲爱的莹"是纵容者，她总是说不写你那狗屁文章我们就生活不了吗？快看看，一个想自己的丈夫成为白马王子的女人，却这般坏心眼地去阻止他的追求，去破坏他的心情，难道岳母大人不在天堂诅咒和责打她吗？一段时间，我与文学有些疏离和分别，但我的心里始终都牵挂和恋爱着文学，我没有完全离开它。相反，我的心里时不时地为它痛、为我痛。我又会舍弃不了地牵住它的手，十分愉快地往前走一段。

总觉得生活中不能没有它,又觉得血脉里本就有它。细细地想想,我的仕途何时离开文道呀!文学为我的成长铺就道路,为我的仕途装点鲜花。哪怕是一句话、一篇"官"样文章,文学都始终以其纯朴的华美为我的人生润色增辉。没有文学,我的仕途会枯寂和暗淡;没有文学,我的生活会苦涩和凝滞。

如今,读着这些信誓旦旦的信,那些对文学无坚不摧的语言成为我信念中的守护神,那些对文学地老天荒的誓言,是我追求中的加油站。我的作家梦还没有圆满,我的作家路还没有走完,我还没有达到岳母给我设定的终极目标。因此,我还不是老婆子完全意义上的合格男人。

如今,我已经看到自己"官"道的终端,并列的文学之路却以其粗粝的坎坷延伸至远,我看不到它的尽头。在很远的地方有一个穿越时空的声音在召唤,那里正徐徐展开一派瑰丽的天空。

四

那个时候,我们的日子过得有多紧啊。

有一次,她从信函中一并给我寄来一丈布票,让我去做件棉衣。那时一人一年只有一丈布票,少数民族因为穿长衫,因此多了两尺。一丈布票连一套衣服都难以满足,做棉衣就更不必谈了。但那个年代的那个冷啊,非棉衣不能御寒。一到冬天,所有的人都穿得棉滚滚的熊猫似的憨态可笑。收到布票时满心的暖意如临春风,如沐阳光。不知为什么,我却没有按照她的旨意办,却为母亲做了衣服。她在信里怪罪我不该把自己不当回事,我却不得不把母亲当回事。当然了,即使是我为母亲做的衣服,也得把功劳归之于她,让她成为母亲的贴身小棉袄。

那时,能够有一只手表是一件很荣耀、很自豪的事,每每看见"手一捞,金手表"的人的那份自满,心里的那个艳羡啊恨不得钻到地底下去。好不容易,勒紧裤腰带节约了很久,也不能为她买一只好表。当时的上海牌手表档次最高,海鸥算再次再次的,前者120元一只,后者不到90元。没有办法,我只好鼓足劲,下决心在朋友处借了35元凑足90元为她买了一只海鸥表。为她写信和寄表时的心情啊比三伏天吃了西瓜还爽,仿佛完成了一件了不得的使命。她在回信时却责怪我不该负债为她买这么贵重的东西,还吓唬我要把东西退回来,让我出一身冷汗。

就这样,我俩在两地分居中,受着物资极度匮乏的饥寒交迫,相互之间却以情爱驱散着这一切,心里始终暖融融的,胃里也一直是温暾暾的。爱情给那样的年代以青春韶华,爱情却给那样的岁月以精神动能。活在那个年代,心灵始终是充实的,没有半点的空虚。精力始终是充沛的,没有丝毫的力不从心。动力始终是充足的,没有一点的力不能及。所有的一切都让真实的社会生态和几乎完美的情感生态所掩映,风吹在脸上是和美的，雨滴在头上是酥丽的，就连雪花飘在身上都是惬意的。如此胜景之中，吃什么、穿什么已显得无足轻重了。

如今，我俩生活在丰富的物质世界之中，吃和穿不仅不成问题，而且还瞄准时尚，讲究款式花样，有时还有那么一点点奢侈，非名牌不穿，非生态不吃。却时时感到这儿不如意，那儿不称心。在把胃子塞得油珠子往外冒的时候，在把身子穿得汗珠子往外流的时候，我们的身子却虚胖起来，我们的胃子却糜烂起来，眼睛近视了，耳朵轰鸣了。找不到原因，却怪大气变暖了，空气雾霾了，环境污染了，虚胖的身子虚脱了，糜烂的胃子癌症了，近视的眼睛找不到眼镜了，轰鸣的耳朵快聋了，我们便候鸟似的四处飞，我们便老鼠一样四处躲。然而风从高天吹来，水从雪山流来，一切都是那么汹涌都是那么浩荡，都是那么无孔不入。再回过头来，才知道艰苦实在是一味好菜，节约真正是一席佳肴。才悟到"满桌鸡鸭鱼肉宴，不如一碗酸菜面"的谆谆告诫。

就这样，我车转身①往回走。天啊，这是一条多么漫长而可怕的回归之路啊，古人云"由俭入奢易，由奢入俭难"。我看见了那些布票和粮票被风吹起在空中幽灵似的舞蹈，我看见了那些大粪向田园深情款款地流去。

---

① 四川话，转过身的意思。

现在，我要说一声：老婆子，让我们在年近花甲时再来一次黄昏恋吧，用澎湃的晚霞守候生命中情爱的色彩，何须那年轻时的结婚照，又何必去记住曾经的结婚日呢？！

2017年6月19日

娃 娃 亲

是在我们共同居住的那座以水而名的小城的春天，我和老婆一起去参加侄女的婚礼时见到了她。几年不见，她已是白发盖顶，憔悴不堪。我的心猝然收缩，有一丝隐痛从心里划过。老婆子都有些难以置信地对我说："她咋变得那么老了呢？"我不得不在心里去想想这个已变老的女人。

这样的称谓是否不雅，放在当时应该叫姑娘。

那时我十三岁。

父亲动了真格的，给我讨婆娘了。我懵懂不醒，情窦未开。但父母亲却视为头等大事。在这以前，父亲就在我俩砍柴或其他的场合做过一些铺垫。我不在意，我为什么要在意呢？我没有必要在意！父亲相中的这个姑娘和我们在一个生产队，相距不足百米。生得中规中矩，实实在在，浑身上下透出饱满的力量。我却不喜欢，倒不是看不起，而是自己心里早已有相好。

如我大小的男人，队里有五个，但能与我们配对的姑娘却不止五个。在这以前的几年中，我们便以过家家的形式做了派对。

主要以年龄为标准，因为她比我大，所以派给了我的堂兄，我派了另外一位与我年龄相当的姑娘。圆溜溜的有几分憨朴。不敢想象的是我们按派对经常在玉米地里、河坝上举行集体婚礼。用玉米叶、树枝搭成洞房，用树叶和薅草铺就婚床。进得洞房以后，便两小无猜地赤裸全身在洞房里做起了"爱"。几十年过去了，现在想起那些场面都还有些心旌摇荡。时间一长，就有天作之合、命定终身的自觉性了。再以后，见面反倒不好意思起来，脸红心热，语滞话涩。"爱情"的种子就种在了还生硬和蛮荒的地上了。就有了非此不娶的信誓旦旦。直到以后，姑娘外嫁了，还在出一口长长的气，表达自己的心痛。即使到了现在也还时时打听她的境况，生怕她过得不好、不幸福。不知道这算不算多情种子。

父亲看上姑娘的劳力好，"当农民，漂亮当不得饭吃，劳力好才最重要"（现在的说法是生产力是第一要素）。那真是一匹好马哩，只要上路就噌噌地往前冲，矫健的身躯从不疲软，壮硕的屁股从不瘪塌，挺直的脊梁从不弯曲。让满村子的人都羡慕不已，我甚至有几分害怕。母亲却不那么看，她认为过日子不仅仅是劳力的问题，更多的是要有心计，会处事。但在家里，父亲毕竟是当家的，母亲又多多少少懂那么一点点夫为妻纲。因此，她不与父亲正面冲突，说不过，犟不赢就撤。她去搬援兵了。

我是奶奶的大孙儿，即使到父亲开始为我物色婆娘的人选时都还时常在奶奶那里放瓜耍娇，奶奶对我宠爱有加。母亲只在奶奶面前轻轻一点，奶奶就开窍了。她当着父亲说"买地要买沟沟槽槽，讨婆娘要讨妖妖娆娆。我就看不起那个女子，蛮格格的。人家说她狐臭"。在奶奶面前，父亲也不好多说，冲突就此搁置。

正在这偃旗息鼓的空当上，关心我的大妈钻进来打了个时间差。要把联合村她亲戚家的一个姑娘介绍给我。又是奶奶帮我做主，一口便回绝了——"长得扬丫一样风飘飘的"。尽管在当时，我还不知道为自己的事做主，但若两个姑娘相比，我更会选择前者。

这时，母亲在节骨眼上有点私心地想把她三姐的女子塞给我，并扯把子专门把我带到三孃家让我认识。如果按照奶奶的标准这个女子更中标，但我没有感觉。

有意思的是三个姑娘都一个姓，我被这个姓困在中央。在农村，我可以在这个问题上左右逢源、前赴后继真算得上一大幸事。

这回轮到父亲说话了，东选西选，选个漏油灯盏。他是综合高手，又是一家之长，加之我的初始考虑，他打定了主意。

红姨（爷）真的上门提亲了，只要她双方一串，这事八字就画上一撇了。还用说吗，父亲早就为她准备了两套情，女家一套、红姨一套。她屁颠屁颠地去到女家，又屁颠屁颠地折返我家，回话说女家同意。咋不同意呢，以后母亲告诉我红姨都是女方请的。

父亲慎重地告诉我这件事时，我心里一点意识都没有，完全是若无其事，波澜不兴。反倒感到被什么东西给绊住了甚至于网住了，无所适从，找不到方向，想得最多的是所有男人想不到的事。

那时，我已读初中，无知无畏的玉米地里的洞房花烛夜的坦然和勇敢荡然无存。我心里算计，一年要送三次情（正月初二、端午、八月十五），送情不仅是她家，还有她所有老辈子的家。那么大一家人，有她哥、她姐、她妹、她爸她妈，还有她爷爷、二爸、三爸，那么大一堆，每一个人都要面对，都要乖乖地去叫、去喊、去递烟、去倒茶，做出一副乖的样子，装出一副很好看的面容。更难堪的是如果去砍柴，我的柴捆子还没有她的大，一前一后地招摇过街，让多少人笑话。好长一段时间我都被这个问题困扰，好像有点茶饭不思。

端午节不期而至，学校上课，我躲过了一送。但过不了多久，又会是中秋节了，如果躲过去，过不了多久又是正月初二了。周而复始循环往复。天啊，我真的不知咋办了。

越是那样，未来的婆娘越在我眼前晃，晃过去又晃过来，这还不够，她又带着她的家人亲戚在我面前晃，妖魔鬼怪似的成群结队地在我面前晃,晃得人心慌意乱,晃得人烦躁不安。快要毁灭时,我才觉得讨婆娘并不是一件人见人爱的事。

实在没有办法,我找到比我高两级的老辈子,让他帮我支着。他故作高深地想了很久,自言自语地一会儿说不好,一会儿说不行,一会儿摇头,一会儿砸石头。好半天,他才恍然大悟地说:"干脆给你爸爸说,要念书,不干了。"这话既出,我被闷在那里,怎么可以说这种话呢?分明是挨打的话,或者说要你念不成书的话。但这个理由是天大的理由,于是,尽管我的心里有一丝的抽痛,我还是开始讨厌已媒妁于我的姑娘了,是她不让我安宁,是她不让我读书,是她让我草根一辈子。女人真是毁我前程的祸水啊!

但我不能硬来,她哥是生产队长。一到假期,我必须加入劳动大军,然而一个文弱书生却要与队里的全劳力比,难免不在一个档次。对此,我从来都不去与任何人较劲。再不较劲也不能划入女人的阵营,那样会让人不齿,会掉链子。她哥懂的,便在派工时给我派轻活。这种轻活又必须是那些全劳力干不了的,有文化含量。于是在割粪草时我便被派去过秤收草。心怀鬼胎,动机自然不纯。

她真是一把劳动的好手,做什么事都动作麻利,成为女人中首屈一指的佼佼者。我的天呀,她背了一背篼粪草向我走来,背上的草几乎把她给淹没了,豆大的汗珠成串往下淌,每向前迈一步，垂挂在胸前的双乳便很有韵律地哐啷啷地晃荡几下。我强作镇静，相信她是因为我在过秤，所以倾其全力要在我面前逞能，在我心里留下好感，对她生情、生敬。我却偏偏不吃这一套。按理说，我可以对她"放水"，多为她记几十斤草。我不，狗咬吕洞宾。生生把秤砣往下拽，然后报出重量。她有些异样地凝视着我，我把秤杠移至眼前。她摇摇头，固执地不相信。她再次将秤钩挂在绳子中央，我却有些不耐烦，不去将抬杆往肩上放。她一言不发地从地上将我的抬杆放在我肩上以后，再去将另一端慢慢地抬起。她没有用猛劲，她知道她用猛劲会让我承受更多的压力甚至让我承受不起继而后仰倒地。这样一来，更增添我对她的憎恨。抓住秤砣的手不自觉地加大力度往下拽，重量不升反降。她的眼睛死死盯住秤杆，并不移至我的手。鬼使神差，她越这样我越往下拽。突然，秤砣系绳断了，失去下坠的秤杆以其秤钩在重物的力量下陡地向下直翘，击中我的鼻子。我眼冒金花，蹲了下去，鼻血直流。她不知所措，好一会儿才给我扯了青蒿，揉搓成浸润的小球送到我手上。我怒目圆睁，她连背草的绳索都没有去解，小跑着离开了。

当时的我利令智昏，在我俩闹不愉快时，我姐和其他几个人也等着过秤。他们把这一幕记在心里，前不久我姐还拿这事怪罪我，以为我不该那样剜酸她。是姐帮我重新结好秤砣绳，让我又开始收草。

我做好了去割粪草的准备，但她哥没有给我重新派工，我依然行使这份权力。她哥表扬我说做得好，表情有些别扭。如今想来，那不应该是表扬，恰恰是为他妹妹出气。这以后，她都和我姐或我妈以至她姐她哥一同到来，凡收她的粪草时，都是我和她抬杆，其他的人看秤。每天的重量都超过那天（这又能说明什么呢？我不以为然）。母亲和父亲都知道了，父亲严厉地批评我，母亲有些轻描淡写，口气却有些心痛。

母亲这样心痛的轻描淡写我理解。她对她的态度已经有了相当度数的转弯。这是她对母亲的殷勤所致，是用汗水和劳力换的。自从成媒妁之言后，她便对母亲采取了讨好的攻势。砍柴时她帮母亲打捆子，找背子；薅草时，她帮母亲刮行垄窝。时时陪伴在她左右，让母亲受到照顾，享受到这么多年以来力所不及的好处。再辅以叫声的声情并茂，把她的心叫软叫柔了。她被她的力量征服了，被她的好俘虏了。母亲的一只脚已经踩到了她的地盘上去了。

然而让母亲心里不释然的依然是她的狐臭。纯粹而诚恳的女人呀，怎么就不知道越卖力就越出汗，越出汗狐臭的烈度就越强。因此当她竭尽全力为母亲示好时，与生俱来的毛病也暴露得越彻底，有时让母亲喘不过气来。所以母亲还留了一只脚在我的地界上。

我对她说："妈，臭得很，我服不住。"

她什么话都没有说，摸摸我的头，似乎有几分担心。

她把这话对父亲说了，父亲横她一眼。

母亲也有点得她的好而气短："你给你爸爸说去吧！"

我想我得弄出点更大的响声。

她哥为我创造机会，把我俩分去解嫁接苹果苗的塑料纸条。不是冤家不聚头哩。

就我俩，我可以把心中的郁闷全部发泄出来，可以把对她的所有不满彻底倾倒出来，狠狠地伤害她一场，让她想起都后怕，不要说过一辈子，就连过一阵子都熬不出头。

我俩坐在一垄刚冒出嫩芽的嫁接苗的行道上，相互都不照应，若无其人地解掉那些小芽以下紧捆的塑料纸条。相互间可以听见出气的声响。过不多久，我便用手扇风。她不明其故地看看我又埋头劳动。我更加肆无忌惮地扇，做出一副臭不可闻、受不了的样子。她看懂了，自觉地往远处走走，再次认真地工作。我不依不饶地站起来有意识地吼道："臭死了，臭死了。"并跑去河边的石头上让河风吹拂，恶意地伤害她。不知什么时候，她悄然离去，待我回到苗圃中时，有一股香胰子的味道随风飘来。好味不长，没多久，香味隐去，那种入心涨脑的狐臭反倒变本加厉地袭击我。

"你能不能离我远点？"我跺着脚吼道。

她望了我许久。我哪里还有半点怜悯，继续恶毒地吼道："滚开最好!"

她陡地站起来,呜呜地哭着离开了我。

这件事,在两家引起不小的波澜,连母亲都黑着一张脸狠狠地骂我:"不是东西!"我再也没有被派去过秤、记分,我被裹卷在那些男人的旋涡之中,力不能及地干着各种劳作。

父亲威严地让我去给她道歉,我有些兔子逼急地看着他,相持很久以后,他终于没把我征服。我却终于觉得这是我自己的事,应该自己去了结。

那一片玉米地啊,我们去除草。些许的玉米已经抽出了细致的花。中途歇气时,我将她叫到玉米过人的地方,她用手指绞着她的辫梢,和我保持着足够的距离。好久了,我才几分平和地叫响她的名字。她低着头,娇羞默默。看着她的样子,我知道她在等待什么,我却不管她能否承受、能否接受她意想不到的话。

"因为我要读书,初中读完还要读高中,我不能耽误你。"

她猝不及防地昂起头,不认识似的看了我很久。正当我招架不住时,她低下了头。

"我晓得你看不起我,你是知识分子,咋看得起我这个大老粗呢?"

巧舌如簧的我语塞了。

她看我无言以对,反击似的迎上来:

"你念你的书，我等你。"

"不！"我很坚决。

"我们好合好散，以后如有用得到我的地方，你尽管说，我一定帮忙。"

她又重复了一句："我等你，好久都可以。"

我斩钉截铁地不容商量："不，不要你等！"

时间有些凝固，一时长于千年。我望向远方，寻找我的慰藉，寻找我的灵魂，寻找我尽快解脱的托词。

她抽泣着全身颤抖。我的心又有些软和了。

"不要伤心，成不了亲，我们可以做朋友。"

"你走你的阳关道，我过我的独木桥。"说后，她用力地将那些过头的玉米踩倒，一路小跑地向人们聚合的地方冲去。

我用这种恶毒的手段去伤害一个姑娘的情怀，去割断一个女人的情爱，去终结一段华丽的梦想。但在我的心里依然存留了她给我的那么多的宽容，给我母亲那么多的帮助。即使几十年过去了想想也还会有一些愧疚，偶尔还会生发出丝丝的痛楚。

我们就这样在没有牵过手以后真正地分手了。对我而言是一种解脱，我不知道她的感受，至今那些被她踩倒的玉米依然那么历久弥新地在我眼前摇摆。

又是父亲给我的愧疚的心灵不经意地刺痛。

那是春节前不久，记得我和她去公路上用架子车运薪柴。

她的父亲和我的父亲走在一起。我推着空车走在前面,他俩在后面边走边闲谈。不知什么原因,我的父亲便对她的父亲说:"老表,我们两家那门亲事没有成,能不能把那几个情(媒婆代我给女方所送的彩礼)退给我。"

这话钻进我的耳里,顿时让我浑身打战。我没有想到我的父亲竟然说出这么不讲礼不守俗的话,难道那几套情就可以让我们享受富裕的日子吗?多么丢人现眼,多么让人失去荣光和尊严呀!

她的父亲的话不温不火地让我的父亲痰都吐不出来。

"老表,不是我小气,这十里八乡的规矩你是晓得的。又不是我家提出退婚的,是你们不干的。我没找你的麻烦就仁至义尽了,你居然还说出这样的话。"

我心里特爽,比三伏天吃了西瓜还清凉透彻。

父亲加快了脚步,灰溜溜地追上我,闷闷地跟在我后面。我想说点什么,心里却空空的听得见水响。我被父亲索要彩礼的不耻点拨,原已尘封的那些原生态的情窦又悄悄地萌动起来。

多么憨实又愚朴的姑娘。

应该是初中毕业以后,我去了改土队,成了改土队计算方量的高手。当时的大队书记,也就是我的舅舅、她的大爹,竟然让她给我打下手。每天,我们都有大致两个小时独处的时间。

是一个夏日的下午,我们一起坐在我的木箱边计算方量,她一言不发地记下我为每人计算的结果,她坐在我的对面,伏在我的箱子上,很专注地听我给她的指令和信息。突然间我的目光扫过她,满大襟里下坠的奶子随了她轻轻地书写而摇动。瞬时,我浑身燥热,热血陡涨。报出的数字顷刻间成为心灵邪念的密码。当她抬起头捉住我的眼光时,我却直直地逼视她,一点畏惧和丝毫的羞怯都没有。她低下头,双手交叉在胸前,满脸羞涩的很不自在。

"可以摸一下吗?"鬼使神差。

她摇摇头,双手用力地护在胸前。

我居然真就不敢下手,她居然依然端坐于此,没有离开的意思。话题当然不能再继续下去了。

青春年少的血液就这样不断地被突然醒来的性欲激荡,冲刷着所有的一切。我伸出了邪恶的手,想摸摸她那饱满而任性的奶子,她却伸出手将其阻断推开。

她陡地站起,脸上的红潮让她的黑皮肤放射出激越的光泽。我被她当时的娇艳点燃,根本不知道我是谁。

"我们可以睡一下吗?"

没想到她不仅没有火速跑开,反倒问我:"万一有了咋个办?"

我被这几个字生生地阻止在这里,我不知道万一有了怎么办,我只知道我现在需要,干渴至极、饥饿绝顶。我腿一软打坐回原处。她等待的目光如瀑布彻彻底底地把我浇透。

我仿佛一头即将逮住猎物的狮子突然间停止了追杀和猎取，望着猎物索性躺在地上了。

我们又开始了工作，我把头装满所有的土石方，让它沉重到再也抬不起来。

她走了，那么壮硕的身体让阴丹蓝的短大襟衣服紧裹，那么丰硕的奶子让大襟深藏。

这以后，我总以为欠着她什么东西，不还，一辈子都难以释怀。我应该为她做点什么。

机会终于来了。

她大爹是大队书记，三爸是大队会计。尽管她只小学毕业，但推荐出去上中专以至于大学都轻而易举。她被推荐了，不考试，只需写篇文章。她找到我，是在我家后面的小河边。她站在我的对面，一米开外处，羞涩得只用手抚弄她的围腰，却不吐一个字。

"你说吧，啥事？"

好久好久，她才心虚气弱地说："我被推荐去上中专，要写一篇文章。""莫得问题。好久要？""两天以后。"

文章写好以后，我交给她，她什么也不说，双手递给我一双鞋垫，车转身，小跑着离我而去。

那时，她已经是我们村一个小伙子的情人了。以后，小伙子也被推荐出去读中专了。再以后,他俩工作、结婚、生孩子。两个女儿都已成婚,她成了外婆。退休的她和我住在一个小城市,偶尔转路也要相遇。回家过年也会晤面,平平常常地打个招呼,好像以前什么都没有发生过。

有一件事让我很愧疚,她女儿结婚,发短信让我们去喝喜酒,大喜的日子我却忘了。当我记起时,小两口早已度完蜜月。为这事,老婆还责怪我为啥不告诉她记住这事。虽然过去几年,心里的愧疚至今难以消解。又有一件事让我对她很敬佩。她丈夫股骨头坏死以后,她数年如一日地为他推拿按摩,那份细心、恒心非大爱难以持续。她的爱让丈夫康复,再次站立,行走在天地间。

就这么一点点不足挂齿的事,几十年以后倒觉得有一些重量了,时不时地还沉甸甸地拽着人的良知,生发出那些岁月从不粉饰也从不打磨的草根之情、泥土之情。

岁月总会流走,人总会老去,唯有真情会花红柳绿、永不凋谢。的确,我们从未爱过,但对我而言,总有那么一段在当时虽青涩难咽每每回望又自然而然的情,如今想想,依然清风入怀。

苹 果 缘

正读莫里亚克的我,被大数据窗口飞出的一个红富士冰糖心苹果击中,《蛇结》似的让人堵得不知所措。中午睡在床上,把自己像翻大饼一样翻来覆去地翻,以至于把骨头都烤成不燃的死灰了,才知道该写点什么。

写点什么呢?写爱情,显然已是四十多年前的明日黄花,色肯定衰败得如破絮烂席。香呢?倒是不减当年。这把年纪了,眼睛早让万紫千红五彩缤纷消磨得如弃置的两口枯井,多么浓烈的艳也不能为其贴上花黄,只有干涩得山岫一般的鼻子倒还延展了青春年少,总像撵山的狗,闻不得半点腥。

到现在我也分辨不出这是不是爱情,用古今中外关于爱情的所有尺码的鞋去试都不合脚,不是大小不合,就是胖瘦不适。所有的证据也只有高中毕业时相互送了照片,黑白的。她在笑,笑得真有些花容月貌,本真的开心,晶亮亮的牙齿都全身心地露在唇下。眼睛如两凼山泉,清清亮亮的没有天光云影,更没有千娇百媚,除了所看的人外再也装不下一粒尘埃。我给她的照片粗粝得如坟墓里已被空气腐蚀成蜂窝状的骨头，你能从这些骨头中看到什么呢？除此之外，她还送了我一双鞋垫。绣得甚是精致，茸茸的丝线在上面千娇百媚地开放成散发出异香的春天，开始撒野的流水、刚飞出窠巢的蜜蜂、才破茧而翔的蝴蝶都氤氲出曼妙的光彩。十九岁啊，是不是春心摇荡，的确不是无可奉告。

在班上，比她漂亮的比她苗条的比她白净的比她婀娜多姿的的确有，不如她的也不少。漂亮的苗条的白净的婀娜多姿的只能在梦里想（那样的年龄，多想和梦终身为伴呀。只有梦才会真正缩小工农、城乡、美丑的差距，生拉活扯地把那些你朝思暮想的女子活生生地赤裸着拥入怀中，连你想象不到的艳美和舒逸都会不期而至）。在家庭和个人的条件上，她是居民我是农民，她有两个弟弟我有四个弟妹。毕业后，我们各在一条深沟里，她当下乡知青，我当回乡知青。几个月中，写没写过信记不得了，写了什么没写什么也不重要了。恢复高考成为一切，不是爱情，是命运。

以后是复习考试等录取通知书，那种紧迫和焦急"无人知是荔枝来"。真是傻到骨子里去了，竟不知道写封信疏解疏解，那时的一封信会把望断的天涯路都拉来接上。现在真想不起是不是忘了。好快啊，几个月时间，那一枚深情洁丽的笑都还在风中摇曳出黑夜的满天星光，居然就眼闭鼻闭了。她也忘了纳鞋垫时针锥过手丝线打过结吗？忘了送照片时紧紧握住笔让那几句话羞羞涩涩又青枝绿叶地从心里走到笔尖吗？

居然不知道她也用颤抖的手拆开了录取通知书。又居然都忘了问一问是否圆了求学梦，梦在什么地方了。像长在两座山峰上的两棵树，再大的风也不能将花粉吹落进她的子房。

倒是一九七八年的春天让我钟情。那是一种怎样的漫卷诗书，又是怎样的一种春风得意？岷江河畔财贸校的苹果花开了，烂漫成一个人无限憧憬无限遐想的一个世界，连那些石头都想和你说话听你唱歌。几天之内，便从那样的烂漫世界中浮游了出来。本就大龄的我们开始了不安分的审美点评。乱花渐欲迷人眼，乱花也渐欲迷人心了。漂亮始终成为男人的首选，始终成为移情别恋的罪魁祸首。

在新中国的教育史上，一九七七年恢复高考的那一批中专生永远都是个案，不仅春季入学，而且初高中毕业生混编。都是下乡或回乡知青，苦和累磨砺出来的向往和期盼蓬蓬勃勃地在那一方小小的土地上洪水一般地泛滥开去，情和爱便蜜蜂追花似的忙碌在这样的蓬勃之中。然而，我们依然被禁锢和禁止着手脚和心灵。晚上，血气方刚的野性被关在八个小伙子烈焰般的寝室里，起初是各抒己见的评容论颜，渐渐地就相互配对，包办恋爱了。本就资源有限，禀赋不均，也管不了那么多，各自打打牙祭，完后各做各的梦去。

曾经扯着我心把子的那枚笑再也敌不过眼前的花容月貌莺声笑语了，我已经在心里暗恋着他人了。那是从手抄本的《第二次握手》中向我走来的丁洁琼，从《一双绣花鞋》中向我暗送秋波的狐仙一样的女子。更是让我一气儿看了三遍《五朵金花》中的杨丽坤。这时，她给我写来了情书。真正的不忘旧情的情书，从中可以看见春心摇曳出的红粉之艳，感受到欲说还休的楚楚动人。然而，我早已在眼前的春花烂漫中忘了昔日的那枚可心的笑，像一只贪色爱蜜的蜂移动了情爱，在理解或不理解什么叫爱中追逐着视觉的满目霞彩和听觉的莺声燕语。全然不知我是谁。晕头不知转向，厉色误为欢颜。死心塌地地在鄙视和嘲讽中践踏着自己的青春尊严。

一个男人的心多么经受不住美色的临风起舞啊，一丝丝香风就可以将储存在蜜缸中的所有温情的甜蜜带走，带到很远很远的地方，以至于再也看不见。女子的美是一种生长中的扼杀，更是一种诱惑和抛弃。在一颗被另一种美俘获的心面前，一切都会寂然死亡。于是，我已经不在乎一枚笑曾经给我的无上妙境。我像堆码岷江河边的石头一样将那些文字累叠在一起，给她寄去。多么残忍的一堆石头，却依然没有砸死那枚笑。又来信了，我连石头也没有再投出一个。我更加残忍地让不理不睬去搅起一阵爱心中的血雨腥风。

我不知道那枚笑在梭磨河畔会凄风苦雨地承受多少日子，

但无论多长的日子也许都会凄风苦雨。

的确,我在那一块禁土上违反禁令地与我的同学恋爱了,她的美丽有目共睹。我被她吸引的却是她在美丽和勤奋中散发在空中的淡淡忧伤。她的美丽让我痴迷,她的忧伤让我生爱(以后,当我回首从初中到高中再到中专在我心里留下印象的女同学,大都生了一双羊的眼,当她望向你时,目光总是有几分怯意,欲说还休又总有说不完的话。也许,恰恰是那枚可以让人曾经总难以了然的笑让我残忍地了然了)。为此,我俩因违禁而被校长谈话、被班上批判、被分配到最差且不在一起的县。在凄风苦雨中接受爱情的惩罚。把心挑在刀尖子上杜鹃啼血似的相互鸣叫着、呼唤着、思恋着。

报应的是,被我抛弃的那枚笑又鬼使神差地分到了黑水的瓦钵乡,和我一个县。

那时,商业局的女售货员几十个,如花似玉的真还不少,如我这般坐办公室的干部又是中专生,凤毛麟角。不久,又当了团支部书记,时常把她们召集在一起搞集体活动,偶尔还组织送货下乡,几十个人拉了架子车,如吉卜赛人的大篷车队往返于黑水的那些清幽而深长的沟谷,嘻哈打闹,唱《在希望的田野上》,唱台湾校园歌曲,山鸣谷应,峰回路转。

这样的时候,她再一次来到我的身边。

深秋时节,黑水四美山上的红叶真是红啊,一点一点地红让人心悸，透着光明亮出清心寡欲的一丝不苟。那时的黑水县城畏畏缩缩的，寒酸到目不忍睹的破败。瘦瘦的街上鼻脓口水的一副面孔，尘土倒显得年轻气盛。

我俩在这样的场景中邂逅了。她穿着一件火红的风衣，一路热烈地走在芦花的街上。

我认出她以后，心虚地想躲开。她完全没有什么尴尬和不堪，只有三年时光窖藏出来的惊喜。她从乡下来，举目无亲。我在商业局工作，吃住无忧。一声"老同学"把什么妖魔鬼怪都吓跑了。我只好硬着头皮不情愿地请她去我那里。不到十平米的房间，连坐的地方都逼仄，只好都一屁股坐在单人床上。终于到了无话可说的时候，甚至连要找的话都被狗撵到不知哪里去了。她再也不好绞手指不好缠头发，双手用力地抓在床枋上。那样的力道当然不是怕，是悔恨是还在挣扎的爱。

她低着头后悔或者庆幸怎么来到这么一个让人抬不起头的地方，好在她没在地上找到裂缝。我有些愧疚地更不知说什么，想着扔给她那些生硬的石头，心里怎么热得起来呢？这样的审判太难受了。

她说我还是走好。我的确有些怕，怕她走还是不走说不清楚。我让她留下吃完饭后再走，她也被吃还是不吃给困住了。最终我们一起吃了饭。饭吃得很难，不是不可口的难以下咽，而是都有些不愿让这餐简单的饭草草吃完。其间的咀嚼、夹菜、扒饭，其间的动作、表情、眼神都像初学吃饭的人和冻僵后的面部，岩画一样的硬朗又仿佛已风化了上百年。

怎么走的？谁的心思还在那上面呢？花谢花飞零落成泥，不堪盈手赠，还寝梦佳期吗？偶尔会想起瓦钵梁子上的她，那么边远偏僻的她，何以消受比那梁子还高的寂寞、比那乡还偏远的无边惆怅。每每从色尔古经过或去商店出差，总会久久地凝视，看山上的树还绿不绿、高远的天空还蓝不蓝。

好在，她篮球打得不错，我们又在职工运动会上相见了。她当卫生女队的队长，我当财贸男队的队长。多好啊，运动会成了她表演的舞台，虽不至于花开出众倒也算各表一枝。她的大方和为人以及坚韧赢得了好评，这样的好评让她如愿以偿。

她调到县医院后，我俩见面自然多了。我是坚持晨跑的人，无论是三伏酷暑还是三九严寒。她也跑在一天的青春中，对过时挥挥手，超越时也挥挥手。只有到了农具厂的公路边才在做操时说几句话，话不多，润润的在风里清爽着。每天不见，真就有些不习惯或不自在。说不上惆怅，怪怪的味道让心里愉快地难受着。

以后，大家都结婚了。谁也不愿把自己耽误了，毕竟青春只有一次。好在，爱人早就在与我恋爱时看到了她那枚无邪纯真的笑，也好在几年的两地苦思苦想所倾吐的真情真意，更好在她对自己的那份自信，她和她没有丝毫的情感打斗。见面了，招呼一声，说几句女人间平常的话，没有见面时，谁也不去碰这个话题，各自把那盆火埋在灰里。没过多久，爱人临盆了。她在妇产科，接生当然责无旁贷。

她说：孩子胎位不正，不会顺产，要做好准备。让我验血，以防万一。话不多，有刀刀见血的恐怖。果然不顺，一个未出生的孩子把我的每一根神经都拽得紧紧的。她鼓励爱人的话让我在等待的虚幻中把劲都用完了。我高挽衣袖，等待着她将我的血输入爱人的血管。太久的等待中太多的"再鼓一把劲！再来一次再来一次"，让那个夏天都冰封雪压。她就陪着爱人，让爱人抓住她的手一起为一个新的生命鼓劲。整整一天，她不离不弃、无怨无悔。每当她从产房伸出头对我说"不担心，莫得问题"时，我心里的愧疚就往上累加。等到她说生了生了，是个儿子时，我的泪一下流了出来，我知道这泪不是为我和儿子流的。直到好些年以后见到她，爱人都会对儿子说是周孃孃给你接的生，好好地叫一声。

她是妇产科的医生，想来她不会去想这件对她来说再平常不过的事了。但我会想，不仅想这件事，还会想其他的好些事。每一件事都会像爱人生孩子那样在无比的幸福中痛着。

没过多久，朋友要女朋友时心急了些，本来很不把女同学当回事并打定不结婚的他，对越自卫反击战回来后，一炮搞定。在当时这可是要耍脱工作的。找到我。人都带来了。这忙不帮，朋友还怎么做下去呢？帮吧，怎么说出口呢？我只好找她帮忙。她二话不说，引进去，三下五除二，干净利落。

爱人调到黑水不久，我便调走了。没过多久，爱人也随我调走了。不知什么时候，她也调回老家茂县了。以后，便有近三十年不见。那些岁月，像她给朋友做引产术那样不留任何蛛丝马迹。

就她的能力和为人，在黑水挣个一官半职应该不成问题。她爱人却偏偏作为农牧上的专家抽去支援非洲，一去好些年。为了友谊为了非洲，她只好丢下自己的前程去成全男人的出息和出类拔萃。就这样，她像茂县的苹果花默默地开在春天里，让芬芳随风而去。

三十年中，凭着我的资源帮她解决一些问题应该不成问题。她怎么会不知道我是做什么的呢？但她守身如玉地坚持着那枚笑，从没打过一次电话找我，生怕让我为难。正像我俩高中毕业后的那段日子，没有相互书信，冷落和疏离的岂止是那段日子。也如入校以后的那段时光，磨磨蹭蹭中，丢失的又哪里是一条断头的路。

当然，人和人的结合既有缘分也有命运。我们常常说人可以改变自己的命运，何其难也。总在冥冥之中不知不觉或不知所措抑或无能为力中丧失机遇或看不到机遇而惨遭命运的捉弄。不是不努力而是努力也是枉费心机和力气，自己改变不了的终是桃花流水，怪命怕是唯一正确的选择。

就这样，高中毕业四十年的同学聚会，我俩才又相见在久违之中。几十年不见的同学，让岁月磨损得面目全非，昔日的青春花季早已凋零成今日的深秋碧树，但两年的高中生活依然青枝绿叶地盎然在这深秋中。谈得最多的还是不了的情。大家最不愿舍去的还是谁与谁耍朋友的那些酸酸甜甜的猜测，尽管木已成舟或舟已烂边，还是把别人搁在心里。即使以前让人不齿如今倒口齿留香地津津乐道。一些同学让我帮这帮那，都是打个招呼或交代安排一下的鸡毛蒜皮，他们却会出一口长长的压抑太久的气，伸直了腰杆走路。

我知道她无事可求，有事她也不会找我。都等到同学会将散时，她才像毕业时送我那枚笑和鞋垫时一样悄悄咪咪地把女儿的事说给我，求我帮忙。虽然我答应得非常干脆，她依然不放心地说：我晓得这忙不好帮，但实在只有找你了。

同学会后，一年之中总会有一两个电话，从不问女儿的事，仿佛成不成都顺其自然。或者是茂县大樱桃熟了时在电话中问问在哪里，便把红艳艳肉嘟嘟的樱桃送了来，依然在深秋的树上挂着那枚樱桃一样饱满而蜜汁的笑，也不坐也不吃请地走了。或者在核桃香了的时候来一个电话说新买的生核桃——鸡蛋壳的南新核桃。人不在时说：放门卫处了，赶紧吃，怕坏。或者干脆要了老婆的电话，径直给她送过去。两个女人还可坐在一起说几句话，不客套不剜酸如柏条河流水一样的话。回去后老婆说周庆梅又送苹果来了。吃了人家那么多樱桃核桃苹果，你也该给人家送点什么东西呀！好像这些东西塞在我一个人的嘴里了。这样的话说了好多次，我依然未往心里去。每次出差去茂县或回老家，总是将文友们邀约在一起喝茶聊天，却把她忘在不知哪边。

每一年，侄儿侄女，兄弟姐妹，同事部下送这些东西的实属不少，但独独她在你不经意间给你一个电话让你又一次在"老同学"的绵软和恒久中舒舒地温暖起来，撩拨起白发一般的思绪。

像今天这样，在成都这样灰蒙蒙的浓浓寒意中，她在电话中说：老同学，把你的地址发给我，快递两件苹果给你。我一再谢绝。她说：山上刚摘下来的。我不再说什么了，怕又一次伤了她的心。

在这里，我绝没有半点后悔或遗憾。我庆幸并一生诚挚地感谢我财贸校的同学老婆，在学校校长那般盛气凌人之下，她勇敢地承认了我们的违规且和我一起找校长请求把我们分到最偏远艰苦的县，只要求两人在一起。那是多么的信誓旦旦和地老天荒呀！在接受师生们同仇敌忾的批判时，她没有退却，和我并肩而立，抵御了那么多双眼睛的风寒和那么多恶毒的唇枪舌剑。感谢她在实习待分配后把我带上佳山，像一个毛桃子一样把我献给她的外婆、舅舅和其他的亲戚，并兑现承诺与我一起步行四十多公里的山路，把她超凡脱俗的美惊艳地呈现在家乡父老的面前，与我一道在我穷乡僻壤的故乡共同度过十多天甜蜜而又让乡人羡慕的时光，并痛快地伸出手去让月下老人为我们拴上那根红线。还要感谢她与我一起为弟妹的成长和成才节衣缩食勤苦度日，让长嫂的宽广胸怀和情爱如甘霖绵绵地流注进一个个干渴的心田。没有她不同凡响的贡献，我也不可能飞得这么高走得这么远。

　　人一辈子，长长的路始终在脚下，坎坷也罢平坦也罢，险峻也罢曲折也罢总会有人一起走。有些是同路的竞争者；有些是一起的攀登者；有些是陪同一道行走的。无论男男女女老老少少，也无论骂你讽你颂你赞你，总是大道通天。每一段路每一个人都是你人生中的一朵花一苗草、一朵云一袭风，自有他们存在的必然性。人们常说很多偶然串联成必然，的确很多事又是必然中的偶然，无论与你同行的人以什么身份什么容貌什么嘴脸出现，都应笑脸相迎，珍惜每一步的尺寸也珍惜每句话的温度。

　　就像老同学快递给我的苹果。

　　就像莫里亚克《蛇结》中的那位临终前的老人。

2021 年 11 月 12 日于成都

放　生

十多年以前的那一件事一直让我不明就里，不知是那只山龟太神奇，还是那条蛇太灵性，反正是那条奇艳无比的红蛇，在最要命的时候以其不可思议的姿势挺直在大货车前，扁曲的头伸出愤怒的芯子，让货车艰难地在下坡处停下，这才避免了一次车祸的发生，使两条生命在恐怖至极中得以保全。

那是一个盛夏的周末，好不容易有一个闲暇，我们一家人去到三江的冒水子躲喧嚣。到得那里，已是正午，我躺在宾馆里歇息，老婆和儿子便沿了那条旅游的小火车道向更深的山里闲游。在冒水子的下边，儿子有些难耐闷热下到正河里的浅水中去游泳，上岸时，发现一只龟正匆匆地向下游爬去，便抓了带回宾馆，将其放于浴盆内。

看不出来龟的急躁和恐惧，它在浴盆内从容地从这头爬向那头，面对浴盆的斜面，它抬起头，好像是在问我们怎么办，眼珠子黄亮亮的滴溜溜转动。

晚餐时，朋友让我们捉去红烧了，也为晚餐添一道大菜，老婆不干，仿佛是自己生养的，我也没有反对。心里倒是有些许空落地想着那一盘土豆烧山龟。

没有将其杀掉，简直是一个不小的错误，这样的错误助长了龟的任性，使它更不本分地让那个晚上充满不安。加之老婆对其的搅扰，一会儿起来探视，不是怕它被水溺死，就是怕它被饿死，对它的长寿完全质疑。老乌龟倒很会观察，不是你一会儿要看看我的状况吗？那么，我过一会儿就给你搞点状况出来，让你不安。老婆就被这样的不安弄得真的不安起来，一会儿去看一次。好不容易等到黎明，鸣鸟开始在薄明的夜中飞翔，起初是单调而悠长的一声两声，如叶猴轻盈地从空中滑落，继而是鸣声的小分队，形成不同音节的对鸣，如互致早安，又似相互对歌。

在这样的聚族而鸣中，夜的尾羽就从它们的彩羽中悄然滑落了，这样的滑落唤醒了所有的鸟群，庞大的交响曲就在山谷中驰骋了起来。那些树，那些山，那些野牛，那些马鹿都被唤醒了，整个山谷都笼罩在这样初始的活力中。老乌龟知道这种力量对生命的重大意义，它开始了生命的不安躁动和恐怖的挣扎，它如一个囚徒，看见了自由对它清新的呼唤，匆匆忙忙地在浴盆中向上攀爬，爪子在釉面上抓挠出刺痛的响声，身体在浅水里搅动出冰裂的响声，让清晨也发出裂帛的惊惧。

老婆更不敢怠慢，顶着这种清晨带露的惊惧，将最后的两片鳟鱼放在龟的面前，龟不为鱼片所动，举着武士的头，睁大瞪直了那双黄晶晶的亮眼，一眨不眨地盯住老婆，那目光让老婆为它说话了：我知道你想回你的家了，我马上把你送回去。于是，她便把正在酣睡的儿子惊抓抓地叫了起来，用塑料袋小心翼翼地装了，一刻也不停地顺了那条路，啪嗒啪嗒地走去上千米，将其放入那一潭绿汪汪的水中。

回来后，两娘母仿佛就立地成了佛一样，啧啧啧地拌着嘴，丝丝地有了快乐，那一份难言的心满意足，胜过所有就着红烧乌龟喝酒的人。把一个本该清静清幽的早上弄出了些许生命凯旋的壮美，让人多少有些不爽。整个上午他俩都沉浸在那份难以释怀的快乐中。

午饭后，我们沿了那条小火车道去鸡心包漂流，到得那池在阳光照耀下金光荡漾的水潭边时，他俩又给我细致地描绘了那样的场景：刚把它倒出去时，它急急地往前嗖嗖嗖嗖地奔走，如久别的赤子奔家而去，到水边它就停下了，将头侧过来望着他们，亮眼里汪着很多读不懂的东西，好一阵才潜入水塘，甚至连水塘的涟漪都没搅起，鸟群的歌唱已至阑珊，以生命的回归做了送别的晨祷。

黄昏时分，我们起身离开冒水子，我去都江堰开会，母子俩回汶川。到得都江堰后，已近九点，我就算计他俩到家的时间，差不多了，将电话打过去，无人。过一会儿再打，也无人。

时间已至子时,他俩依然没到。我心里开始犯疑,猜测他俩为什么还未到家,N种想法浮出水面,想着想着就恐怖起来,痴痴地坐在沙发上等电话。那样的等待是黑色的血色的。好不容易等到凌晨两点后,电话铃才响起。家里的电话,当然可以消除心里的阴霾,但老婆颤抖的声音让我看见了飞舞的惊魂。

那只老龟又在我面前了,身体呈出那么些微的弧线,背上纵横着那么淋漓的线条,仿佛一坨憨实的田土,大田浩然,小田晶然。它举起头,黄亮亮的眼里蓄满了深刻的生命里程,释放出那么自然的山水和谐,天地和谐。友善的真谛被那一双小眼睛洞穿。就想,这山溪里怎么有龟呢?是山龟吗?那尾艳美的蛇也曲着美艳的身子款款地如水而流了。故乡的人说,越是漂亮的蛇,毒性越好。哪里来的那一尾红蛇呢?它为什么可以在千钧一发之际,用那么曼妙的舞蹈阻止一场灾难呢?

我不得不把两者联系起来。这是中国的传统文化,这种文化的玄妙让人想到自然的神秘,一种因果的回馈散发出奇异的光辉。于是,我更加地崇尚每一个生命,无论她以什么方式呈现。我感谢那一尾冷面的杀手对我家人生命的保全,我不知道她是不是清晨被放归的生命的另一种展示。

许多年以后,我去长江边上的一座酒城开会,晚上,朋友相约去长江边的水上餐厅小聚,订餐的菜单中有一道土豆烧甲鱼被朋友临时取消了。走时,朋友将甲鱼装入纸箱让我带走,我欣然应允。

回到家以后,将其放在厕所里,凌晨,老婆如厕,纸箱被它抓破,出走了。我俩仔细地窥探着便盆的漏孔,好一阵,结论是,那么大一只团鱼何以从那里逃身?不可能!但从那里走不出去,它又会到哪里藏身呢?我俩有些胆怯地蹑手蹑脚地如搜寻藏在家里的老贼一样,手里拿着家什从桌下、橱下、柜下四处搜索,没有。依然怀疑它是从便盆的漏孔中逃生了。怀疑归怀疑,终归还是觉得不靠谱。那么好的一盆美味大菜,让它销声匿迹地自己退席了,实在有些可惜。我俩将最后的疑点集聚到大沙发下。先把两边的耳发移开,没有。再将长沙发移开,果然,它有些紧张地龟缩在角落里。我这时才看清了它的身躯,肥硕,浑圆,甲壳上发射出淡淡的紫光。十多斤的一只甲鱼,美到一种让人垂涎的地步。

对于甲鱼,特别是对于如此华贵腴态的甲鱼,除了无能为力外便在心里怕了。

无能为力,是因为我俩不知道如何将其弄进纸箱。怕的是,被它一口咬住后,非雷声不得松口。但这样的事又不好去找人帮忙,只好找来板子,老婆将纸箱口对准它的头,我用木板从后往前刮和赶。这家伙老到,它蹬起八字步抗拒着,我用了好大的劲才将它刮进去,老婆将纸箱翻过去,我们便用透明胶带结结实实地将其封起来,放回厕所。

当天，有几个朋友聚餐，我去家里拿甲鱼，老婆问我做啥？我说去餐厅宰了吃掉。她说这东西都成精了，你不怕吃出祸事吗？我说，它本是一道菜。她说，还是不吃，把它放生才好。我就想起了几年前的那次放生，没有再说什么了。

到哪里去放生呢？这不得不成为一个重大的问题，就在蓉城放吧，觉得水污染得太重，这倒不会影响它的生存，但生命的保全是成问题的。到附近的其他地方呢？可是可以，又怕河太小太浅，潭太窄，加之这些地方的人大都以美味为饵，没有什么不可以成为他们舌尖上的最爱。如它这般的尤物，何人不垂涎三尺呀！既然放，就必须保证它可以生，否则，又有什么意义呢？

突然就想起了那座叫作酥油灯点亮的高原小城，沿梭磨河的两岸，好些地方都有人摆了地摊，那些小小的龟在盆里慢悠悠地爬着，等待着有人将它们赎回，放它们一条生路。还有的人专门从信佛的信徒那里收了钱，捐了款，将市场上出售的鱼一应收去，在梭磨河上放生。

那是一个盛大的场面，好些行善的人用盆、用桶或者更大的容器装了收来的鱼，在一种松散而庄严的仪式中，人们神情和悦地将各自手中的容器捧到眼前，平平地伸出去，渐次倾斜。

高原的早晨，太阳刚刚升起，山谷里的雾岚还未完全消散，薄薄的虚幻被晨风轻轻地拂起，牵扯出那么多的经纬，阳光便将那些无穷无尽的花环斑斓地挂在山谷中了。就这样，那些鱼从容器中流出来，在空中扭曲着，翻滚着，舞蹈着，那些被鱼们搅碎的水珠成为它们五彩的链环，簇拥着它们向梭磨河坠去。啪，啪啪，啪啪啪啪的响声空空作响，成为这道风景中的交响曲。

然而，就在这样的善行中，他们竟然忘了善的前面就是恶了，不是他们真的步入了恶，而是不切实际的善行，有可能变为恶。他们丝毫没有行恶的动机，但却在善的花树上结出了恶的果子。那些在空中被放生的鱼，因为高原之水的冰冷以及氧含量等，以与水共舞的欢愉向下游漂去，这是冷水鱼等鱼类的地盘，它们当然做不了主，只好随波逐流，但那水的冷让它们做着收缩的冰梦，冰梦以明洁的亮丽让它们渐渐地忘记自己，它们从水底缓缓地被托举起来，如一片片叶子漂在水面，再过一会儿就什么都不知道了。河边有些拿着网兜的人，等待它们从放生中归来。

生命就这样在自然和不自然中，也在经意和不经意之间，甚至于在善和恶之间轮回着。因此，我不能将善举变成恶行，不能在放生时只注重于须臾。生，应该有它更长久的持续和更宽广的空泛。于是，我想到了东海之鳖和坎井之蛙的对话，由此想到了那一湖让我多少次魂牵梦绕的水。

我专程驾车，逆岷江而上六十公里，来到紫坪铺水库。这可是装有十一亿立方米的水库哩，水色轻碧，水潭泓丽，水温适宜。虽和长江第一城的宜宾相距三百多公里，但落差不大，对这只硕大的甲鱼不会有大的威胁。那样一个美丽的湖不会做冰梦。

　　我将车停在马岭山隧洞前，这里距湖边还有好几十米。地里的玉米已经熟透，还没有收，叶子已黄出一些腐黑，只有地里的锯锯藤长得茂密，铺展成一道密密实实的网。我高一脚低一脚，这里一步、那里一步地十分艰难地向湖边走去。到湖边后，我将纸箱放下，我听见了它的响动，感应着这只老甲鱼的向往。好不容易，才将透明胶布一层一层地撕去，打开箱盖，它举着头不惊不诧地看着我，既没有恐惧，也没有渴望，完全是顺其自然的道貌岸然。我将纸箱倾斜过去，它亦不急急地往水里爬，赖在那里，仿佛它已活得有些腻烦了。我将纸箱抖几下，它还是那样一副神态，不恼不怒，平平和和从从容容地镇静着。我被它的这种神态弄得不知所措了，心里诅咒着它的不解人意。

　　于是，我在纸箱上踢几脚，它也许感到了我的不满，这才慢吞吞地向前爬，当它爬出纸箱的那一刹那，停了下来，扭过头，将头抬得更高，很友好地凝视着我，蜜蜡似的眼睛放射出蜜汁一样的光。我也停在那里一动不动，享受着这种光的沐浴。不知过了多久，我拍两下手，它像听到指令似的爬进湖里去了。然而它没有马上潜入水中，而是在碧波的行进中依然将头望向我，让我生出些不舍和惆怅。它时停时行地又往前行了一段，停了下来，有些不忍离去。我向它挥两下手，它依然停在那里，我车转身走了两步，回过头去，它还在那里，我又向它挥两次手，它才听命似的缓缓地向下沉去。

我爬上公路，一种释然的情怀豁然开朗，我望向那一湖碧绿的水，微风从湖上轻轻地拂过，水就泛出迷人的波匾，无以计数的水厣儿盛满了纳凉的阳光，我想，那就是这湖水对这只新主人的迎接仪式，就是这方山水对一个生命回归的礼赞吧！

又想起了那尾艳丽的红蛇，既为它的艳丽，更为它的愤怒。

根在三江

8月20日,强降雨让三江又遭遇了特大山洪泥石流的袭击,我的心又一次被三江紧紧地揪住,这样令人窒息的难受,让我又回到了二十三年前。我变成了那只泣血的杜宇,以独特的情爱向你讲述我与三江。

我与三江相识于一九九六年的夏天。记得,那天夏雨如花,泥泞的公路一路给我难堪,不是打滑,就是被陷,一辆三菱越野在这样的道路面前根本不能自主,东扭西扭,十几公里的路走了足足两个多小时,心里的憋屈长出了锋利的芒刺。

这样的心情,对什么都会发脾气的。然而,当我一脚踏进三江时,一股清碧之气扑面而来,窝在心里且正在发酵的烦闷渐渐地被清碧之中的凉适消解和吸纳了。

三江小家碧玉似的袖珍之美便在我面前徐徐展现。

起初是视觉上的,站在中河的老桥上,中河直扑而来,不大的河水因为落差,涤荡出奇丽翻卷的浪花,大者雍容,小者清瘦,须臾之间,均碎裂为羽翼似的精灵,雾化而去了。黑石江从它的左岸自山石间速滑而来，浮冰结雪，最初是怯怯地牵了中河的衣袂，吻了中河的玉肌，中河在这酥酥的一吻一牵中便将黑石江如宠儿一般拥入怀中了。在相拥的呢喃之中，从中河的右岸款款地逶迤着另一条河，撒开它华丽的裙裾，张开它腴美的双臂，深情地拥抱了中河，三条江在孤独的穿山越谷中终于完美会师，将"三江"定格为一个恒久的名字，让这方土地上的人享用。再往前，它就叫寿溪河了，就是这条河冲转了历史上的水磨，以后又丰饶了那方叫水磨的土地。

　　侧过身去，三江的小街就在眼前了。开始，只有半爿，瘦瘦的街道在小楼的壁立中缓缓延伸，一些卖瓜瓜小菜的农人圪蹴在临河的半爿上，也不叫卖，也不吆喝，只用渴盼的目光随了行人溜着。拐弯的地方，屋舍便对峙而立了，小街就更瘦了，直了后，便有些婷婷的姣好。乡政府依山而立，学校与乡政府隔街而眺，娓娓地临了河去，占尽了山脉的余韵。顺着街是街子村的民居，虽间阎扑去，终究显出那份固有的拘谨，临了街尾的西河，才在这样的拘谨中延宕开去，让小街有了孔雀开屏的旷野之趣。

　　继而是听觉上的。不用说轻风拂过的窸窣漫语，也无须说江水流过的童声合唱，仅就中河对面那简陋的铁匠铺子中传来的叮当叮当叮叮当当、当当当当的打铁声响，就让整条沟谷都充满了美妙的旋律，动听自不待言，关键是这样的声响让三江有些黏稠的夏日马上暑去闷消，清凉爽快起来。就想，两个铁匠哪里打的是刀斧，简直是在不断锤打着那片蜜汁四散的西瓜。叮当叮当叮叮当当……

薄暮时分，找来两位乡贤，就着夜风、流水、雾岚和月光，听他们讲三江的过往，回望着那时的茶马古道，看见了藏地的马队，听见了羌地背夫的号子，至于歇脚时负重者的歌声，归店时马夫的戏谑都如枝叶上晶莹的露珠，明晃晃地亮在那里，始终都那么饱满。更英雄气概的是那根辫子，从这里甩了出去，抗击着入侵的英军，铸就了一股浩然正气，如今依然在这块土地上生生不息。

这种美，并没有给三江的人带来他们所期盼的幸福。即使是街子这样占尽天时地利之吉的村，依然住房简陋，衣食不丰。

晚上，我睡在三江如歌的涛声中，回眸着三江的笑靥三江的宁谧，难以入眠。

在以后的五年中，我们引进了台湾人，在那里养虹鳟鱼，希望以此带动三江的老百姓。我们开发三江风景区，希望以此带动百姓致富。

怎么能忘记呢？那时，我们一帮人挽着裤腿，说说笑笑的一走就是几十公里，调查论证，包装项目，招商引资。不知费了多少心，走了多少路，肩扛背驮，好不容易才在冒水子建了一个简易的木棚子，但已是那时的一种奢侈了。以后有了活动板房，有了大帐篷。再以后又有了小火车，有了水上漂流，有了潘达尔森林酒店。一个以前猎人射杀鹿、熊、野牛，甚至熊猫的地方，硬是让我们给倒腾得游人如织，夜夜笙歌。

怎么能忘记呢？我们一行人从冒水子出发，去往海拔近五千米的盘龙山考察旅游资源，从早晨的六点直至傍晚的七点，整整十三个小时，六个人中走休克了两个。晚上我们睡在难以驱寒的睡袋中，地上七拱八翘的草饼子让人根本无法入睡，只好就着火，沐着雪花，浴着月光等待日出。我们用浑浊的水，就着枯草烂叶煮稀饭，半生的米让我们吃得口舌留香。

那是一幅怎样的风光呀！太阳从成都平原的地平线上浴着大地的血液走出来的时候，那些田畴，那些华宇，以至于那些如梦如幻的薄雾都还沉浸在静谧之中，冷月倩丽地挂在四姑娘山的眉梢，几只如鹏的贝母鸡从草丛中鸣声震耳地飞起，陡然间被朝阳点燃，金凤凰一般翱翔天宇。所有的山脉都在脚下翻滚，缠绵，奔涌，万木霜天的艳红、金黄、水红、橙黄等自然的色彩都如瀑布滩流一般倾泻下去，澎湃开去，将所有的一切扫荡。盈气荡胸，美轮美奂。

那又是怎样的惊心动魄呀！

上山容易下山难。既然调查，我们是不能原路返回的。向导将我们带入盘龙山的阴面。茂密的杜鹃林几乎把所有的路阻断，我们沿着野牛踏出的路下山。两天的疾行，能量即将耗尽，两条腿在下山时直打哆嗦，根本不听使唤。当我们来到一处冰槽时，向下一看，可以毫无障碍地看见耿达的那条波光粼粼的河，所有的人都被吓退了，我们脚耙手软浑身无骨地坐在地上，互相对望着，摇着头，一句话都不说。心里想，只要滑下去，连一根完整的骨头都捡不到。

不走不行啊，大家决定了一个办法，冰槽对面去几个向导，这边几个向导（向导均是三江的农民），他们都将脚下铲平，力求站稳，并将冰槽砍出一些可以踩半只脚的小冰台，都认为无大碍后，开始渡槽。

首先由我带头，我将左手伸向前面的向导，右手抓住后面的向导，背负天空，缓缓地探出左脚。抖得自己的脚怎么也踩不上小冰台，好不容易踩上去，又被剧烈的抖动滑出了。向导都急出汗了，他急中生智，用另一只手将我的脚按稳在小冰台上，才在浑身打摆子中销魂似的过了冰槽。我在向导的帮助下，好不容易才坐下来，心里慌慌的，有种想呕吐的难受。正当我好受些时，一声"抓住"差点让我灵魂出窍。一位同行脚未踏实，突然滑出冰台，巨大的惯性让他斜了下去，好在另一个向导又抓住了他的衣服。他靠我而坐，浑身颤抖，低着头出着好像一辈子都出不完的粗气。

到得盘龙寺的残垣断壁处时，太阳正在沉落，余光将云块燃烧得透亮，刚刚走过的杜鹃林被涂抹上一层浓郁的酥油，掩盖了那些冷冽的冰槽，黄昏让人静好。

　　黄昏的这份难得的静好被一位向导破坏了。他将枪举过头顶，开始是啪啪的单射，好像有些不过瘾，接着他又啪啪啪，啪啪啪啪啪来了两个短射。这时，他停了一下，将枪换至左手，右手抡圆活动两下，再将枪换回来举过头顶，两只脚用力地踏踏地，叉着，举目望天，大有射天狼的架势，只听嗒嗒嗒嗒的枪声震荡着黄昏的山峰，最后一缕晚霞被射落了，盘龙山沉入寂静的黑暗之中。

　　野炊开始了，半生不熟的稀饭不像稀饭、干饭不是干饭的饭成了美味佳肴，被我们风卷残云一扫而尽。

　　美丽的困倦向我们排山倒海地袭来，没有人可以抵挡这样敦厚而又温软的诱惑。正在这时，另一种反向的诱惑却在进行抗衡。我听见了北风翱翔天宇的声音，那样的声音如巨翅划破了夜幕，就在夜幕被北风席卷时，漫天的圣洁天使轻盈而下，仿佛天宫刹那开启，又好像伞兵铺天而成，只在瞬间，适才还苍黑的盘龙山立马穿玉裹银，清新到有丁点寒冽的空气带着喊喊喳喳的声音浸入肺腑，在胸中倒腾出那么惬意的神清气爽。

　　这样的雪，哪里是搭在上面的彩条布可以承接的。不一会儿，彩条布就从断墙上滑了下来，融雪完全打湿了我们卧睡的地方。我们的困倦变得和积雪一样沉重，都祈望天神木比塔快快收起他的这些天使，然而，木比塔不为所动，更加肆虐地降下这份礼物。

躺下去吧,水在塑料布下叽叽咕咕地唱着地之歌,站起来吧,雪在头顶上嘻嘻哈哈地跳着天之舞,我们就在躺躺站站坐坐中,看着这样的歌舞升平等待着太阳对漫天大雪的灭杀。

我们虔诚的困倦迎来了亲爱的晨光,没有动听的鸟鸣。向导在一派厚实的迷茫中打破了晨光游弋的世界。

"糟尿了,路都找不到了!"

大家从断墙残壁后跑出来,一脚下去,雪没了膝盖,所有的山峰、林盘、草甸都追随美丽的圣洁而去,晨光让这样的美更加灿烂。

草草地吃点东西后,我们开始下山。真是一场初冬的好雪,它掩盖了恐怖,平复了沟槽,让我们能在这样的掩盖中信马由缰,放浪形骸。我们在雪上梭,在雪上滚。满山的欢笑回荡不绝。

因为那场雪,我们开始向往盘龙山,因为盘龙山,我们把三江视为汶川旅游的重地。

因为三江的水力,我们又招商引资,在那几条河上建了近十万千瓦的电站。我们倾力将其打造成汶川的一条经济增长带。

应该说,我们基本做到了。

五年后的2001年3月,我离开了汶川。十八年了,三江成了我始终都走不出去的那一片天蓝地艳的草原。好些时候,眼前都流淌着三江的水,兀立着三江的山。好些时候,耳畔都婉转着冒水子百鸟的鸣唱,弹奏着刘铁匠叮叮当当的三江梵音。

我长成了三江的一棵草，把根深深地扎在三江。我化成了三江的一缕雾，永远都缥缈在三江的盘龙山上。

汶川大地震后的5月13号凌晨2点，我从都江堰出发，中午12点我到达了水磨镇，快速处理完那里的事后，我写了一封短信让人送去三江，表达了对三江的信赖和牵挂，又回头向映秀赶去。5月15日傍晚，接到省领导电话，询问三江有几十个老年骑行队死了多少人，我脑子里一片空白。我只好将旋口的指挥工作交给另一位同事，于16号徒步翻鹞子山赶往三江。那些日子，路走得太多，腿力实在不济，加之又得翻山，心里不发怵是假话，但我别无选择，哪怕爬也得爬到三江去。

让我想不到的是，从水磨到三江的路上，老百姓叫着我的名字，为我竖起大拇指，为我鼓掌，疲惫消失了，劲头上来了。当我走到照壁村时，群众更是盛情沸腾，他们叫着我的名字，端来茶水，递上盐开水，不仅为我解渴，而且为我补充能量。眼泪让我说不出来话。我小跑着往乡政府赶，仿佛听见了广场上那些痛苦的呼叫。

我看见倾斜的教学楼，满街的瓦砾，听见孩子们的哭喊、伤病员的呻吟，我的心碎了。地震已经过去四天了，我才来到三江，我怨恨自己来晚了。

那是怎样的日子啊，中河、西河、黑石江日夜地哭泣，街子、河坝、草坪日夜地哭泣，冒水子、潘达尔、盘龙山也日夜地哭泣。

虹鳟鱼哭了，羊角花哭了，野牛、熊猫都哭了。

记得，是一个夜凉如水的丑时，我从破屋中踱到院坝里，初夏的风让我打着寒噤，心里却空空的什么也没有，涛声和冷风把那些不堪入耳的悲伤送给我，我就想到了尸横遍野的映秀，啼悲号丧的旋口，破烂不堪的水磨，默默地将头望向苍天，我让眼泪流进我的肚子，我知道这块土地再不能承受眼泪的浸泡了。

一年以后，当惠州的鲁市长将一个更加新颖、亮丽、现代的三江以钥匙的形式交给汶川时,我见证了这一庄严而幸福的时刻。

我又站在中河的桥上了，中河拥我而来，将地震的伤痛漂洗成瑰丽的色彩。我徜徉在西河岸边,欣赏着西河新开发的市场、新建的幼儿园、客运中心和那一条崭新的老街，整条西河在碧丽和清歌中从心里流过。

那天晚上，还是三江的涛声三江的河风将映秀、旋口、水磨以至更远更远的那些新鲜的东西送到我的面前，我被辉煌的星光簇拥着，照耀着，我将头向上望去，枕着那皎洁的星光，让每一滴泪珠都与一颗星牵手，我知道那些星的期许。

就这样，三江的鸽子花、羊角花成了当然的风景，三江的鸡心包、冒水子成了自然的风景。三江的水、三江的风将三江滋润出休闲旅游的新颜。成千上万的人去三江，他们躺在凉适的眠床中听三江的夜夜笙歌，他们走在三江馥郁的花香中看三江的处处锦绣。三江的名字用他们的口水浸泡出别样的味道，哪怕吐出去，都散发出奇异的芬芳。

正值三江红颜如桃、身段如葱的大美年华，豺狼一般的中河，蛇蝎一般的黑石江，鬼子一般的西河，乘着 8 月 20 日凌晨的闪电，以强暴的方式偷袭了三江。

三江又变得不堪入目了。

她被污泥裹着，连鼻子、眼睛都找不到了，她被臭水熏着，连一脉体香都闻不着了。中河的浪稀里哗啦地再也没有了礼花爆裂的胜景，西河的纱乌七八糟地再也没有了撒开去那种轻盈的潇洒。昔日人声鼎沸的长廊还翻卷起浊浪排空的狂飙，锅庄广场还回旋着泗水横流的野涛。昨天还齐头停放的一排排漂亮的小车，如今却叠着压着，乱七八糟地挤着，一堆一堆地、一坝一坝地在那里无声地哭泣。在街子的民居里，洪水如跳起摸高的运动健将，在两米多高的壁上留下唇线，残暴地画上到此一游的标记。公路的绳形防护栏上，几乎所有的空隙处都塞满了赤条条的水柴，凌迟处死一般地留下万千被剥的刀痕。那些藤萝野草纠结着，像长发女人被削去的头皮，乱毛和血污将其制成毡饼。彩虹卧波的大桥被折断了，蛟龙锁江的堰堤被掀翻了。当然还有几十条活鲜鲜的生命瞬间无脉了。

然而三江依然是三江，清碧如莲的是三江人的情。洪水来了，乡上的干部无一人逃避，村上的干部无一人逃避，他们都跑向了群众，跑到了老百姓最需要他们的地方去了。呼喊着，奔忙着，他们砸门，他们怒吼，他们骂人，他们甚至推着人走，拉着人跑，背着人逃。泥石流来了，房东没有走，他们指挥着游客往山上躲，哪怕嗓子吼破了，哪怕声音喊丢了，他们依然用游丝一样的气息指引着方位，哪怕哈着气，也要吹出一条生路。手机那微弱的光亮把游客的心照得透明，从房东手中递过去的那床毯子居然温暖了整个三江。

然而三江依然是三江，瑰丽如霞的是三江人的爱。大客车来了，私家车来了，就连老百姓戏称为"官车"的车也来了，三江人将游客亲热地送上车，叮嘱着，泪眼迷蒙地将他们送走。一天之内，几万人都安安全全地走了，剩下了那么多的浑水、淤泥，那么多需要打理的破事、烂事。

三江人没有哭，他们不是不相信眼泪，他们是再也没有眼泪。好些游客劝不走，连骂也骂不走。三江人急了，恳请他们快走。他们说未来几天还有暴雨，灾难的魔鬼随时都还有可能暴虐三江！游客们反倒安慰起他们来了。"你们怕啥呢？我们不走，因为我们从你们的行动中看到了最大的最可靠的最让人放心的安全！"

是啊，无论在什么地方，也无论在什么时候，灾难总是会有的。至于安全也是相比较而言的。在所有的安全之中，心灵呼唤心灵、情爱照亮情爱才是最大的最可靠的最让人放心的安全！三江人搏出了这样的安全。

我看见三江人挥动着铁锹、锄头，操起了高压水泵，他们一锹一锹地、一锄一锄地清铲着灾难，他们一段一段地清洗着灾难。那么坚定的神情，那么从容的打理，就像没有发脾气的中河、西河、黑石江，那么姣好的轻歌，那么柔情的曼舞。

我想，我是再也走不出三江了，我的心被这样的灾难撕裂了，我的心也被这样的灾难安放在三江了。

2019 年 8 月 28 日

我的舅舅是红军

春天一旦染上病毒，所有的花都会吃错药似的泛出牛肝马肺的色泽，在猩红中滴沥出脏器腐烂的味道。

1935年的春天就这样在土门河谷中被一群穿着国军军装的川军用枪炮和刺刀蹂躏着。他们伸出狼狗一样的舌头，猎猎地从每一个村子走过，把恐怖的罩衣穿在了村子里。好些人被他们拉去为他们挖堑壕、筑掩体、修碉堡。活鲜鲜的一沟嫩汪汪的绿硬是被他们用盐巴卤水搓捏得蔫巴巴恹腻腻的不省人事。那些还在远天远地的苦命的革命者，被他们污蔑成棒老二、红胡子、霉老二，所有穷苦人怕的凶神恶煞都无以复加地成了那些人的代名词。

本在穷苦中煎熬得骨头都没有一点油的人们，本是兵荒马乱把胆子都吓破再也愈合不了的人们，哪里还经得起这样的恫吓。人们只好在他们狗嘴里吐不出象牙的一派胡言恶语中惹不起就躲！往哪里躲呀，唯一的去处就是越高越远越深越密的深山老林。

那时的桃坪，没有街市，可以说连像样的屋舍都没有，即使后来被划定为富农的人家也没有红墙绿瓦，四合院落。零星的乡居倒也没有凋敝得日薄西山。更多的人如放出去的羊，散落在那些林木蓊郁的半山上，时不时的鸡鸣狗吠透出有人过日子的气息。繁荣躲得远远的，安谧倒如孩子一样乖巧而肉肉地与之守望相助。

外公外婆是在桃坪开了一爿小店的，名曰"怡和店"。经营布匹杂货，也有一两间闲房可宿客，誉为幺店子。即使现在母亲谈起怡和店时的眉飞色舞和外公在路上躬身一粒粒捡拾玉米的勤苦也会让我们心生绿意。以至前几年她的外孙开餐馆让我为其取名时，她不容我开口就让他们取名"怡和"，可见她对那段岁月的留恋和对父母的缅怀。

桃坪最可去的地方就是胡子岭一带，是千佛山的一条甚为诡异的峰岭，山的那边就是绵阳安县。然而，川军已将马槽到千佛山一线作为阻击敌人的第一道防线，整条防线延展百余里，且以千佛山为最，胡子岭当然就是最中之最了。整个千佛山均为川军精锐重兵把守，拉开了全歼来敌的架势，胡子岭当然也穿上了川军的军装，那里的每一棵树都挂满了武装带，每一个石头上都堆满了枪支和弹药。连每一片树叶都张扬起旗帜的喧响。

再往西去，有黄草坪，是野牛成群的地方。被川军布防为从马槽至三元桥再到黄草坪阻击对方的第二道防线，每一个重要的节点，如七盏灯、三元桥这些地方更是重兵器、重兵集中的地方，扼咽喉之要，断进攻之道。冷冰冰的机枪大炮把野牛都吓得远遁了。第三道防线在土地岭、塔水灯，战线延展几百公里，已紧临县城凤仪镇了，是指挥部的大本营。三道密匝匝的防线，连猴子野牛都钻不过去，更何谈一路进击的"红胡子""霉老二"了。

外公将外婆安顿到他的另一个远在几十公里外山沟里老婆的家里，带上他已满十六岁的儿子，用两匹骡子把家里值钱的东西驮着，在川军第二、三道防线之间的鱼听沟寻找躲避。

这是他唯一的儿子，当然是命根子，是香火，香火岂能断了。川军他看不起，二不跨五（不上不下——编者注），兵不像兵，人不像人。那些"红胡子""霉老二"他更不能让儿子去，那样的队伍被抹黑成男盗女娼，成不了气候。

他们在惶惶不可终日中收拾东西，装裹行囊，安顿这样隐藏那样，东躲西藏，把日子都不知藏哪里去了。

消息越来越紧了，连那些气势汹汹的川军也像被他们蹂躏过的春天那样蔫巴巴地向第二、第三道防线退去了。退走时，他们的家伙还不如他们的嘴硬，逢人便说"红胡子"杀人不眨眼，吃人不吐骨头，用他们烧光抢光杀光的丑恶行径去抹黑"红胡子"的脸。

真是世事难料，那些"红胡子""霉老二"是从天上掉下来的吗？满沟盈谷的川军才十多天时间就风一样地不在了，到处都是破衣烂衫的队伍，说他们是穷苦人的队伍，叫红军！

外公和舅舅是在去鱼听的路上碰上那些破衣烂衫的。瘦巴巴的脸上开出向阳的花，色彩虽不明艳，却显得精气盈胸，神采高远。不像川军说的那样可怕，和自己的长相差不多，胡子是黑的，眼珠子也是黑的。皮肤有些黄过了头，营养不良。倒是有棒老二的天不怕地不怕，却又被牛皮绳一样的东西捆着。外公已来不及躲了，再说地里的玉米刚拖出鸡公尾，哪里也藏不住两匹大黑骡子。只好在心里算计着如何应对，蒙混过关。

"红胡子"走过来，并没有直接去牵他的大黑骡子。几张娃娃脸围着他给他介绍他们是什么人，从哪里来到哪里去，去做什么。每一个娃娃都说着满肚子他没听过的话，如土门河里清汪汪的水和鱼听地里绿油油的玉米苗，青莹莹地让他看到了春天的复苏。看看自己的儿子，十六岁了还毛桃子一样酸涩，黄泥疙瘩似的不省事。儿子生来就是放狗打猎的一把好手，只要听见撵山狗一叫，他浑身是劲，只要一抓起枪，他浑身是胆。满世界的动物，好像只认得狗，遍天下的东西，只与枪亲近。一说起枪，魂都没有了。现在，他的魂就完全系在眼前的那几支枪上了。

你看，他那如黑骡子一般的耳朵竖得直直的，眼睛也如地上的雄鹰对天空充满了向往。破衣烂衫们成了儿子的钻心虫，看穿了他的五脏六腑，如撵山狗一样嗅出了猎物释放的信号，便围了上去，不声不响地和他眉来眼去，用枪刺紧紧地抓住他的目光，用甜言蜜语紧紧地抓住他的心房。他仿佛也看见了他的猎物，猎物与他对视着，他正在寻找属于自己的枪。血气上踊的他心动了。想着放狗打猎的那些事，自由驱驰，看见猎物被击中一头栽倒的那一刻，整个人都快爆炸了，一颗心早就被猎物喷涌的血浇得淋漓透彻了。本是血液里流淌着枪炮声的他，完全陶醉在嗒嗒嗒嗒的枪声中了，那是一种任何鼓点都敲不出来的绝妙音乐。

小红军便把枪递给他，他不敢接。小红军干脆把枪放在他手上。沉甸甸的枪把他的心也弄得沉甸甸的。

他的目光在枪上游走，走得爱不释眼。他用手摸摸枪托、枪管、枪栓、枪扣，脸上洋溢着爱不释手。小红军把枪拿回来，他不松手。另一名战士便将自己肩上的枪取下，将枪栓哗的一声拉出来，娴熟地推上去，再做出瞄准的姿态，一气呵成，只在瞬间。和自己的明火枪相较，真让他眼馋得要死。

外公知道儿子会让他心仪的枪击中，本想尽快脱身，儿子却被小红军们簇拥着去了有着更多红军和老乡的地方。有人排队，都是和儿子年龄相差无几的毛桃小伙子。其中有熟悉的向他招手还给他让位子，他就插在那一个队伍中了。外公心有不甘，又碍于面子不敢在那样的场景败年轻人的兴，只好由着他去。本是去躲战乱和"霉老二"的，反倒把儿子送去前线加入"霉老二"。外公想到儿子都没有了，一切希望都幻灭了，日子也会死蛇一样了无生气，便把两匹黑骡子和两驮子东西全都捐给了红军。

就这样，舅舅义无反顾地和红军走了，外公丢了魂一样回到家里，所有的活和兴致都被儿子带去前线了。

母亲是舅舅参加红军两年后出生的，外公是在母亲出生一年后去世的。外婆给她讲舅舅参加红军这件事时已经解放了。外婆空寂的心田中总是生长着一棵自己种下的会飞的树，无论这棵树生长还是倒下，几十年都在她心里一任地绿着。

我知道舅舅参加红军这件事时，已经又过了几十年。这几十年，舅舅头上的八角帽一直都在母亲的心里八角碉一样耸立着，她总惦记着舅舅，说他没有死。

一度，母亲痴迷于倪萍主持的一档《等等我》的节目，她希望从中看见舅舅向家人发出的寻人启事。陪着那么多失而复得、散而复聚的亲情、友情、乡情、爱情流了不知多少泪，依然没有把心流通，倒是把她心里的八角碉冲刷得更加亮丽雄伟。

现在，她很慎重地给我交代：

"他叫侯勤书，十六岁那年参加的红军，你帮我到处找找。我只有他这一个哥哥。"

母亲的交代，没有任何政治的含义，那是一脉亲情的源远流长。可以想象她心里的春暖花开和血雨腥风。不知她给自己设计了多少重逢的喜悦场面，给她从未见过面的哥哥描绘了多少耄耋老人颤颤巍巍的不屈形象。这种希望中的幻想一直都让她的向往绿意盎然。

在卓克基红军长征纪念馆，我仔细寻找那个叫侯勤书的名字，在川主寺长征碑园的红军长征纪念馆中，我注意辨识侯勤书三个字。甚至在一些历史书籍中我也不放过有记载的烈士英名，都以失望告终。当我把我的失望告诉她时，她的双眼陡然空洞到不存一物，说话也失去了骨力。

"不晓得打死在哪里了？"

带着母亲这么沉重这么久远的疑问，我曾驻足于阿坝草原的一片片丰美而空旷的沼泽，想看见一颗红星的闪耀。我曾停步于垭口山上那一块无墓的碑林，想听见一声生命的至真至美的叹息。我曾在雅安的百丈关寻觅，想找到一棵开满几万条生命的花树。甚至在甘肃的沙漠、新疆的戈壁，我都试图找到那条永不干涸的生命之河。我依然没有完成母亲为我交代的任务，但我要庄严地告诉母亲：妈妈，你看见草原花开了吗？姹紫嫣红的万千花朵都在迎风欢笑，那里肯定有一枚舅舅的笑；你听见黄河奔腾了吗？雄浑浩荡的不绝歌声都在天宇飞翔，那里肯定有一粒音符是舅舅的呐喊！正是因为无数舅舅的壮烈牺牲，才使得地球上的红飘带飘出了人间正道的沧桑巨变。也正是因为无数舅舅的以命相许，才使得那条长征的路走出了一代代的血脉豪气，书写了一代代的青春之歌。

我虽有一个红军舅舅，家里却从未张挂过荣誉证书，母亲也从未领过一分钱的任何补助，享受过一分钱的照顾。即使现在母亲时不时地说起，也仍然只在家里说说，因为红军舅舅，母亲要告诉我们的就不仅仅是她永生都割舍不了的那份情爱和深切缅怀了。

我的舅舅是红军，当我满十二岁举行成人礼时，他没到场为我主持成人礼；当我在家乡完婚的时候，他没到场为我证婚。那些人生最隆重和最喜庆的时候，舅舅总是最尊贵的亲人，总会给外甥带来尊严和幸福。但母亲没有告诉我是有舅舅的，而且是红军舅舅。我失落在没有舅舅的成人礼和婚礼之中。当我知道我有一个红军舅舅后，虽从未晤面，心里却充盈了真正的自豪，即使他如母亲所言"不晓得打死在哪里了"，我依然对他充满了崇敬和爱，对他充满了期待和向往。

也许，这一生我都见不到他了，但我是多么幸福地有一个舅舅呀，他的名字叫红军！

春天一旦被阳光沐浴，所有的景物都会格外明媚，我想着舅舅的那些事，心里滴沥出人世间无上妙品的万千况味。

童年的家风

我实在想不起,我这样家庭的家风究竟是什么?

祖祖辈辈,既没有耕读之家的牌匾,也没有耕读传家的祖训;既没有祖德流芳的教诲,也没有天道酬勤的说辞。记得最牢的是肠胃里没有食物的那份痛,脚板下没有鞋穿的那份苦。好在穷人命大,什么苦痛,何种艰难都可在这个"大"中一筐装了。

说稀里糊涂长大,似有不孝之嫌,说明明白白成人,又觉太过自夸。无论如何,总还是长大成人了。如今,细细想来,正如母亲所言:不是老子养大的,难道是风把你吹大的?

母亲的这句话,是农民的话。从话里可以掂量出"养"和"风"的不一样。

当然,母亲这里的"风"是指自然之风,而非家风,但也从心里道出了一个农民之家,养大一个孩子的不易。一个"养"字就让那么多的母亲操碎了心,还能苛求什么呢?

然而,细细想想,并非如此。这个"养"字是由故乡的五谷杂粮做成的,也是由家传的烟熏火燎做成的。纵然有时很呛人,让人鼻脓口水,有时很灼人,让人痛过疼过,却也成为记忆中一杯色泽深黑的咖啡,让人越往老处活,越觉得够味,深味。

就想:书香之家,那是有书围着的。那么隽永、细致、绵柔的香丝丝缕缕地将人浸泡其中,墨香纸香以至于祖上的肌肤之香女人的脂粉之香都在里面了。那样的教诲,诵读,穷究,格物。风从后花园的花树之中,从荷塘中的莲藕之中入得厅堂,书房,将人吹拂得逸然如仙,滋润得通体似玉,何其美也!

又想:圣贤之第。那是有知识、智慧、贤德的流脉的。自小就有先生摇头摆脑,自我陶醉地导引,就有大场面、大官人、大志向的风帆。或许,风从庙堂降临,或许,风从高门掠过,清凉,温酥,强身,何其壮哉!

如我之茅屋之门,不说家有藏书,更不说堂有圣贤,既无书香之风穿堂而过,更无圣贤之光沐浴屋宇。自小便与土地结缘,识得田里的稼禾野草,知晓山上的花草林木。常在溪声中扯猪草,也常在鸟鸣中牧牛羊。贪玩后,猪草不满背,还在晨梦中就听母亲在剁猪草时的骂声中飞翔:"老子今天把你按在猪槽里去让猪啃。"如实在太少,只能给猪煮锅汤,我就只好被母亲揭开被子,让愤怒的黄荆条子伺候了。黄荆条子抽在身上,骂声在屋里绕梁而飞。"老子看你以后还敢不敢骗我,看你以后还敢不敢懒。懒是万恶之源,人只要一懒,这辈子你就废了。"这样的家教不乏其例,"再不起来,屎都没有你吃的了。"吃屎也要抢头一口啊！这是让人勤快，让人争先。在读书上，母亲常说："养儿不读书，等于养条猪。""当睁眼瞎的日子，不是人过的。"

她对子女没有那么高远的寄托，只希望读几天书，识几个字，找个轻松的活路做，不要再像她一样背太阳过山，当一辈子的黄泥巴脚杆。她教育我们：做人手脚要干净，小偷针，大偷金。小偷油，大偷牛。让我们做事要本分老实，认真踏实。人哄地皮，地哄肚皮。不要油嘴滑舌，是一就是一，是二就是二。她让我们要广结善缘，广交朋友。狗给你咬一口，你也去给狗咬一口吗？困难时人家给你一碗面，你以后要给人家一桶面。这样的一些话，总是声怨色厉，总是悲愤交加，以至于泣血落泪。

再看看父亲，很难听得他这样的教诲。只要他不爽了，本来是几句高压锅放气时的直喷就可以平息，他非得大打出手，不是拳脚相加，而是棍棒相加。按他的话说：不给你捶在身上，你记不住。这不算啥，最让人长记性的是让人跪在荞子上，荞棱子深深地往肉里嵌，动也不敢，起更不敢。现在说这样的行为是体罚，是家暴，是不人道。在那时都是父亲的权力，是父为子纲的体现。

但父母更多的是默默无闻地在土地上耕耘，在天地间劳作。用他们勤劳的双手来打理一家人艰难的日子，用他们不歇的双脚来丈量一家人坎坷的旅程。他们用实际行动为子女诠释艰苦奋斗、勤俭持家、坚韧不拔、不懈努力。这岂是一个"风"字可以概括的，它彻底成为血脉之中的顽强基因，轰轰烈烈地在我们的血管里奔腾。

对于儿子，我们也没有一套管教的规矩，看见不顺眼就打，听见不顺耳就骂。本可以从祖辈父辈那里获得可以温润一些、惠畅一些的东西，却终归是难有抽象，难有疏通和交流。总以为身教重于言传，吼破嗓子，不如做出样子，宁当行动的巨人，不当语言的巨人。

再往下走，老一套根本行不通了。手还没举起，孙女就说爷爷不许打人。正欲骂人，孙儿却说爷爷是作家，怎么会骂人呢？纸质的书无香了，我们以前的故事无味了。电子书，世界童话，宇宙奇幻大行其道，让他们乐此不疲，向往不已。一个花花世界，一个奇幻宇宙，就诱惑着他们的奇思妙想，让他们脱离大地，脱离家庭，时风、世风将他们吹高吹远。

就想，以前形成的家教、家训、家传，以至于家风，还可让他们在春天开花、夏天铺绿、秋天熟果吗？

又想，家风亦只是时风、社风、民风的一种回应。何况，现如今，世风拂过，更添了众多色彩，夹杂了更馥郁的香味，让家风更有些不知往哪儿吹了。

再想，无论世界多么繁复，社会多么变幻，一个"勤"字总是离不了的，一个"苦"字总也少不得的，这也是从祖上传下的，并已在血脉中流经了这么长的岁月，铸就了这么多代以勤苦成家成人成立的人。终归是经得起大场面的检验、大海洋的淘洗的。

于是，就在家里立一个牌匾或写一副对联：天下事唯勤可久，家中业只苦能远。

闰　娃

闰娃比我大一岁，应该是闰月所生，闰几月，没问过。我和闰娃的好，是五十年前结下的。按理说，不应该。他家成分不好，地主。我们生产队仅有两户，他家就占去了百分之五十。印象中他没有父亲，以后听大人说，他爸爸是新中国成立后被盒子炮打死的。我家是贫农，两个水火不容的阶级。那时的成分真的可以杀死一家人。他家本住在村里的，因了这成分，队上将他们扫地出队，赶到半山的包包上去住了。他们住的房子恰好是我家下山前的祖屋，共三间，他们住了堂屋右边的那间。又恰好我爸爸被误诊为麻风，必须离群索居，也只好回了他儿时住过的老房子，居于堂屋的左边。隔着堂屋，一边是地主，一边是麻风。一个是罪恶滔天，一个是胜过鬼怪。

两个被逐出村的祸害，倒在祖上的老房子里和睦相处了。由于爸爸的病，我们在村里的日子并不比地主好过。村上任何孩子都可戳我们的痛处，叫我们比"地主"还更伤心的"小麻风"。正是这样，我和闰娃有了共同的难堪，这种难堪成为做朋友的基础。

一个春天的暖阳，诱使我们一群孩子到包包上扯猪草。正值树叶由芽苞舒张开去的时候，祖屋的对面坡上，满坡的细叶青冈正在醒来，一树树绸片子似的嫩叶柔美得让人陶醉。老树桩上新抽条的叶子，阔大而温润，小树上的叶子簇新而鹅黄，那些雄树上金黄的穗子相聚而生，垂垂而下，甚是热闹。我们就这样在这一派柔和的春色中采摘那些叶子和花絮。

闰娃是不能进到我们的行列的。他和我们远远地隔着，一种童年的孤独在春光中徘徊着，这样的孤独召唤着我，我向他走去。三哥很严厉地制止我，我不为所止。三哥骂我小麻风，小地主，我依然不为所惧。我被三哥告知说，只要你和小地主一起，我就把你开除出小朋友队伍（我们当时成立的由五个小朋友组成的队伍），这样的恐吓我根本不怕。好在闰娃也不怕，他迎我而来。我俩放下猪草背篼，对视着什么都不说。过一会儿，他站起来，娴熟地去摘那些手感十分细嫩的树叶了，一把把地往我背篼里装，我被三哥开除后的那份空被他脸上的憨笑填满了。

背篼满了后，我们回到那间老屋，他去地里掐了些蒜苗，不多时，满屋蒜苗的香就冲鼻而入了。三哥还在对面的山坡上批判地主似的愤怒地批判我，我却被闰娃的蒜苗稀饭吃得口齿留香。从此，闰娃就在我心里生长了。这样的生长，当然有很多让人担心的时候。我就想，他一个小孩子，住在半山上，对面山上就是林子，野猪、老熊时时出没，老屋下面是以前敌人打红军的堑壕，壕沟里不知埋了多少死鬼，他就不怕吗？

去水井窝背水也要穿过一片林子，路边上有一个山一样大的蛇石包，各种蛇都云集于此，他也不怕吗？他母亲不仅要劳作，好些晚上还得接受批斗，回家已是月过中天了，一个人守着那么大间房，他还是不怕吗？天旱之时，水井窝的水干了，他就会下到河坝来背水，人小桶大，像屎壳郎背着一个大粪球，只一个空桶就够他受了，还得装水。且不说水泼头而下的难堪，只那一段陡峭的山路他如何应对得了呀！

好些时候，我隔着那条并不大的土门河看见他小小的身躯在大山前摇来晃去，蚂蚁上树似的往山上爬去，心里不是滋味。

那一年涨大水，河里的鱼被呛得半死，村上所有的男人都下河捞鱼去了。没有男人的家就显出极度的贫弱，我期待爸爸给我们带来大鱼，但他在一河阻隔的半山上。我望着被夏雨泡着的祖屋，再凝视汹涌澎湃的惊涛骇浪，除恐惧外什么都难以成形。

很久以后，雨把天已洗出几分明丽，河水开始退去，爸爸才和闰娃出现在那片葱郁的玉米地里，如快速冲锋在青纱帐里的游击队，晃眼间就站在了河边。父亲下到水里，将背篼潜下去，向上游送一下，提起来，鱼就被倒在岸上了。勇敢的闰娃居然也敢下到洪水中，用背篼去舀鱼，虽只颤颤巍巍地在边上，那也是一种惊人的胆量哩。我真的有些佩服他了。

那些年，成分不好的孩子是不能读书的，知识也有成分。我和知识的成分是一样的，所以我就一直和知识同行，与闰娃就日渐远离了。那时，与知识成分一致的人家里很少有书，如闰娃这般不能读书的人家里反倒有书。我读的第一本小说《林海雪原》就是他悄悄偷出来让我读的，至今内疚的是书丢了，他哥狠狠地骂了他一顿。

最让我心存感激的是高中毕业后回家当知青，去灌子沟抬木头，我力气小，不好配对。闰娃不嫌弃我，每一次，他都抬重的那一头，总是走前面。要知道，我们是由沟底向山梁上抬，走在前面不仅费力，而且对肩的损伤也大，更重要的是工分都一样。他很少言语，默默的。别人说你就不怕吃亏？他笑笑，力气是使不完的，有啥子吃不吃亏。几天后，我真的吃不消了，肩膀磨破了，化脓了。他依然默不作声，只是在抬木头时，让更多的重量压在他的肩上，依然怡然于心的样子。

整整半个月，尽管我的肩好了又破破了又好，尽管我的力气有所增强，闰娃还是那样，开开心心地为我承受更多的压力。如今还看见他稳扎扎的步子，踩在故乡陡峭坎坷的山道上，一步两步，一程两程，让我的心里清艳如莲。

这以后，我就再也没有和他一起配对劳作过了。那种用力构织的情景和心境，至今在我心里美美地存活着。总是想找个机会好好地谢谢闰娃，总是没有。这样说似乎有些推脱，几十年的日子，找不到一个机会？关键是找不到一个像抬木头那样自然承重的机会。

记得二十世纪九十年代中叶，我回村里去，到闰娃家转了一圈，他不在家，看见他的房子的所有窗格子都被风鼓着，听见风在格子里窸窸窣窣地说着话，心里难免也唏嘘起来。我找来一根小棍子，将窗格的尺寸一一量过，并把所有的窗格记入心中。回去后，我找了玻璃门市，为其购回玻璃，给他送去。

这么一件小事，让他甚为感动，我的心稍许好受了些。又过了些时日，终于可以在家乡兴办企业了。我们那地方穷，从未见过工业。地把人都种出山味了，家家都穷得舀水不上锅，就盼着有个找零花钱的地方。

征地时，大家居然不知道土地可以卖钱，而且一亩地好几万。征地开始后不久，好些亲戚都来找我把他的地征了，又是请吃饭，又是送鸡蛋猪膘。只有闰娃连我的照面都不打，人影子都见不到。即使偶尔远远地看他过来了，一眨眼他又拐到其他地方去了。企业建成后，好些人又找我帮忙找岗位，天远地远地找关系托人情，一定要帮这个忙，大恩大德没齿难忘。可闰娃就杵在鼻子下，不知是他的鼻子确实太大把嘴压住开不了口，还是我确实太高攀不上，反正他不找，爱管就顺便管一下，不爱管也不往心里去。不愿为自己的鸡毛蒜皮之事让我难为。我呢，久了不见,也不记挂他了,不知他对我有没有什么念想。

这么好的一个朋友,我就这样把他冷淡了。不是岁月,不是空间,而是一种人生的落差,是一种职业的距离。他的日子并不好过,婆娘讨得晚,还是一个病坨坨,家里的那副担子就由他全挑了。好在上天眷顾他,让他有了一个好儿子。又过了些年,听母亲说他在一个厂里扫地。那时他已快六十岁了。我这心里一下就涌出莫名的酸痛。我有些不相信地望着母亲,母亲很肯定地说,就在电石厂!

我有意去到电石厂,还在厂门口,就听见唰唰的声音,循声看去,闰娃的背影呈现在那里,已有些老旧的衣服应和着零乱的声音,那副身板依然挺直。我向他走去,他看见了我,快步去到车间,隐匿起来了。我心里难免惆怅。就想到几十年以前我从那片细青冈叶子的丝绒中向他走去时他迎我而来的喜悦和急迫。孤独让他害怕。现在他怕我如鬼,陈年的孤独把他浸泡成一块冰冷的石头,让我好生害怕。

何曾想到,一个朋友形同路人时的景象,何以那么地生硬、疏远。这时,我才知晓闰娃那心里一丝丝的心景,苦也,痛也,冷也,灼也,都不足以去陈述。那天,母亲对我说,闰娃的儿子当队长了。我问母亲如何,母亲说也不如何,人倒是本分。我想:本分就好。又一天,我在村支部会议室开会,看见闰娃的儿子,个子比他老子高出一头,身板也更宽厚,确也像母亲说的那样。母亲没有说的是，他比他老子会说，像一个真正的队长，很自信。我真就喜欢上这个队长了。春节前回家，母亲生病住院，父亲陪她去都江堰了，空空的家里实在有些冷清，我便请人去叫闰娃和他儿子到家里来。这是我第一次主动去请闰娃，还真怕请不动，倒不是他对我拿架子，可能是他怕见我，正如以前我们怕见地主一样，或许不像。

  他来了，和我的猜想南辕北辙。细细的笑在脸上轻轻地漾动，不说话，也觉他说了满屋子的话，叮叮咣咣地如照在水波上的月色。儿子说了些队上的事，诸如修路、兴业方面的大事。好一阵，我无言地听着。也许是他忧着那些事，怕队长的话分量不够，这才说，他当这么大个官，让我心里很不踏实，你帮帮他，也等于帮我。我没有想到他是来为儿子求情的。

  是啊，在一些事上，有时一个人的面子可以把一个村子包起来。我们就这样聊着，没有什么龙门阵可以摆得这样缓慢而深情。几十年的沉淀，岁月把一切都发酵得那么醇厚绵软，让人沉浸其间，回味深长。他俩走了，故乡的夜色把他们包裹起来，路灯昏黄的光辉让他们有些土地的色晕，当他们渐渐远去时，土地的气脉就升腾起来。我突然觉得闰娃被土地吮吸了，让故乡的土地生发出乡野的原生风景。

逆流而上的父亲

那些白石被父亲从故乡的河道中捡拾回来，又被他规规整整地从偌大的被他刨削过的古树疙瘩上沿着树根匠心独运地堆码起来，如白云环山而上，如羊群依山而行。或泛着岁月的光泽，或印着流水的韵律，或蓄着运动的力量，或储着静默的内敛，显得那么高洁而厚重，又显得那么深远而恒久。

看着这些有点意思的石头，我问父亲："什么时候开始捡石头的？"

"几年了。"

"为啥？"

"不好要！"

"现在为啥又不捡了呢？"

"去年大水泥石流以后就再也捡不到了。"

他的表情十分苦涩，目光再次紧盯在那些白石上，不是欣赏却远远地胜过欣赏，不是留念却远远地超越留念。他的沉思把我带到久远的过去。

一

十八岁那年，他被队上派去参加乡上的副业队，到千佛山下烧炭，副业队的人不多，清一色的小伙子，千篇一律的活路。砍树、截材、传运、装窑、点火、过火（过火期间，人们便往山下背运木炭）、出窑、背运。整天忙得两头不见天。尽管小伙子们干劲冲天，牛皮烘烘，但毕竟远离了家人，深山老林中连只猴子跑过都是公的，十多条光棍只好以骚龙门阵打打牙祭。时间一长，无论骚到多么深沉的龙门阵都难以消除身体的本能所需，他们感到了深山老林莫大的不适和烧炭翁深不见底的孤独。

然而，任何孤独都不能打发那时的日子，穷酸的日子如被粘在树上的蝉，闷闷不乐地把人的心都叫出了火的颜色。

父亲是队里的头，在那一群年轻人中，谁都知道"头"的含义，父亲当然更知晓他该做什么。最危险的地方他去，最重的活他干，最苦的味他尝，最难的题他解。

尽管当时没有现代的炭窑，但家乡传统的窑也不乏为最先进的窑。窑分鸡罩窑和马窑，前者主要用于烧黑炭，装窑时，柴筒子横放，过火以后，炭的颜色很黑，甚至于炭成以后树皮依然其上。后者主要用于烧白炭，装窑时，柴筒子得立着装，武士一般地成建制立队。过火以后，炭的颜色较之黑炭浅一些，甚至炭体上偶有盐迹似的白点或白斑，炭形以整根为主，强度较之前者硬，轻击炭体，当当有声，其韵悠长。再燃之后，发热甚烈，灰白而少，故有百斤炭后四两灰的美称，百姓均喜，铁匠尤甚。再异者，白炭出窑以后得马上浆窑，否则，待窑冷却以后，余热散去，会增加过火的时间。浆窑便是烧白炭中最苦最累最不是人干的活。

这活就只得头儿去干，而且是头儿包了的活。

每次出窑以后，父亲便用层层棕衣细心地包裹好脚和腿，准备了黄泥浆，踩着厚厚的积雪，去干头儿的活。当他钻进窑子时，闷在窑里的蒸汽便严严实实地包围了他，热烘烘地炙烤着他，湿腾腾地蒸闷着他。"那份罪呀，是活人难受的。有时就想下地狱也不过如此了。"脚底下是七八十度的高温，周围是五六十度的湿热，就在这样的环境中，父亲以他过人的毅力和头儿的意志与高温和湿热较劲。他将泥浆用手一坨坨地砸向那些开裂的口子，再用手平铺着抹开。热窑再次将泥浆的水分蒸出来，肆无忌惮地加入火热之中，窑内的热气再一次聚合，集结，形成更大的围困。

父亲凭着他的老到和经验，不为热惧，不为汽迷，娴熟地上下左右浆合每一条马窑张开的血腥大口。尽管在窑里工作的时间不长，工作强度不大，但每次对他身体的损伤都是常人不可想象的。

每一次浆窑出来,他都会如浆窑的黄泥一样自然地瘫倒在窑前,张着大口出一阵带火星子的气,成为一个失去重量不知云里雾里的皮囊,好久都不能自己给自己充气。

有一次浆窑,由于棕衣包得不结实,他的脚被窑烫伤,被队友们背下山治疗,足足医了一个多月。

这一月中,母亲天天照顾他,看见他如黄泥一般溃腐的伤口,结婚不久的母亲伤心地流着泪,让他再不要去深山老林了。野性有余的父亲被母亲的柔情所打动,也动摇了归山为炭翁的决心。但痊愈以后,他又变了,又离母亲而去,去山里做烧炭翁了。他没有听母亲的话,不再去浆窑,也没有安排其他的队友浆窑,他怕别人不熟悉,更怕浆不好,依然我行我素地把这份活独揽了。

他虽然未被热窑蒸熟,也没有被烧干,但他的体内已储存了足以让他毁灭或终身难除的大病。

这么不足挂齿的"头儿",却勇敢地担起了那份沉甸甸的责任、守住了那份寡淡淡的孤独、诠释了那个小巧巧的"头儿"。

二

父亲生来就是不合群的命。

烧炭归来不久,又去黄水沟改板子。

当时,乡里要建农具厂,抽调一批会改锯的匠人去山上。他有这个手艺,他就又从一座山转战到一条沟里去了。

在那里,活路没有烧炭那么累,日子也没有烧炭那么苦,只有思念家人的那份情怀比以前深沉和厚重了,有时可以把他压得连气都透不过来。

好在这段日子并不长。

他又回到了家里,过上有盐有味的日子;他又回到了生产队那些轰轰烈烈的劳动场面和嘻哈打闹的生活场景中,弥足珍贵。

很快,农具厂建成了,乡里有了工厂,厂里主要是手工生产农具。机灵而又劲头十足的他又被派去农具厂学打铁。

很多诗人描写过打铁的诗歌,那真是一幅十分鲜活的生产场景,"黄铁匠扯红炉烧黑炭坐南向北打东西",铁锤的叮当之声悦耳动听,特别是掌火的师傅可以在大小锤的节奏转换中得心应手地敲出一连串的绝妙音乐,让整座工厂都为之清越跌宕。

父亲是学徒工,当然只得抡大锤用蛮力。

那时,我已记事,印象中,他总是腰拴一羊皮围裙,走起路来,围裙就发出齐刷刷的声响,抡大锤时大锤呼呼生风,划出的弧线一圈圈地缠在自己让火光投放的影子里。他的锤点无论是抡圆了砸下,还是从胸前敲打,总是那么准,紧紧地跟在师傅的锤点之后。他的锤力总是那么适度，该重时雷霆万钧，让方铁迅即变得平坦，该轻时蜻蜓点水，让薄刃悠然延展，不用察师傅的言，更不用观师傅的色，只需听师傅的锤音便可心领神会，默契配合。师徒二人时时会用锤子敲击出一首首乡间野岭的天籁之歌，有如豪歌席卷山谷，有如曼妙浸润故土，让河水为之回旋、白云为之缭绕、行人为之驻足。

当师傅以一串由强而弱的锤音示意他这一番锤打或敲击到此为止时，父亲便将大锤往砧边一立，用袖口横抹满脸的汗水后，握住风箱的把手，呼噜呼噜地扯拉风箱，让炉膛里的炭火燃得亮汪汪的。

晚上，回到家，他还不敢有片刻的休息，他是家里的顶梁柱，尽管他排行老二，但大爹已分家另立门户，下面还有两个弟弟，所以他还得拣家务中的重活做，去河里背水，去山上背柴，星月总是他最好的伙伴，清风总是他最好的知己。

很多年以后，他还回味说：打铁那活路一股黑水往下流，可队上的很多人当时却眼红了，说我们家是一股银水往里流。

的确，当工业文明与农业文明结伴而行时，工业文明总会在行程中显出它的卓越，金钱总会毫不思索地站在这端。

时间一长，他们就看准了需求，找到了自己赚钱的路线。从没有读过书的两个文盲，却把供求规律玩转在铁锤之间。

他们除了把该做的工作做得尽善尽美，拒绝闲话，还在工作之余学会了做枪。那些年，一则日子不好过，有了枪就等于家里有了家畜场；二则野物多，糟蹋庄稼，有了枪便可威慑和打击野物。远近的农家都希望有支火枪。

百里之内，唯有他们有这门绝技，上门求枪的人如潮而至，他们倾力给以满足，实在满足不了的尽可能讲明缘由，求得谅解。这东西事关重大，出不得丁点纰漏，如有隐患，要么枪支伤人，要么被野兽所伤，因此，必须一丝不苟，精益求精，既不能出质量事故，也不能出技术故障。从枪筒的长度、口径的大小、材质的优劣、准星的校核，特别是着火点的设置和子弹穿行路道的光洁等他们都慎之又慎，不留下点滴遗憾，不存丝毫的瑕疵。

除了这些过经过脉的以外，他们还不放过线条的优美、枪身的匀称、枪体的重量。每一支枪造完以后，他们还得自己去试射场射击，反复摸索试射中的规律，找到存在的不足，该修正的修正，实在修正不了的，给顾客讲清楚，以利猎手在射击前已将枪的基本情况和注意事项了然于心。

这一招果然灵验，凡购者均说枪好使，杀伤力强，后坐力小。渐渐地他们的名声不胫而走，声名鹊起，成为一个十分了得的枪店，价钱越来越贵，生意越来越好，甚至到了一枪难求的地步。

生意红了，一些人眼睛也红了，红到极致时就得病了。这病具有传染性，同时便不断地扩散开去，成为一种社会病。与其这样，不如那样，父亲就成了那些得病人的吃药者，乖乖地回到大集体与大家一起与天斗，其乐无穷；与地斗，其乐无穷；与人斗，其乐无穷；与穷斗，亦其乐无穷。

人们都说父亲为另类，有点被疏远有点被孤立。鹤立鸡群是孤傲，鸡入鹤群应是自惭和形秽吧。

三

父亲吃了不该自己吃的药而得错了病。

乡里的医生说：怕是麻风病吧。

父亲被着着实实地吓得差点就憋气了。

他不信，咋会得这种既吓人又怪的病呢？这一急，他就又去山里找了有名望的中医诊断，名医不知是安慰他还是真的就看到了症结，思索良久才冒出一句不着边的话："湿火穿皮。"

他心里依然不踏实，怕真是前者，那可不得了呀！不说一个生产队，就是一个乡、一个区几十上百年也难得出一个呀！要是伟人当然可引以为傲，关键这是病人，是不洁之病，在村里、乡里都被视为洪水猛兽，见不得人，拜不得客的病哩。他便独自一人去成都坝子求医，医生的诊断把他彻底击倒了。医生尽管也不完全确诊，但说通过现象估计有麻风的症状。这是成都，当时有几个得病的可以到成都问诊？因此，父亲宁可信其真不可信其假。

在回家的路上，他万般纠结，不知如何给母亲交代。好在公社已十分警觉，天天都有人上门问他归家没有，前脚刚跨进大门，后脚就有乡上的领导跟进。

"根据你的病，你必须在三日之内离开桃坪，到理县的麻风沟隔离医治。"

父亲落入了深不见底的黑暗。他站在薄如刀刃的孤寂之尖，临渊喟叹。他不敢靠近我们，怕真把麻风传给我们。他不愿也不敢远离我们，母亲的身体不好，老三又孕育在怀等待分娩。我当时不到九岁，老二不到四岁，虽还有一个随母亲同到父亲家的姐姐，但也难替母亲分忧解难。加之母亲成分不好，那些年又正值火山活跃期，成分不好的人随时都可能被喷吐的岩浆化为尘埃。

他前前后后地想了很多，想了很久。他心存侥幸的是所有医生都没有铁板钉钉地诊断出他就是麻风，都在说大致、可能、征兆。但愿这一丝的希望成为真相，成为几十年人生的正常归途。以此，他找到了不去麻风沟的理由，母亲是坚信父亲的，并且是以命相许、以情相守、以爱相伴的。不管发生什么，她都会与他走到人生的终点。他说服了公社、村里的领导。

他独自一人搬去了包包上——一个坐落在我家对面的半山腰上、一个曾经孕育了他和爷爷他们两代人的老房子里，住在原来他住过的房间里，虽已梁蛀瓦疏，地烂墙破，但那里毕竟有他童年的悲喜苦乐。让他最放心的即是一眼便可鸟瞰整个庄子，一嗓子便可喊醒全家的人。

现在，父亲形单影只地坐在老房子里，认真地想一些该自己去想该一个父亲和丈夫去考虑的事情，他想到我们面黄体弱的身影，听到我们啼饥号寒的声音，看到我们家徒四壁的日子。他不能束手山野，他不能懒散山林，更不能堕落成病、无聊成瘾、软弱成性。他是两腿间夹条屎的男人，男人自有男人的天性，丈夫自有丈夫的血性，父亲自有父亲的心性。

以前的离家都是因公而出，挣得几个工分，养家糊口，更多的是为生产队为集体贡献一些价值，让他人分享副业和他的年轻的红利。如今他是病人，是不能再与集体共舞的病人，大家都怕他，视他为妖怪魔鬼，唯恐躲之不及。只有家人不怕他、不拒他，他必须全身而为。他有足够的力量和智慧为这个家谋取丰衣足食。

说干就干，先易后难，先饱后暖。

他把斧头和镰刀磨得锋快，独身一人上到紧邻集体土地的山坡上，在挥汗如雨中舞动着斧头和镰刀，一棵棵树应声倒下，一丛丛荆棘刀过而断。几天工夫，便砍下一片几亩地的面积。太阳火辣辣地在几日之中将树叶变黄晒焦，树皮开始破裂。他把以前的圈舍修补完好，搭一个草棚，买回一头小猪，小猪便成了他的一个伴儿,等待着他的喂养,消遣着他的一些空落。

秋风一到,一把火轰轰烈烈地把那些树和草烧过,土地的样子活生生地还原了,虽然还有焦煳的余味,但土地的芬芳已开始散发。他站在土地上将"三片瓦,盖座庙,里面坐个白老道"的荞种随心所欲地信手撒出去,再用尖锄轻轻钩一遍。回到老房子喝几口冷水,满坡的荞花就粉扑扑地热烈开放,潮水似的漫坡而下,一直开到他心房,让他的心一下就活活地软化开去。几十年呀!什么时候感受过花开艳丽,什么时候享受过如此的花季人生。

祸兮福所倚。

那年的荞子收成特别好,籽实饱满,硕果累累。小猪也特别懂事,从不挑食,什么东西一到了它的嘴里都成了山珍美味,埋头扑食的那个吃相连父亲都羡慕。

割完荞子,父亲又把菜籽撒在地里。

大雪把"年"赶进家里的时候,父亲把粮食背回来了,肥猪赶回来了。那是一个有吃有喝的"年",还是一个好玩的"年"。

父亲送给我的过年礼物是他亲手为我们制作的牛儿(陀螺),造型优美,选材优良,并在牛儿的脚心打一颗钉子,以此增加它的惯性。在小伙伴大年初一的牛儿比赛中,它以转得快转得久、好看获得大家的青睐。

自此以后"年"在我的心中才显得有一些分量和盼头。

"年"过不久,沙坡上的油菜花就金灿灿地开了,春风把菜花的油香吹到四方,蜜蜂来了,鸟儿也来了,赶场①似的十分热闹。

玉米种上以后,就有些闲暇的日子。没有事做的日子反倒不好伺候。于是,他又谋划做点什么其他可以挣钱的。

是时,"文化大革命"已经如火如荼地烧起来了。

"破四旧""立四新"成为革命的时尚和标志。封建迷信的东西统统要被革命,于是很多以前以香、蜡、纸钱为生的人纷纷收手,谁也不愿被革命。

几千年的东西,不是说破就完全破得了的,即使革命,也有不怕的,因此民间对此的需求是存在的,这个市场只是从显性变为了隐性,商机是巨大的。

精明的父亲看到了这一点。

谁愿意和一个病人过不去呢?

谁敢来革麻风的病呢,那不是明摆着找死吗?想着这一点,父亲窃喜,多么漂亮的一件锋芒毕露的金色外衣呀!

他如一个拿捏市场的高手,紧盯着这千载难逢的机遇,悄然出动了,遍访远方制作香蜡的高手,拜师学艺,很快就学到了这门很简单的技术。

他爬上臭椿树,用力将那些树枝拉入怀,将树叶采摘进背

---

① 指赶集。

筻里,他上山去树林中采摘香柏枝叶。最难找的莫过于秤杠藤叶,不仅难找,而且叶很少。基本上都长在刺笆里,好不容易找到一株采摘起来却十分艰难,必须小心翼翼地一片片、一张张慢慢地摘,稍不注意,锋利的刺针就会刺破皮肤,弄得鲜血淋漓。

他把这些树叶暴晒在烈日下,只需几日,叶子便干脆到极致,再用手磨将这些干脆的叶子磨成粉末,用竹棍均匀地裹起来,一枝枝香就成了。消息怎么传送出去的,鬼才知道哩!但的确有人摸黑在晚上到山上去找他购香。他依着以前自己买香的价格还价,香客们根本二话不说就掏钱,货一到手,就小偷似的溜了。这甜头真是太大了,他可从没挣过如此轻巧的钱呀!于是他百倍地珍惜这次机遇,披星戴月地劳作。近处的树叶采光了,他深入大山,涉足他乡,晒树叶的地方不够了,或遇阴雨天,他就架起毛边锅用火炒。小小的老房子,成了他的大工厂,成了他的供销社。

消息由近而远,香客也由少到多,不仅晚上,白天也一批批地冒天下之大不韪前来购货,小路成了大路,老房子成了新市场。当人们用不同的方式表达对毛主席的忠心时,有人因地取材用这种原材料在木板上制作毛主席像,他又成了这些头脑发热者的原料供应商,这种用量、这种需求十倍百倍地超过制作香的量。供不应求时,价格一下就涨了,甚至涨到不计价格。

父亲没有想到,为什么这些树叶粉会成为那么贵重的东西,那么价值连城。包包上这个从未打上革命色彩的地方却成了人们的向往之地,造反派得去,保守派也不得不去,他怎么就成了革命的中心。那些头脑发热的人在这种时候什么都忘了,与一个麻风病人说话、交易。只有父亲明白他在做什么,做这些是为什么。他家有几张饥饿的嘴,有几条被破衣烂衫裹住的身子,一间快挤破的房子。

队上的人渐渐地觉得不对劲,有些干部将目光落在了包包上,必须看清楚麻风人在做什么。当知道他做的与革命对抗时,他们就绝不同意了,他们找到父亲,批判他的行为,三言两语,最后通缉。父亲已在那一年多时间中赚得盆满钵满了,听了他们的话,息业了。

那几天,他在思考,接下来该做什么?多开荒地吧,粮食多了目标太大,多喂肥猪吧,肉多了也不敢销。踌躇之中,他躺在老房子的大石包上,风吹着他的心花,那心花就再一次开放了,开放在一种自我需求的满足中,开放在一种责任实现的神圣中,开放在一种价值的放大中。他为他在这种时期、这种家境、这种历史条件下得错了病而高兴,他甚至觉得这病要这样一直得下去才好。

在他实在想不出什么挣钱门路时,他就到北川县的中心区去了解情况,他看到了卖药材的排成长队,看到了卖皮张的、熊胆的、麝香的,还看到了卖树籽的。他对树籽产生了兴趣,仔细地询问了杜仲、麻柳等树籽的情况。

归来的路上，他若有所思，为啥只隔几十公里的北川什么都可以买，为啥他们那边的东西那么丰富。他再一次地想到凤仪（茂县县城）那么好的地方都缺吃少穿的，每年的三四月间青黄不接时，成群的人们腰缠绳索，肩搭口袋，赶鸭子似的去北川中心、白石、马槽买粮食。他的眼前也再次看到生产队土地上草比粮食好、人比狗还懒的场面，百思不得其解。

父亲这样，我们心存感激，身感温暖，但我们全家却也倍受冷眼和遗弃。我们成了另类，成了鬼怪妖孽。母亲和姐姐在队上劳动时抬不起头、受排挤，我们在小伙伴中受孤立打击，每每与他们闹矛盾或主动靠近时，他们都会喊着父亲的名字骂我们是小麻风，这一招真是狠到了极点，恶毒到了在伤口上撒盐。哪怕我们用小朋友惯用的手段将家里的肉偷出去与他们共享，甚至给他们买糖，他们依然不领情，或者将东西吃了后又扬长而去，还要恶狠狠地说：不与小麻风耍。鸡也飞了，蛋也打了。

父亲很少下山，即使回家也是深更半夜。他回家不是与母亲亲热，即使母亲有那份焦渴，父亲也坚决不干。一次，母亲假借去扯猪草，有意拖到天黑，想以此与他过夜，父亲却黑了脸发脾气，赶着母亲走。母亲亦步亦趋地流着泪不愿离去，父亲却提高嗓门，打雷似的撵她。母亲理解他，久久地凝望着那扇关着的门,边哭边摸黑回家。

母亲很心疼父亲,家里煮了好吃的,必须让我给父亲送去。我胆子小,不敢去,母亲就给我说,害怕时就唱歌,啥都给吓跑了。但我每次把东西送去后,回来的路上还是毛骨悚然。我大爹的坟就埋在河坝坪的玉米地里,每次经过时都得远远地给他磕几个头,然后一趟子快跑。

父亲看准了打树籽的活路,待树籽成熟,他便钻进山里,寻找价格最好的树籽,然后干干净净地打下。打下容易捡拾难。有些地方荆棘丛生,杂草成片,乱石成堆,得从草里、刺笼里、石缝里一粒一粒地去找、去捡,细致得不能再细致了。

记得一次夏天,父亲去水井弯对面山崖边打麻柳籽,三棵高大的麻柳树笔直光滑,下面十多米都没有树丫供他攀抓,他像狗熊一样用足全身的力量抱紧树干,两膝死死地夹住树干往上一寸一寸地爬,我在下面望着他那样子十分好笑。好不容易,当他爬上第一根树枝时,出了好长一口响气,舒缓好一阵子后,便挥舞起竹竿横去竖来地向树籽打去。

由于树籽还不完全成熟,难以脱落,收效不好。我望着父亲挥竿的地方,盯住那些被击落的籽实,跑东跑西地捡拾。父亲上到枝叶深处时,浓密的枝叶将他掩埋,我只能听着击打的声响和树枝摇动的方向去找被击落的树籽。好在麻柳籽是成串的,因而费时不多。

一棵麻柳树还未收拾完时，天空突然下起了大雨，雨势很猛，倾盆而至。父亲并没有停止，而是加快了击打的速度，不一会儿我的头发被雨水湿透了，雨水从额头如注而下，迷蒙了我的双眼，我根本看不到方向，心一急，眼泪就下来了。我哭着向他诉说眼睛看不见，找不到麻柳籽了。他却厉声呵斥我："哭啥子？你妈死了还是你老子死了！快捡，完了我们就回去。"那是一个一日长于百年的时间，我根本看不到回去的希望。我哭得更大声了，父亲却充耳不闻，一股劲地挥竿不止。

天空雷声大作，闪电如蛇芯子一般划过。雨借雷势，雷助雨威。我害怕至极，甚至恐怖至极。我极力想抬眼望望父亲，还有多少未打完，但雨水让我睁不开眼。

父亲上气不接下气地叫着我的小名说，你快去岩窝里躲躲，打雷了，危险。我如获新生地一趟子冲进不远的岩窝。干爽的岩窝让我远离了雷击区，我举目望父亲，他却毫不畏惧地丝毫不停地用力抽打那些树枝。

雷声却丝毫没有停止的迹象，父亲如一个挥刀劈向邪恶的斗士，战斗在炮火连天的阵地上。突然，我看见一束闪电穿过天空，直奔父亲所在的地方，我伸出的舌头被僵住了，接着一阵闷雷轰顶而来，我想，父亲是难躲被雷击的厄运了。然而，天老爷放过了他。雨更大了，父亲用力抽打的声音全被淹没了，雨水拉直了如瀑而下，我的父亲完全被淹没了，一点都看不到他的影子，我惊恐万状。

"爸爸，快下来，雷又要来了！"

"你先躲躲，雨小了再出来捡，爸爸不怕。"

我像一只受惊的小鸟，躲在岩窝的温暖中，我在心里祈祷：火闪啊！雷啊！求求你们不要伤害我的爸爸。我双眼紧盯着树上的父亲，不停地为他祈祷，不知什么原因，当父亲从我眼前一跃而去另一棵树上时，我的勇气突然被唤醒，箭一样地从岩窝中射出，在大雨滂沱中寻找那些成串的树籽。

父亲从树上水淋淋地滴地下来时，我并没有说话，他对我凝望良久，表情很复杂。最后他走过来，天色也晚，父亲坐在岩窝里卷叶子烟，他望着上涨的河水，点燃有些湿的烟，然后把目光移向我。

"再不走，这水就过不去了。"

走到河边，他蹲下来，背着我，缓缓地颤巍巍地穿过浑浊的河流。放下我后说：快回去。

我爬上大路，这里已经看见我的家，父亲站在河边向我挥手然后转身向河水涉去。过河以后再次车转身看我并使劲向我挥手。我三步两回头地看着他穿过玉米地，将那一背麻柳籽背上，弯腰驼背地向山上吃力地爬去，泪水再次从我的心里涌出。

天已黑下来了，回到家里，我对着包包上的老房子使劲地喊："爸爸，爸爸……"

好一阵,他才在高木山的山梁上回答:

"唉!唉……"

声音悠长,余音绕山,撕破夜空。

那里,距包包上还有几里路。

队里的人实在看不了父亲的行为,更不能放过那么多钱财入他的囊中。几年了,那么多的人与他接触过,都没被传染,他们开始怀疑这麻风病的真假。

父亲被队里疑神疑鬼地召了回去。

四

与三年前比,父亲被岁月进一步地修整,变得言少语寡,脸上总有那么多的不情愿,即使与家人再次团聚了,却依然担惊受怕,自己又成了一个真正的麻风。

队上并没有让他再次参与到那一个大集体之中,不放心让他又去从事孤独的活——守磨坊。

大队的磨坊系水磨坊,坐落在桃坪和亚坪生产队节点处,肩负着整个大队的粮食粉磨。

守磨坊是个轻松活,但必须识字,可以记账。父亲大字不识一个,显然记不了账,好在我在读小学,每天晚上根据他的叙述,我在账本上一一记下张三50斤玉米、李四40斤麦子、王五30斤荞子。

磨坊也有淡旺季,最忙的季节莫过于每年的"年前"(春节前),一是刚刚分配,每家每户都有好多粮食要磨,二是要过年了,每家每户都要磨的品种多,玉米、麦子、荞子都有。最闲的季节当然是青黄不接的季节,人们都去地里找野菜充饥,哪里还有粮食可磨。因此,每年的年前父亲也是最忙的,连吃饭都得我们给他送去。

那些年,尽管粮食不够吃,但人们依然要在磨面时分出个粗细,玉米要打芽口面,麦子要分头面、二面、三面,即或是荞子也得先去壳后分等,工序一多,父亲的事情也就多了起来,必须帮磨主换箩、闸水、清磨,人手不够时还得帮磨面人过筛。由于只能按先后顺序进行,所以难免忙时排队,不能马上磨的粮食必须放在磨坊里,只要磨坊里有粮食,他就必须守在磨坊里,确保每个磨户的粮食安全。

父亲的记忆不错,哪怕最忙时也没记错、记漏一户人的数字。每年分红时,会计扣掉各户的磨面款都与磨户的数据一斤不差。人们相信他甚至超过了自己的记性。

这点活,简直不是他的下饭菜,旺季紧张到通宵达旦,淡季又闲得整天整天的无所事事,队里又不给他另处派工。他当然不会主动去找队长给他派工,队长也心存防备地不能也不敢给他派工。唯一让他有几分羞辱的是并不比别人少出力挣的却是一个女人的工分，一年少几百工分，影响了家里的收入。

勤劳的父亲从来不会闲置自己的劳动资源，淡季时，他除了把该修的家什修补好，该錾的磨子錾了，剩下的时间便去学钓鱼，很快他便学会了这门很简单但又很少人从事的技术活。

河里的鱼多，鱼肥，红尾细鳞，线条优美，多到不需要任河钓饵，放空钩就行。带技术的环节：一是会看水，了解鱼的好恶，做到有的放"钩"。二是制作钓钩，把握好大小深浅火候。三是甩飘石，一旦坠子被卡或鱼钩被挂，必须依靠漂石的甩抛来解决。这些技术他学得不精，但也管用，因此每次都会有收获。

他巧于应对。起初，他只试探地在磨坊的不远处，甩几竿，有无收获不重要，重要是不能有闲话，不能让盯他的人眼睛又开始发红。特别是不能耽误磨户的工夫。逐渐地他的胆子大了起来，让我为他守磨坊，他跑到远天远地去钓鱼，收获渐丰。再以后，守磨坊就成了我星期天的家庭作业了。他总是神不知鬼不觉地把我带到磨坊，交代一些要领后便鱼一样地消失了，如有人磨面，我尽可能地周到服务，做到嘴乖嘴甜，一旦问到"你爸爸哪里去了"，我又行骗。虽有时让问话人猜疑说几句风凉话，但未影响到父亲的那份爱好。这样的日子，我最怕的是天黑以后父亲还不来接我，我胆小，怕走那一段充满鬼魅色彩的小路。

渐渐地，我破解了父亲接与不接的密码。如果没有筛面的罗声时，他肯定会叫我。如果有，他独自就回家了。如果这天一无所获他会来叫我,如果这天鱼满笆笼时,他就径直回家了。以后,我就盼他不来接我了。每每这时,家里总是喷香的鱼味经久绕屋,熏染了我的穷胃。

有一天,父亲就在磨坊的对面碰上了群鱼,钓不空归。但他又不敢喊我,怕惊了鱼群,他那个急呀,到磨坊一把将我抓上就跑。我莫名其妙,待到河边后,几条沾满沙子的鱼还在那里徒然挣扎。

那真是一场血腥的好日子呀,只待他将鱼线抛向河中,然后拉竿,便见竿尖陡弯,父亲便上下地跑动起来。当他在手上感觉到鱼的分量和被钩的部位以后,他便不等鱼力竭而停时,猛然将其拉出。那些被钓的鱼在冬日的阳光下闪着流动的光泽,尽力地塑造出一幅幅彩虹的形象,翻来覆去地舞蹈,红得鲜亮的尾巴奋力向上卷曲,形成划破天地的一柄柄异形利刃。这还用他交代吗?我迎鱼而上,动作麻利地将这一道道美丽的"彩虹"取下,让它们在地上翻滚,让它们穿上黑黑的沙衣,如和衣睡在大铺上的靓女,只有眼睛骨碌碌地转着,魅惑到不可收拾。

五六十尾一斤多的红尾细鳞鱼平平展展地铺了一地。父亲坐下来,裹一袋叶子烟,幸福地点燃。

"全钓完了吗?"

父亲说:"留一些做种。"

队里的人说,岁娃儿看磨坊只能评岁娃儿的2分。

父亲懒得与他们争，他不在乎几分、几百分，他只在乎河里的鱼，那些鱼晒干或熏干以后背到茂县城里往城门洞口一放，一支烟的工夫都不要就会被一抢而光。五颜六色的钞票像红尾细鳞在空中美轮美奂地舞蹈，可以点燃心里的多少东西呀！

不安分的父亲又预谋着更大更多的猎杀。

他开始支剑笆了。

剑笆是一种捕鱼的工具，由竹竿沿几道刺藤捆扎连接而成。由于竹竿头尖的自然落差，制成以后，前宽后窄。前面临水必须全面平放，尾端盛鱼必经卷裹而扎，形似宝剑，故名之。

剑笆制成以后，首先得选支剑笆的好河口，河面要宽，以利截流，河中最好有冒出水面的天然石头，以利栏杆落脚，支剑笆的地方应形成一定的自然落差以利败水。位置确定以后，先修码头，码头的宽度和高度应与篱笆的宽度和石门槛的高度相匹配。放上抬杆，抬杆根据篱笆的长度可分为三根、四根。

第一道工序完成后将制成的剑笆放在抬杆上，将迎面平开的一面平插进水里，吃水在一尺左右，再找平滑且有尺厚左右的石板压住剑头，形成门槛，宽度以剑笆为限，这是第二道工序。然后依其河道斜刺地进行拦水截流，截流越彻底越好。拦水的材料除石头和玉米秆以外，最好是倒钩刺，鱼在运动中难以穿越。截流完成后，百分之八十的水因拦后归拢以加速度的力量冲向剑笆，到石门槛处为最，流入到剑笆以后便通过竹竿间的空间过滤而走。水的冲力自头尾依次减弱,水的厚度也由厚变薄,到得剑锋处时已寥寥无几。

游鱼正是在这种不设防时被激流冲入剑笆,猝然间一下就到了剑尾,水薄而仍存微力,越往上,水力越大。再猛的鱼在此冲不过三次就力乏难继,只好乖乖地待在笆子上,张着好看的嘟嘟小嘴,时不时轻轻摆动鲜艳的红尾,可怜兮兮地欲哭无声了。

支剑笆的时节为晚秋,时限为桃花水涨后。

恰好,磨坊的对面就是支剑笆最好的所在。

剑笆支好以后,冬天已经到来。

为了保证落入笆子的鱼尽数而得,父亲在河坝里用玉米秆搭起了一个尖顶窝棚,每天晚上他守鱼,守磨坊的任务就落在了我的头上。

守磨坊并不轻松,有磨户时我得陪着,如有通宵达旦磨面的,这一个晚上就根本不能睡。但我愿意整夜转磨,我怕一个人睡在磨坊里。故乡很多毒药猫的故事都发生在磨坊里。它们把人吃后数脚拇指的争吵声连父亲这样的人都会背皮子发麻。

起初我不习惯,那些水从笕槽里,轰然冲下的声响把整个山谷都填满了,如有磨面、罗面的声音哐当哐当的也十分吓人。我不敢把这些告诉父亲,如果那样不仅让他两难,而且也会丢失剑笆里的鱼,家里实在是太需要那些美丽的诱惑了。

没多久,我就习惯了,甚至于那些轰然冲击的声音成了山野里铿锵的天籁,不绝于耳地经久不息,那些流淌出磨膛的清流的哗然之声成了母亲哄我入眠的柔情眠歌,强弱之间又有缭绕,又有回旋,还有徐徐的过板,让我简直就是置身音乐的河流之中,这种绝妙的河冲着我腾云驾雾,冲着我若真若幻,一直让我醉生梦死。

偶有无人磨面时,父亲也会心疼我让我和他一起去窝棚里睡,河风从门洞里呜呜地灌进来,带着尖利的刃,刺得人脸上头上无处不痛、无时不痛。特别是出去小解,风如刀把人的小雀雀都快割掉了。从此以后,我再也不去了。

剑笆的收获并不如父亲意,有时,他上上下下地不停考察,认为是应该有鱼的地方,只是天还不够冷,他坚定了决心,他盼望一场白头霜的降临。

果然,在几个暖阳的催促下,一场大霜应愿而降。父亲是出棚小解在月光的寒意中欣喜地看到的。早上天刚亮,他很自信地叫醒我和他一起去剑笆上。

当我们跳过几个石步子以后,还没到剑笆就听到咕咕、咕咕的轻微叫声。我问父亲是什么在叫,父亲说是鱼在叫,我惊诧鱼的叫声。当我一脚踏上码头时,妈呀,满满的一剑笆鱼呀,大的在前面,小的在后面,前面的列队成排,头向上,见我们后,再奋力地挣扎着往前冲,冲不到一尺两尺就又被水流冲回原处,然后张着嘴咕咕地哭泣,红色的尾巴轻轻地拍打着流水,划出十分优美的弧线,形成一排一排的霞波,往返涟漪。后面的就成堆乱拥地挤在一起,水淋淋地泛出湿漉漉的淡黄之光,让整条河流都飘飞起鱼腥的绝妙之气。

这样的时候,父亲是绝对要去县城的,一个冬季当然有好几次。不仅鲜货入市,干货也让家里十分了得,吃不了就送人。父亲是知道送给谁的。

多谢队上的领导让父亲去守那孤独的磨坊。至今那一注清流都还彻日不停地在我心里唱着让我神魂颠倒的歌。

高山流水啊,我的高山流水!

好景不长,父亲终于再次被召回,完完全全归于那个倒霉的集体中。

五

父亲终于可以挣得与其他小伙子相同的标准工分了。但在这个集体中他怎么也找不到集体的感觉,人们的眼光只要落到他身上总是带着温度,要么是冷飕飕,要么是火辣辣的。

士可杀不可辱。他多么怀念以前那依山傍水、自由自在的日子呀,他多么希望他成为人们惹不起躲得起的真麻风呀。虽然孤独、索居,但肚子是填得饱的,身子是穿得暖的。人世间,唯有饥寒交迫最为可怕、最为可恨、最为可耻。然而,他没有超越一个时代的陷阱，他更没有办法去医治一个疯狂时代的疯狂追求。他什么都不懂，只懂得人要穿衣吃饭的道理，他什么都不觉得，只觉得一旦做起自己的事就有使不完的蛮劲、用不完的智慧。在集体里他的四肢又变得柔软无力了，他的头脑又变得痴呆木讷了，甚至他的目光也变得没有水波流动的光泽了。他的心呢？

  他不甘心，他得找回自己的尊严。于是他又开始学厨。心灵手巧、过目不忘、过手即会。时间不长，他又成了十里八乡的知名厨师，但凡喜忧二事都得来请他，请他时得有礼仪，或两斤猪膘，或一只鸡公或三五元钱。事完以后还得再次以礼相送。前后两次，收获不小。除了他自身在人们的眼里又高大起来了，还让全家分享了他手艺的红利，全家的日子又油光水滑了。

  尽管如此，他还是觉得集体没有干头、没有想头、没有盼头。一点意思都没有。辛苦了一年、混了一年，活路是混过去了，但日子却混不过去。有劲无处使，有心无处用。人哄地皮，地哄肚皮哩。

  他渴望什么时候能够再次单干。

  几年以后，他的梦想实现了。

  土地到户时，我们的运气不错，除我的户口转走外，其他弟妹的户口都还在家里，那时，姐姐早已另立门户，所以有6人参加分配，分得土地近13亩。

对温饱和土地的向往再一次引爆了父亲的劳动热情，他和母亲（弟妹全在读书）除经营13亩土地外，每年还得喂四五头猪（传统饲料），除两头自食以外，三头售后供养弟妹读书，显然，这是远远不够的。因此父亲又养起了蜂子，靠蜜蜂翅膀上的力量贴补家里。这还不够，他又挤出时间去河坝淘沙金，并将淘得的金放在妹妹面前鼓励她说：只要你考上学校，我就把这些金卖了供你上学。当妹妹如他所愿时，他决然卖掉几年用心血所淘之金，陪妹妹走完了她大专的里程。

　　渐渐地，运凤、运麒相继工作了，没过两年运玲和运翠也工作了，按理说，家里的负担相对轻一些了，他也应该择时休息了，但他闲不住，自加压力，自寻门路给自己找事做。每年春节都是我们兄妹向往的时候，我们会请了假早早地回家，或为家里砍足一年的柴，或将粪水和干粪全部运到承包地里。严厉的父亲这时从不让我们有丝毫的闲暇，把活路安排得针插不进水泼不进。一年在外不事体力的我们的确感到体力不支想休息休息，父亲却总是黑着脸说：就这么十来天都熬不住，我们365天天天这样。我们拗不过他，只好咬牙坚持，盼着假期早日结束。

　　我们谁也不怨他。不管怎样，他总是走在最前面，闲暇时还得去做其他杂事，如从不知累的机器，让我们无话可说，无理可讲。

每年春节的十多天时间,是家里最热闹的日子,十多个人一起劳动、一起吃饭,成了一个其乐融融的小集体,父亲心里自然如花绽放,如水顺流了。

每当我们假期结束离家时,父亲会为我们准备好最好的腊肉、猪脚、香肠以及母亲腌的盐菜、红豆腐、鸡蛋等物,一箱箱地捆装结实,作为给我们的年礼。我们成了名副其实的"刮家干部"。故乡没有班车时,他还得请有自行车的人家搭载我们到土地岭脚下,又欠下接送之人几个工,我们走后,他又一一地去还工、去还情。

就这样,一直到他六十五岁那年。

依然是我们都回家过年,我们兄妹一起让他别再种地了,一是年岁已高,力不从心;二是我们全在外工作,怕人家笑话。他却一根筋犟到底,直着颈、硬着头、红着眼跟我们说话:地不种了,不种了让它荒在山上?农民不种地还叫农民吗?盼了大半辈子土地说丢就丢了,心里舍得吗?你们舍得,老子舍不得,哪怕累死,老子也要累死在自己的土地里!几句话,重磅炮弹一样把我们全都打哑了。他胜了,为了巩固胜利成果,就再轰了一炮,以后再不准跟老子说土地的事了!

2000年,国家实行退耕还林,土地全都还林了,他很有几分自豪地说:听你们的,老子这亏就吃大了。是啊,还林的土地不需要精耕细作了,粗放到只要把树苗一栽,一年内管好成活,验收达标以后，就可以让其自然生长，所得不少一分。

没有了土地的父亲显得那么地不适应，那么地失落和寂寞，哪怕就几棵树，他依然会时不时地去地里看看，有时一去就半天，找魂一样在地里转悠。退耕以后，猪草不好扯了，都快七十的人了，上坡下坎的我们也不放心，就劝他不喂猪了，这事他言听计不从，害得母亲一起受苦。我们不在时，他对母亲说：啥事都不做了，连猪都不喂了，这日子咋个打发，又说，自己不喂猪，他们回家过年哪来的肉拿。是啊，喂猪是次要的，关键是日子难打发。难怪父亲去喂猪时可以在圈里站很久，看见猪把食吃完，有时甚至抚摸着猪背与猪说着话，疏解着心中的孤独。

再以后，不是我们劝他，是母亲不愿喂猪了，他没有办法只好作罢，但鸡总得要喂几只吧，喂几只鸡不能填饱日子，他又喂了几桶蜂子。他说蜂子会说话，看到它们心里活泛舒坦。

又一次，我好心让他每年去旅游一次，他却又火暴暴地还我以颜色：旅游，我那几桶蜂子你来看管？我又被他打哑了。蜂子真就成了他的牵挂和驱逐寂寞的精灵。他的腿因颈椎骨质增生而间歇性疼痛，发病又基本是凌晨，一发作就难以克制，甚至手脚麻木、动弹不得。老三说是压迫性疼痛必须手术，他坚决不去，说这也不是要命的病。2008年实在熬不住，在我们的轮番劝说后，他才同意去成都手术。临走前，他把幺爸叫过来，逐一交代蜂子的事：白糖在什么地方、蜂招招在什么地方、新桶在什么地方，生怕有一丝的不周全。"5·12"特大地震两个月以后，他躺在医院的病房里，我急匆匆去看他，他不问家里的房子，不问他的亲戚家门兄弟，却说，不晓得蜂子跑了没有。

在一个年过古稀的老人心中，我不知道什么为第一，我也说不明白像父亲这样几十年独处的人心里的第一需要是什么。那几桶在我的眼里狗屎不如的蜜蜂在他的心里果真就那么重要吗？

他时常对母亲说：喂几只鸡，娃娃回来有蛋吃。他偶尔对我说：你妈每天早上都要喝蜂糖水，不喂蜂子不行。就这样家里至今还养着一群鸡和十多桶蜂子。但只待春节一过，鸡公全都被父亲宰了，只剩下一群母鸡。蜂子倒是一只也不少，太阳照临蜂窝时，父亲会站在桶边，心旷神怡地看着蜜蜂进出和忙碌，有时还会哼上小曲，吹一会儿口哨，自得满满的样子。

这几年，村里与他相当的老人走了好几个，活着的也有些病痛缠身，特别是一些牌友的溘然辞世后，他们打牌的搭子就很难圆场了，即使偶有些年轻人可以凑数，打起来也没有那么舒坦。不像那些老搭子，牌打得行云流水，龙门阵摆得随心所欲，即使抽一支孬烟心里也受活。

两个老人就这样相依为福地生活了几十年，我们深知他们心里的凄清和苦闷，早些年提出找保姆照顾他们，他们坚决不从，嘴上说不是舍不得那两个钱，再过几年一旦同意找保姆以后，就真舍不得那两个钱了，1000元的月薪心疼，900元脸色也难看。还振振有词，不是钱多少的问题，一个家里生逼逼地钻出一个其他人，总感到不自在。所以相继找了两个都不到一年就辞走了。

我们什么都不好说，心里明白是怎么回事。

六

故乡是一个相对偏僻的地方，物阜而民穷。由于交通等，如何金贵的好东西都卖不成钱，卖不起价。鸡蛋、腊肉、香肠，冬天遍地萝卜白菜烂在地里，把猪都吃得摇头。祖祖辈辈生活的地方依然旧貌不改，人们的生活水平依然清汤寡水。人们盼望有工业去带动他们，促进他们，提高他们。但故乡的资源又十分贫瘠，没有突出的比较优势。恰好有一条高压线路从山里穿过，加之与省电力公司有一点关系，生拉活扯地把一户电石和盐化工企业引进了。人们都表扬他儿子给故乡办了一件行善积德的大好事。当他们听说企业要冒烟时，他们都说煮饭还要冒烟哩！当他们听说还要扬尘时，他们说狗跑过还要起灰哩！当他们了解到还有废水排放时，他们说茅坑里的屎不臭吗？

企业一来，土地就金贵起来了，青苗、果树都涨价了，就连死人的几根烂朽之骨都卖成了钱。被征地的农民一年内便建新房兴产业，故乡一下就青春年少、红光满面了。村上五十岁以下只要愿去企业的都去打工挣钱了，一月三五千不等。日子一下就风车斗转，如花似玉了。

人们的玩法就变了，麻将、斗地主、关凳凳、台球等新花样进村入户了，标准也一下就提高了。父亲只会且玩了大半辈子的金骨牌（牌九）就基本上无人玩了，他再一次成为另类，被儿子带到故乡的工业文明抛在沙滩上。

我们让他学麻将，他坚决不学；让他去跟年轻人玩，他坚决不去。像被浪头抛在岸边的孤石，既有硬度，也有孤独。

厂刚建起那两年，人们把他儿子的"好"都记在他的名下，不管到哪里都亲昵地叫他谷老太爷，给他让座，给他沏茶，请他吃饭，让他上座。他那心里才稍稍地踏实和满当了一些。

以后人们逐渐对企业的排放有了不快、不满、不安以至于愤怒了，去到工厂静坐、讨要说法，甚至到家里去找父母亲论理，连亲戚侄儿都翻脸不认人，那个阵仗像要把他们吃下去。自此以后，那些以前常常在他面前示好的人连个好脸色都没有了，父亲成了挖他们祖坟的敌人，成了那些排放物的元凶。好听的招呼听不到了，好菜好饭没人请了，再度形单影只地落入偌大的冰窖之中，左右空落，孤苦无助。

我们怕二老因此难以解脱这种不该他们负的责任，更担心这种孤独进一步打击他们的精神让他们减寿，提出让他们搬走。父亲却说：就这样，人家都生出是非说你害他们。我们搬走，又让那些没良心的有了理，我们住到这里，也可以封封那些人的嘴，给你担点责。

父亲这几句话让我心里很难受，我又想起水涨起来时，他背我过河的情景，那一副结实的身板，那一双有力的双手，在儿女面前，无论何时何地何种尖锐，他始终是擎天的巨柱，抗流的磐石。

自此以后，他一有空就下河寻觅他满意的石头。起初，他什么颜色的石头都捡，几天以后，他觉得黑色的石头把家里弄霉了，龌龊了，把心情也弄脏了，就不再捡黑石头了，只捡白石头，有形象、有味道、有看头，摆在家里，让那一个角落增加了不少的光亮，灯盏似的，让心里透明。

七

七十八岁的父亲即将走完他的人生旅途，七十八年的坎坷、风雨、离散、冷眼铸就了他的坚定、坚韧和坚强，不断地开启他睿智的新程。像一只老蚕不断地为我们吐着那莹洁的丝，给我们织出一件件饱含辛苦艰难、透支生命的亮丽衣锦，让我们在缺衣少吃的年代能够温暖如春，饱食三餐。如今他老了，我们却都飞得远远的，在他病苦时不能为他减痛，在他饥渴时不能为他递水，哪怕到了医院输液、半夜里吃药，我们的影子都在几百里以外。365 天啊，我们有几天在他身边？真的在身边，我们又为他做了些什么呢？他却什么也不怪罪，只要求我们把公家的事做好，提醒我们走哪里都要注意安全。母亲说我们不在家时，他每晚 8 点过就睡了，只要我们回家，他的瞌睡就跑了，到了深夜还兴致不减。因此，我总是尽可能地抽时间回家，哪怕陪他坐上三五分钟心里也好受一些。如有时间，我就在家里住一宿，与他话及凌晨，目睹他那孤苦的表情活泛开去。

这几年，春节以后离开他和母亲的心情是最沉重的，他们依然几十年如一日地给我们准备了一生都不会舍弃的美味，临走时，一个不少地装上车，车子发动以后，他们的脸色就变得苦不堪言、痛不欲生了。车子徐徐起步时，他们猝然将背面对我们，双手抱着头头疼一样。"儿行千里母担忧"，父母百日思念深呀！

有语云：养儿防老。这种"防"是一种怎样的"防"，如何解读呢？语又云：忠孝难全。和平的日子里，四通八达的空间里，为何不能两相成全呢？

突然想起邮差的年代，我们的长信叙写自己的牵挂、表达自己的祝福、汇报自己的工作、捎去自己的喜悦，让不识字的他们可以感受心在一起、念在一处、喜在一事上。如今我们却在信息爆炸的时代短信都不能给他们发，时髦的短信成了他们的障碍，也许他们依旧怀念有书信的日子，心里呼唤一个人给他们读儿女信函的场景。

我们真是一帮孽障,很少去电话,甚至一个月也不去一次电话,总是说忙,每每去电话也比短信还短,一句开头两句结尾,让空落了多少岁月的心什么都没有留下。

在即将止笔这篇散文时,那座由白石塑造的塔、由思念堆就的塔、由孤独凝聚的塔再一次重重地压在我的心上,让我的心陡然下沉。瞬时,一道亮光洞开了白塔,父亲从塔中走出,放射出奇丽的光芒。他向我走来,却越走越远,仿佛遥不可及又触手可抚的太阳。

2014年春节

输给父亲

我和父亲在那个早晨的饭桌上开战了,包括母亲和妻子在内的近十位调停者都未能阻止战斗向纵深发展。战斗的双方是没有时间概念的,不把阵地上的炮弹打完,不分出个胜负,战斗当然不会停止。

后来父亲愤怒地站起来,气急败坏地弃阵离去。我有几分可怜的没有跟踪追击,心里窃喜。哪知,他是以退为进,走出几步以后猝然向我开火,让我措手不及。

"和我说话你都是这个态度,你和老百姓说话,和你的部下说话不是更凶,要把他们吃了吧。老子给你说,再不改正,你要犯错误。"

他威严地用手指指着我。他那硬朗的手指像乌黑的枪管,每一句话都是一发子弹向我还击。我真的被击中了,高昂的头失血过多低了下来。我没有想到他会换一个方位,居高临下地向我进攻。我这才突然明白我的身份,再也没有勇气和力量反击。我等待着他的穷追猛打,等待他的最后一击。然而,他停止了进攻。我抬起头寻找为正义而战的威武不屈的老战士,他已不在了。他没有在大门上高声武嗓地炫耀他的胜利,而是去了后门处,反倒如一个失败者坐在那里疗伤。我有些狼狈地蜷缩在我破败的阵地上,滴着血,捂着伤口,脑子里没有一片蓝天,耳际听不见任何鸟鸣。

妻子和弟妹都在那里义正词严地谴责我,既道貌岸然,又循循善诱。他们的谴责让我无地自容,同时也让父亲自信满满。他的心灵充满那些儿女孝敬的慰藉,也充满对我这个孽障的怨恨,然而,他毕竟是父亲,他不能将我置之于死地,但他必须保全他在家人面前的尊严,只要他活在世上,他就永远是一家之主,永远享有这份至高无上的尊严。于是,他又以胜利者的姿态凯旋,给了我最后的一击:"在老子面前,你就有一万条理由,也只有一个'输'字!"

这句话既像对我说的,也像对所有人说的。这句话无疑在警示我,以后绝不容许这样的事发生,如果我还不知天高地厚地制造事端,发起挑战,无疑是咎由自取,以卵击石。

现在,轮到我躲进小楼去冷静地思考,回望战斗的整个过程和场面了。

我和父亲同坐在一条长凳上,一大家人围在一起和睦地共进早餐。不久,父亲若有所思地将稀饭碗放在桌边,手里拿着一个核桃花卷说话了。

"现在的干部，你让我们咋个信他们，做事一点原则都莫得。"他语气缓和却又透出愤愤不平。我没有接话，他继续说："去年，我和×××一起在县医院住院。他的住院费报剩的部分又去民政局补报了，我的就不能报。"他开始激动。我接过话头："人家是贫困户，贫困户有政策可以报销，政府还给他们免费体检。""他狗屁的贫困户，跟我一尿样。"母亲在一边纠正道："确定的第一批贫困户是有他，第二批就莫得了。"

"第一批是不是有他？"

"我看你老昏了，咋个莫得他呢？有！"

"既然你妈都把这话点穿了，那我就根根底底地给你说清楚。"他干脆连筷子都放下了，愤愤不平地为自己鸣冤，"村上、队（组）上确定的第一批贫困户，根本没有经过我们大家评选和同意，队长（组长）指定了就完了，哪管大家高兴不高兴。"

"不是必须做到精准识别吗？"

"尿的个精准识别，他们说了算。"

"这不是小事，你不能没有依据地乱说。"

"我乱说？我乱说出门就被汽车撞死！"

"我是你的出气筒吗？和我赌这种咒。"

"老子不给你赌咒，你不信呀！"

"你赌咒，我就信了吗？全村的情况我比你清楚！"

"你清楚，你清楚个尿，他们把你日弄够了，把你的眼睛都哄瞎了。"

"我还不至于昏到那个程度。"

"我看你比那个程度还昏得凶！"

"我根本不信！"

"你不信，你不信，他们为啥子补火（重新认定）呢？补火下来，全村就只有8户了。"

"以前有多少你晓不晓得？"

我不作回答。"有30户，30户呀，你根本不晓得吧？"父亲得理不饶人地继续说，"这场事就了了，嘿，哪晓得，今年国家又要给以前认定的贫困户每人发3500元钱。那还得了，本来好多人的心里还窝着一肚子的火，他们还要享受政策。我不会闹，有人会闹，不闹翻天收不了场。这一闹，他们坐不稳了，只好把那些还没发出的钱用在给大家做事（公共事业）上，自己才把自己的沟子（屁股）擦干净。我就想不明白，奇了怪了，你们这些当官的都是吃干饭的，眼睛都瞎了，耳朵都聋了吗？老百姓的脸色都看不见，老百姓的话都听不到了吗？咋个会一错再错呢？"

父亲的这一问，既是在问我们这些当"官"的，更是在问我。我是这个村的联系人。以前回家也时不时听到他和母亲说到贫困户方面的事，我也只是在会上或私下给乡、村的干部交代交代，让他们重视、解决好，给老百姓一个明白，化解他们的怨气。也正是父亲的这一问,问到我心里去了,问得我找不到自信的理由去说服他。我本来对联系村的工作还算满意,却让他这几句话把他们的工作说得一钱不值,否定他们就意味着否定我。我心里有几分不理解,这几分不理解导致我的不高兴。

"几百块钱的住院费报不了算了,你还缺那几百块钱花吗?"

父亲不认识我似的瞪大了双眼,很不满地说:"亏你还是领导,这难道是几百块钱的事吗?这种事落到我脑壳上我当然可以不在乎,要是落在其他人脑壳上,你也这样说吗?你这样说人家就会把你看扁,以后还有哪个信你!你们这些当官的说话就会连屁都不如,在老百姓那里臭都不会臭一下。"

我被父亲的这几句话彻底激怒了,心里难受极了,有些不负责任地顺口给了他一句:"那你就去闹嘛,把天闹翻,人家好笑话你!"

这句话不仅大大地激怒了父亲,而且大大地伤害了父亲。他在桌上猛击一掌,陡然站立在我的面前。

"你娃娃说得好,老子咋个不去闹呢?老子考虑到你几弟兄的面子,不然老子早去闹了!"

我也鬼使神差地在桌上拍一下,毫不退让地还击道:"我要哪个给面子,你想咋个闹就咋个闹!"母亲站起来呵斥我,声色俱厉:"谷运龙,哪里有儿子和老子这样说话的。亏你还是当领导的,心胸就窄得针尖尖一样。你爸爸说的都是对的,他是在给你们面子。要说比,我们也该是贫困户,就有和我们一模一样的,几条儿子都出去工作了一样给评上了。我们两个老疙瘩,要说收入,我一月按照居民政策有300多元的收入,你爸爸只有80块钱(母亲征地以后农转非的),靠这点收入,我们喝水都不够。我们不是,为啥他们该是,给我说说看。"

于是,我和母亲算开了账。"如果我们每人每年给你们5000元,你们就有2.5万元的收入,平均每人年收入超过1.3万,早就大大超过了贫困线。"

父亲更不高兴了,"只有你们寄回的钱是钱,其他工作的人给父母寄回的钱都是纸。我现在不说钱了,我只要公平,和我一样的人有我就必须有,你有面子,我也有面子,得不到公平,我就莫得面子,莫得面子,我就会让那些人笑话,他们还要挖苦我说'你看谷大爷,柱自儿女都在外面,该得的啥子好处都得不到'。老子不服这口气,人活的啥子,就活的这口气!你连这点道理都不懂,还不如街上的小娃儿。"说完后,父亲愤然离席而去。

小妹既在那里宽慰父亲,又为我帮腔。"哎呀,现在不公平的事多得很,为这个生那么大的气,值得吗?老爸,把自己气病了不划算。"

"就是因为有那么多不公平,才要你们这些当官的,就是因为你们这些当官的莫本事,才有那么多不公平。今天这些话不是老子给你说的，是一个农民给你反映的情况，必须给我解决好。"

在父亲的愤怒和硬逼面前，我无言以对了。我说不清楚我为什么无言以对，我为什么在一个一字不识的老人面前失语，为什么在一个普通老百姓的父亲面前被打倒。我的愤怒还击不了他的愤怒，我咽不下的这口气！解释不了他要活的那口气。当时，我觉得我一点没有错，父亲那架势又认为我是错完了。

整个过程就是这样，我的耳际还回荡着父亲的吼声，眼前还不断地迭现出父亲火冒三丈的样子。几个节点上的几句话让我的心灵难以平静。

他由此及彼地推断我和部下或者老百姓说话的态度以后，告诫我再不改正，是会犯错误的。听到这句话时，我有些不了然，很自信地认为在这方面不会出问题。回头想想也的确有对老百姓说话不和气、态度恶劣的时候，甚至有时心里根本看不起老百姓。在感情上与老百姓渐行渐远，在生活上与老百姓格格不入，在作风上与老百姓高下有别，因此导致像父亲说的："你们这些当官的都是吃干饭的，眼睛都瞎了，耳朵都聋了，老百姓的脸色都看不见，老百姓的话都听不到了吗？"这不是一个态度的问题，是一个感情的问题，是血浓于水、鱼和水的生存与死亡的问题。对我们这些当"官"的是一个政治立场和命运共同体的问题。我突然被这样的问题给吓住了，"再不改正"，我就真会犯错误的，而且不是一般的错误，是政治上的错误，致命的错误。父亲的警告是多么及时，多么振聋发聩，成为我的醒世恒言。

公平，这始终是人们追求和向往的。没有公平，天下就不会太平，失去公平，社会就会大乱。在老百姓那里，他们什么都不怕，唯一怕的就是不公平。物资匮乏的时代，当地靠供给、凭分配，一尺布、二两油、半斤盐，人人平等，人们没有可争的可抢的。那是一种公平。东西多了，两极分化了，财富的金字塔出现了，不公平也随之出现了。父亲没有被确定为贫困户，他没有意见，关键是和他条件相当的人当上了，破坏了标准的平衡，他没能报销医药费他没有意见，关键是和他一起住院也不是贫困户的报了，丧失了政策的平衡，导致了他心理的不平衡。这种不平衡又破坏了他对政府、对"官员"以前心理的平衡。因此，他发出"现在的干部，你让我们咋个信他们，做事一点原则都没有"的愤慨，让我感到党和政府公信力因为干部办事的无原则和执行政策的不公平而不断丧失。一旦这样，我们这些"当官的说话就会连屁都不如，在老百姓那里臭都不会臭一下"。那时，我们还有什么力量和威信去宣传群众、组织群众呢？父亲说得好啊，"就是因为有那么多的不公平"，才要我们这些当官的，也正是因为我们"这些当官的莫本事，才有那么多的不公平"。我们就是为公平而工作，而奋斗。大道之行，天下为公。

两个耄耋老人偏居一隅，几十年的孤独生活，他们没有怨言，总是时时刻刻把儿女装在心中，任何事情他们都不能去争，特别是如脱贫这样的事他们就更不能去争，公平也好，不公平也好，默默地看在眼里，记在心里，时不时在鸡呀猫呀身上出口气。然而，这样做的后果是你不争、不闹、不怒，他们就越不把这样的人放在眼里，这样的人就被恶性循环给边缘化、虚化以至于汽化了。父母亲这样的忍气吞声，不是为他们自己，而是为儿女。为儿女的面子，他们可以牺牲自己的面子。这样的话在肚子里装得满满的，塞得连气都透不出一口，多么希望找个人说说，发发气，让心里舒坦一点，我却一点不理解，还以为不顾惜我们的面子去为难了村上、队上。

是啊，父亲母亲总是为我们这些儿女活着，而且是活在我们的阴影里，他们有多晦气、多难受、多要命啊。"得不到公平，我就莫得面子，莫得面子，我就会让那些人笑话"，父亲是把公平当作自己的尊严，人活的那口气就是尊严，没有了尊严，活着还有什么意义呢？父亲是把公平看作政府的公信，这种公信由各级干部的原则性去铸就，没有了公信，政府还有什么意义呢？父亲是把公平视为"官员"的责任，不为公平去担当，不为公平去奋斗，当"官"还有什么意义呢？

从辈分上讲，我俩是父与子的关系，没有文化的父亲，浸泡在传统文化的血液中，他骨子里铭刻着父为子纲、公生威这些铮铮格言，谁也不能践踏，谁也不能超越，既是为人做事的底线，也是为儿为女的高压线。

　　从地位上讲，我俩是"官"与民的关系，没有政治意识的父亲成长在"官"民鱼水情的时代，他看到了许多焦裕禄式的好干部，视人民为父母，视责任如泰山，以至于那样的形象固化在他的心中，他总会以那样的标准去衡量去对标，只要满足不了他就瞧不起。

　　从命相上讲，我俩是水与火的关系。母亲总会在我和他争执时说：你和你爸爸的命相不合，你是山下火，他是大海水，你斗不过他。因此，他说你就有一万条理由，你也只有输。从这一点我可以清楚地知晓父亲总是以他不竭的泉源在滋润我的成长，扑灭我的邪欲之火，不为之火，做一个怀有一颗善心、抱有一腔真情的人。

　　正因为我工作作风的漂浮，导致联系村工作的不落实，使得父亲对我大为不满；正因为我不把两位老人的话当回事，导致联系村执行政策的不公平，使得乡亲们对干部失去信任。由此观之，还有多少类似的事发生，还有多少民声未发、民怨未平。脱贫攻坚本就是大道之行的天下为公，我还有多少路要走、多少事要做呀，来不得半点马虎、虚假、私心、懈怠。老百姓永远都是我的父亲，他们的唠叨总是寄托着一种希望，任何时候，我们都不能让他们失望！

　　感谢父亲，让我在与他的战斗中不断地学会成长！

一坛儿女

最先,是从黑芝麻开始的,然后是母猪生崽似的一大串:黑花生、黑红苕、黑枸杞……不一而足。臭名昭著又锋刃嗜血的"黑五类"在今天风风光光妖妖娆娆地以健康食品的红唇去诱惑每个人。唯有盐菜逍遥在外,像它的岁月一样,从不被人提起。

坛子像个怀春而不怀孕的女人,一辈子腆着个大肚子,肚子里有没有"货"都那样,病态到神经质地怕男人。男人不想碰甚至连一眼都不想看它,买回来后就把它交给女人。惺惺相惜的女人知道男人的心思,便把它安置在楼梯的下面或屋子的角落中,不仔细看是看不见的,仔细看也不会很真切,黑暗的细腻让它朦胧起来,在那里缭绕起一丝丝女人的韵味。

一个不会照看坛子的女人定是一个不会经营家的女人。

母亲是会照看坛子的女人。

总是在深秋,阳光白花花地流进小河里,母亲便把架在竹竿上、挑枋上或廊架上的半干的萝卜缨缨装进背篓里下到河边。

那时母亲还年轻,穿着阴丹布衫子,白帕子紧紧地缠在头上,有些许袅娜。母亲蹲下来,把萝卜缨缨倒在水边,从河中摸几块圆溜溜的石头压在半干的菜上,顺了河轻轻地瞄一眼,埋下头去说:早啊,土娃他妈!再说:侯家大妈,不要把你冰病了。回还的话也蝴蝶似的从小河的上下飞了过来。又一会儿,河边的话就更多了,更稠了,更有夜生活的味道了。

笑声、骂声,你来我往,赶趟似的拉锯,把站起的笑弯了腰,把蹲下的笑直了腿,有的捶胸有的顿足,一河的干萝卜缨缨、干青菜都从水里长出了新绿。

母亲将叶片用手理开,用手指在叶片上划过,再展开一片,又一次划过,把一丛洗过的缨缨拧干,放进背篓。傍晚,黄昏的色彩投在她的头帕上,一圈一圈的余晖在她头上盘成金链,她才弓着背把洗净的萝卜缨缨背回家。

就着晚霞,母亲将一把把的萝卜缨缨抖散,舒张开的叶子纷披在彩霞中,一缕一缕地晾在那些杆子上,很有些长发飘飘的诗意。

第二天早上,母亲小心翼翼地把坛子从角落里抱出来。用帕子抹去经年的灰尘,再用水清洗坛子的肠胃,先是用手细细地摸着洗,再是用刷把唰唰地环着洗,最后清上两次,便将其倒扣在石板上,让它滴干不肯出来的水分。

她端出两条长凳,把洗净的簸箕放在上面,再把用灶灰洗过的菜墩子放在簸箕上,把刀放在菜墩子上,再拿来小板凳,坐下。从筲箕里理出一把滴干了水的萝卜缨缨,先切去缨蒂,丢掉。将缨头用刀面拍齐,下刀时挨着食指,切一刀,手指向后退一下,并将缨子向前送一点。嚓、嚓、嚓的细微声响就从她的手指间悠然响起。这样好听的声响一直会陪伴母亲到深夜。

又是一天,坛子站成了原来的样子,母亲把拌了盐的细细的均匀的缨子一捧捧地装进坛子。几捧后,母亲就将手伸进坛肚子将进坛的细末抹压平整,直到把坛子装得满满的,盖上坛帽子,将坛子抱回去。从新背回的水桶里舀一瓢净水,慢慢地倒入坛沿内,让水位淹住坛帽的下沿。

母亲伸直腰身,双手叉在腰上,满脸的惬意,满眼的深情,既像一个艺术家欣赏自己的艺术品,又像一位老公玩味着爱人有着生命鼓荡的肚子。

那些年,这就是一家人的日子,更是一家人的味道。

然而这却是我们不喜欢的日子,更是我们厌恶的味道。但这样的日子往往又会生出新的日子,这样的味道又会孕育出新的味道。

那时,我们读书,寄宿在学校,每周回去一次。把倒空了的口袋再装满背回学校,把吃空了的菜盒子装满了再背回来。十多斤玉米面,一菜盒子盐菜,就是我们的所有生活。早晨尚好,玉米汤汤,稀到照得见人影,哪怕不要盐菜也可一饮而尽。

中午的玉米沙沙（蒸得太干），就着盐菜吃得大眼翻小眼，哪怕泡上开水，盐菜的味道将味蕾的大门死死关闭，连嗷嗷待食的饥肠，也拒绝盐菜。我们也像母亲手中脱去了水分的萝卜缨缨，枯萎干涩焦黄。

就盼家里早日杀猪，杀猪后母亲会在炒盐菜时多放少许油，甚至还会有几片舍不得吃完的肉。当那样的盐菜泡在碗里，冒出几颗油珠珠时，我们的眼睛会比太阳更亮，我们的味蕾会比花开得更欢。就希望自留地里多几棵青菜，希望那些青菜都装进坛子里，让恶心的萝卜缨缨味道有点点青菜的味道、肉星的味道。多么希望家里多几个坛子，一坛子装盐菜、一坛子装臭豆腐、一坛子装点鹿耳韭一点蒜薹，要是有点蒌蒿再有点春芽该有多好啊！

然而，家里只有一个坛子。母亲的孩子倒是又多出了两个。一个坛子，一个母亲，就这样打理和支撑着这个家庭。一菜盒一菜盒的盐菜带着故乡的苦涩和母亲的辛苦去到学校，我们仿佛是从坛子里生出来的，总是带着深重的泥巴色，我们仿佛是从坛子里养出来的，走到哪里都泛出一股股盐菜的味道。

说实话，盐菜在相当长的一段时间内破坏了我们的味觉，让味蕾总是开不出可口的花，但如春芽、蒌蒿这等带着山野和土地独特香味的盐菜又时时会在思及时刺激我们的味蕾。那是真正故乡春天的味道。

母亲从土地上退休后,便一门心思地在坛子上筛选和过滤以前那些潦潦草草的日子,她知道儿女们的口味和喜好。她把萝卜缨缨从那些材料中剔出去,把一大堆青菜一片一片地从自来水池中很认真地洗出来,仔细地凑上去挑选,晾在铁丝上。现在她已切不动半干的青菜了,便吩咐保姆去完成前端的工序。她站在旁边,什么话也不说,尚好的耳朵听着嚓嚓嚓嚓的切菜声,脸上的老皱纹便如菜叶见水后那样舒张开去,一枚枚的笑就泅泅地开放出来。保姆把青菜切完后,上盐和拌菜的关键环节便由她亲自掌控。这是在冬天,青菜盐菜是在这个季节做成的,味道却要到春天才厚实。

春芽、蒌蒿、鹿耳韭都是野菜,春芽长在大树上,蒌蒿和鹿耳韭都长在高山上。母亲是采不到摘不回的。好在一到春天,市场上有卖的,也好在,她总是用一些旧衣旧裳去织牢一些关系,那些人知道她稀罕什么,就会一篮子或一背篓地给她背来。她把这些带着浓郁的春天况味的野菜洗净后,拌上盐进行揉搓,将其生色退去,放在筲箕和簸箕里,让春日去晒,三五个太阳后,活鲜鲜的野菜萎缩下去,香味在封存中醒来,她便一样一样地分装进坛子,让清水封住口子,守护好那些老到的春味。

现在,家里有八个坛子,比她的儿女多出三个。它们按照高矮依次排在楼梯下面的角落里。青菜盐菜装在最大的坛子里,接下来依次是蒌蒿、春芽、蒜薹、鹿耳韭,还有点盐蒜、野葱、泡菜。我们不在她身旁时，她就时常盯着坛子看，好像那是她生养的一堆儿女。

就这样，母亲在我们吃什么都不香的时候，又用这些厚实而隽永的味道开放出我们的味蕾。早餐时，桌上的盘碟都是用盐菜武装的。一小碗混合了各种盐菜的菜，然后是配角一般的一碟子蒜薹、一小盏盐蒜、一小盘洗澡泡菜，构成一个"黑五类"的新时代，让我们口舌生津和口齿留香。

好些时候，母亲总会在电话里问盐菜吃完了没有？带不带点去？仿佛那是她给予儿女最好的礼物。

每一次离家，她都会给我们每一家装一袋青菜盐菜、一袋萎蒿盐菜、一袋春芽盐菜。人多的多一点，人少的少一点，一袋袋地，送到手上，并说吃完了又回来拿，有的是。

如今，连我们孙女孙儿都爱上了盐菜的味道，每每看见他们那么挑剔地细细品嚼盐菜时，就会想起母亲。耄耋的母亲总是为儿女们在坛子里腌制和储存香喷喷的春天，那些坛子换了一茬又一茬，从坛子里走出来的春天一季又一季，味道始终都如母亲那深切的皱纹和稀疏的白发那般老到。

我们是母亲的一坛儿女，我们却从来没给母亲送去如春芽、萎蒿、青菜、鹿耳韭盐菜那般厚实绵远、清新绚丽如春天的味道。

一 磨豆花

八十多岁的老母亲，总是凭着她老到的经验在那只桶里构织出奇妙的景象：云影天光、波光潋滟。

真是幸福到无法言表，在全世界都众口一词地抱怨再也吃不上纯粹的豆花时，居然还能在家里细品母亲亲手点出的瓷实而不出老、细腻而能用筷子夹住的嫩豆花，实在让人心里爽快、热乎、温馨。妻和妹都显摆似的拍了视频发在一个个群里，让那样的纯正那样的色泽那样的格调去刺激亲朋好友的味蕾，去吊群里人的胃口，让所有的人在食物全都变得不好吃不好看不好说中流出歆羡的口水。

磨豆花，原本是件细致而又笨拙的活，整个流程都充满了挑战。起初是将黄豆用清水泡上，水不能太凉亦不能太热，太凉，泡涨黄豆耗时太长。太热，又会使黄豆达不到最佳的效果。一般应在四至五小时。要是在冬天的夜里，还需将其放在尚有余温的锅里，让那些恰到好处的余温慢慢地渗入豆体之中，以达到最佳的效果。

磨豆花时,先得将泡水倒掉后加入新水。要是磨粗豆花,往磨眼里加豆时,就可以十几二十颗一次地加,自然,水也可以无论多少,多一点少一点不影响豆花的好坏和多少。磨完后亦无须过滤,煮沸后加入酸菜,豆花便点化成了。酸菜豆粒和豆花抱成一团,入口时有渣感,因此,我们将其称为连渣菜。

连渣菜只能在家里供家人用,拿不出手,端不上桌,拜不得客。更不能作为礼物送人。生活困难的年月,只有懒人才会浪费十分金贵的黄豆去做低劣而又下贱的连渣菜。

磨细豆花可就不一样了。

生活困难的那些年,所有的土地都如绝了经的老妪,再好的种子都发不了芽出不了苗,即使长出了苗也会麦不像麦豆不是豆。野草倒在狂野地歌唱,把土地唱出晚霞满天,星月灿烂。连野菜都挖得根须不剩的日子,岂能让黄豆大腹便便逍遥在面黄肌瘦的日子里。没有黄豆,哪里有土地的丰腴和农人的富态。

穷困潦倒的日子成为一根长得似乎没有头的皮鞭,被一双力大无穷的手挥舞着,驱赶着人们无时无刻不忙忙碌碌,就连眨一下眼睛都生怕吃的穿的溜掉了。想一顿豆花啊,把人的病都要想出来,似乎那就是补给岁月蛋白的唯一来源。

记忆中,磨豆花的时辰大都在凌晨。收工后,母亲把灶头上水缸上的活路收拾停当后,已临近鸡叫头遍的时辰了,这才草草地又精打细算地从口袋里用碗量一碗黄豆。

口袋里的黄豆是选剩下的（好的黄豆用来换少许的大米），有烂的虫蛀了的碎得缺头半脑的，即使有些整豆也都是"豆腐西施"的刁样。点豆花用的豆不能多了，不能少了。母亲总是吝啬地将稍多的几颗赶回口袋，又用三根指头捡回几颗放在碗里，似乎又多了。期期艾艾反反复复，终于咬了牙陡然转身离开黄豆口袋。哗的一声倒入锈蚀的搪瓷盆中，一瓢水冲下去。好些病恹恹的黄豆浮在水面，枯枝败叶一般。本该将这些不成器的败类倒出去，但母亲还是舍不得，一来可以骗得眼睛的欢喜，二来也可让磨子多转几圈，给心灵一些慰藉。

鸡叫三遍时，母亲便起来放上磨架开始磨豆花了。霍霍霍的手磨声响过以后，就飘散出豆浆妙不可言的香味，让整个清晨都醉醺醺地东倒西歪。多想喝一碗豆浆呀，哪怕只小小的一碗或者浅浅地吮一口，也可以慰藉一下想了好多好多天的奢望。然而，豆花重要，豆腐更重要。

最后，我们只眼鼓鼓地看着豆腐板上有薄薄的几块哄人的豆腐。我们的碗里只有弥漫着酸菜味的豆腐水面汤，连铜钱大小的一星星豆花都没有。那几块薄薄的豆腐最后也被母亲送给那些修房造屋的或娶媳妇葬死人的人家了。

就是这么薄薄的几块豆腐倒让母亲弄出了几多的隆重几多的神秘以至几多的人情礼仪，却让最该享用的人空欢喜一场。

那些年，我们何曾喝过一碗香倾村寨的原味豆浆？何曾大快朵颐过一坨像模像样的豆花？何曾心花怒放地咀嚼过一片方方正正的熊掌豆腐？

豆腐成为我们日思夜盼的最亲，也成为我们日诅夜咒的恶妖。

土地承包到户后，种什么、怎么种都是父亲说了算，黄豆自然成了最重要的。

黄豆收下后，好的黄豆依然会去换大米，但总还是可以留下一些。再说黄豆多了后，哪怕烂一点，在数量上总还是多了不少。这时，母亲泡黄豆不完全在晚上，有些时候在下午。这样，我们就可以看见豆汁从磨缝中哑摸出来的鲜美样子了。真是一种圣洁场景，如诗如画地流淌。锅里是渐次升上去的洁白的泡沫，泡沫下是玉液和琼浆。

母亲柔韧的腰身随了肘臂和磨子的旋转而扭动，屁股也轻微地律动起来，在霍霍霍霍的吟唱之中创出天旋地转的圣洁歌舞，从磨架上滴落下来的每一滴豆汁都是一个跳跃跌宕的音符，演绎着高山流水的清凉弹唱。

这以后，桌上总可以放上一碗白玛瑙似的豆花了，袅娜着一缕缕去天国的热气，氤氲起一拨拨嫩绿色的乳味的异香。豆腐也包得厚实了几分，满满的豆腐板上紧紧地团着瓷糯糯白的身子，如刚出浴而团身打坐的静好女子。

再以后，闲暇的母亲更不在时间上去计较长短得失了。

黄豆从柜子里舀出来倒在大大的有颜色的好看的盆里，不是哗的一下倾倒，而是慢慢地倾斜着器具，让黄豆在盆里敲击出动听的声响，起初是珠落玉盘，渐次是雨打芭蕉，再后来就是水鸣幽谷了。倒完后并不马上注水，而是用手细细地翻检着，哪怕是一粒烂豆瘪豆坏豆都必须清除。这才掺入清水，用手搅几下，倒掉头道水，再倒掉二道水，再掺入清水，泡上。四小时后，用手翻检一遍，看是不是每一粒黄豆都如初乳的奶子那样饱满挺拔。满意后，这才取来磨架不慌不忙地放在锅上，将磨扇用水洗净后放上去，用小瓢在盆里娴熟地宕一宕，再插下去搅一搅，黄豆们就被激活了一样在水里翻着筋斗驾着云雾不安分起来。

这时的母亲仿佛在创作一首田园交响乐的牧歌、在绘就一幅浩荡着秋色漫卷着秋意的锦绣画卷。她用小勺在豆盆里轻轻地一宕，盆里便秋水微澜秋波纤纤。她将小勺往磨眼里一送，磨里便秋声绵绵白汁翩跹。她摇动着手磨，阴阳错动，天地旋转，天之精华淋漓而下，地之玉液漫卷而上，声韵之美节律之美，色泽之美纯正之美，味溢之美味入之美，都充盈在锅上锅下、灶里灶外。

母亲的五脏六腑都花开如春了。耳里听着眼里看着鼻里嗅着口里吮着。款款地享受着这魔术大师也似的黄豆为她玄妙地蹈空表演。

桌上蹲着一大盆嫩闪闪肉嘟嘟水汪汪的豆花，放开肚子，放开胆子使劲地吃。不够吗？荞面里还漂几坨云一样的豆花，有了酸菜溜溜的味道有了荞麦花粉艳的味道，只恨肥了的肠子窄了的胃室不争气！

几十年来，我也磨了不少的黄豆，从未点过一次豆花。不是我笨拙不灵醒，也不是因为我在这件事上开不了窍。点豆花是一看就会的手上活，母亲从未认认真真地传授过点豆花的真金。不知是她不愿一个男人被套在豆腐架上，还是她觉得男人的心应自明眼应自亮，不能如滤了豆浆一样只有一个装满豆渣的脑壳。

母亲坐在矮凳子上，两缕白发垂挂在耳前，豆浆的热气缓缓悠悠地从桶里升起来，拂动了它们，它们就轻微地晃动着，如晨雾中的柔柳。她一手满了卤水碗一手握了小瓢，瓢似一叶蓝棹的桨，款款地从热气蓬勃的浆面上无声无息地划过去，与此同时，卤水就从碗中滴滴答答地落上去，声音稠稠的闷闷的。再搅动几圈，又滴十来滴卤水。就这样沿着顺时针方向不停地均匀地让豆浆在小瓢的引力下运动着。纯白的豆浆渐次地有了一些阴暗泛起。卤水减至五六滴时，豆浆中有了朦朦胧胧似水非水似团非团的东西，再过一会儿后，这样的东西成熟起来，不断地汇聚和壮大起来。一个小瓢的引力变得如此之巨，一个老人的腕力变得如此之巨，几乎铺展了整个桶壁的豆花一道随了母亲的手腕转了起来。母亲的眼睛泛出些许的光,站直了腰身,顺手将桶盖盖上,让豆花在桶里纯化和熟化。

半小时后,母亲揭开桶盖,桶里一派宁谧和清明。絮状的豆花氤氲起土地和溪水的香气,氤氲起母亲和石磨的香气。

多好的味道啊,在轻慢中精致绣花而后花开的味道!在成长中不断汇聚而强盛的味道!在一生中饱含跌宕而圣洁隽永的味道。

哦,一磨豆花。

一畦菜香

那块菜园子一任地在那里绿着。冬天，所有的树都赤裸出季节的骨感时，菜园子才更显其独到的姿色。在不规不矩的奇形怪状中光鲜鲜地铺陈着：几行萝卜、几十棵白菜、一点点葱、一点点蒜、一畦蚕豆、两行豌豆。适中的地方小小巧巧的一个粪坑，当头上一笼婷婷的竹，往上是小电站的大水渠，两米多高的渠墙，渠水绿绿地储着，懒懒的，其下是那条土门河，一脉流水清清浅浅地跑着。地里的绿是分了层的，该深的深着、应碧的碧着、能浅的浅着、当翠的翠着。粪坑里的粪水结了厚厚的皮，把气味都罩在下面，只有经年地里那些百菜成熟的味儿在那里悠悠地飘着。竹子向空中争得雨露和天光的宠后，低下头弯下腰去，向菜园子祝福和叩首。渠里的水深深地蓝去，蓝出宝石的含蓄和大海的深邃，河里的水薄薄地化着，把河里的游物都化作天光一样的明澈。

八十多岁的父亲，视其为心肝宝贝。任由我们如何唠叨和抱怨，他依然乐此不疲地屁颠屁颠地不时在园子里晃荡，有时是真劳动，有时是掐菜扯葱，还有时是心生慰藉的转悠，神情却庄重得如检阅部队。

父亲对园子的依恋，自然有他依恋的道理。

那本是一溜峭峻峻的石皮，没建电站前，土门河擦着石崖流过，在此回淤成一截深长的沱水，中点上一株马桑树妖妖地临空斜出，枝叶贴水而生，是我们儿时的最爱，赤裸裸的童趣常常与着细绸衣的鱼趣交织在水里，生长出凉幽幽的绿苗。水沱的上下游都是以前搭木桥的口岸，石皮上自然就成了过往的山路。

我家的自留地在坟林中，坟多是当然的，石头瓦砾满地都是，出产当然低劣。以后，建中心校给占了，另划的一块依然在坟林中，难得成就一家人的填空补短。

饥饿从我们的肚子里长出毒爪，带走了我们所有的期盼，肚子里塞满了穷困，乱七八糟、潦潦草草。脸上的光、额头的光、眼里的光都被扼杀了。人们冒了批判甚至挨打的危险，哪里有可以生绿的地方，哪怕屁股大的地方，都去争抢。父亲看中了那块石榴皮的地理位置，近便。他从其他的地方背来泥土，铺在石皮上。薄薄的泥土哪里经得起太阳的暴晒，加之石榴皮吸热后的蒸腾，泥土早已干焦，水浇上去，能听到石榴皮发出被惊动的声响，看见焦土上冒起的热气。水浇少了，反倒把菜苗玉米苗给蒸死了，水浇多了，干脆就连庄稼一起冲到河里去了。几棵玉米死揪揪地东倒西歪,几苗黄瓜也病恹恹地呻呻吟吟。侍候先人一样好不容易有些许水色,一场大雨冲得稀里哗啦,石皮水浸浸地岿然于此,其上的所有心血付之东流。

那时的父亲年轻气盛,他将几坨石头举过头顶,狠狠地砸下去,石皮大大咧咧地不与他计较,好好的没留下任何伤痕。被石头伤害了的父亲变得比石头还要硬。他一背背地从远天远地背来泥巴,瓷实的黄泥巴,黏性好的黄泥巴,让长出牙生出津的黄泥巴咬死石皮的棱石皮的缝,再在黄泥巴上覆上熟土,熟土上再盖一层腐殖土。菜苗出土了、麦苗泛青了,及时地浇定根水,施壮根肥,让根深深地植入熟土下,以至于扎进黄泥里。这一招果然灵验,石榴皮终究没有硬过父亲的牛脾气,牛脾气的养分足水汽旺,把一园的菜粮滋润得脑满肠肥。

小小的园子里一年四季地绿着,给我们大大的穷日子折点穷气。

父亲就这样照顾幺儿一样照顾着这块土地,水也浇得勤、肥也上得旺。一年年地,连蒸泥下的石榴皮都有了油水,地力就盛了,旺得不种粮不种菜,地力就咕噜噜地往外冒油。

土地分到户后,家里分得十几亩承包地,有村里最好的膘头地,他依然在忙得不亦乐乎中舍不下这块地。

退耕还林后,好些地都还林了,剩下的一两块地,一块建企业时被征用了,一块修通村路给占用了,最后只剩下这一块"独苗苗"了。他也不得不在我们众口一词的劝说下休息了。

命苦的人，哪里闲得住呀！浑身都是使不完的力气，睡不着坐不稳。无事若不找事，无事就要生非。那块经营了几十年的园子当然成了他的最爱。

现在，家里既不养猪也不喂牛了，还田已没有了牛屎马粪。他就在地里挖了小粪坑，把家里的粪池、水池与之连通，一切汤汤水水都变废为宝，完全地循环下去。

他把地种得更加精细，知道农药的杀伤力和化肥的副作用。有虫了，他蹲在地里，一只一只地捉，像从我们儿时的头发上、衣裤中捉虱子，一丝不苟地一只都不放过。叶卷了，他一瓢瓢地精准浇水上肥，像以前我们儿时病了后给我们喂药喂饭。逢年过节我们回家，总喜欢去地里掐豌豆尖、扯萝卜、摘蒜苗，甚至还发个视频，显摆显摆，很自豪的一副派头。我们离开时，总少不了去园子里浩劫一场，菜菜脑脑总要搜刮一些。豌豆尖照着肥嫩的掐，白菜照着紧实的砍，就连调味的葱葱蒜苗也得扯上一把。父母亲不心痛不怪罪，只要儿女们愿意，哪怕挖一捧土走，他们那心里也是满当当的喜悦。

去年八月发洪水，水势浩大，连活了八十多岁的父亲在梦里都未见过。上游下来的水捞柴、各种垃圾和淹死的猪牛，都顺了渠拥挤而下，在园子下方不远处的拦渣网处被无情地阻止，形成一道翻越不了的渣山。被阻的洪水在园子的中段处撕开一道口子，幅口宽达十余米。愤怒的洪水妖魔似的左冲右突，须臾之间，便将园子洗刷成旧有的模样。生长在幸福中的黄瓜茄子、辣椒豆豆就这样在泪奔中痛苦地殒命了。那些水柴、垃圾白骨森森地叠压着，成堆打挤地在园子里酣睡。

精明的老人当然不会自认倒霉，更不会把这样的恶作剧归于自然灾害。

他叫来电站的主人，掰着指头一样一样地算账，地里种的算完后，又算眼前堆的，最后才算看不见的，地力要多少年才可以培育，土墒要多少年才能蓄养，他和园子的情要多少年才可以缔结。间接损失当然也不能放过，一年买菜的费用，买的菜和自己种的菜的质差和价差，关键是买的菜可能对身体造成的伤害。算完后，也不开价，等在那里，像守卡子的猎人。

主人望着这位不好对付的老人，知道被他算计了，口含玉石般吐不出一个字。冤枉也只好认了，但也不能当冤大头冤死鬼呀！他不敢从父亲那里主动讨价，他怕老人狮子大张口后，一头牛也不够他塞牙缝。他试探着说了一个不小的数。父亲没有往上涨，当然也不会往下降。他说再多的钱他都不要，只要照他的要求还他的地。钱上种不出好东西，只有那样的地才能如他所愿的要啥有啥。

其实，这样的要求不算高，但对一个自己都亟待恢复的企业而言，谁都知道孰轻孰重。父亲还是等着，电站都恢复得八九不离十了,他不温不火地找老板论理。老板一脸的对不住,又是泡茶又是让座又是赔不是。一肚子的苦倒开出一脸的春光,柔和出那些菜叶的温情。

父亲信奉"话说得好听,牛肉也可做刀头"的乡训,他心里拥堵的那些妖魔鬼怪全被老板脸上的春光驱除了,空落落的心灵让别人的苦填满了。

老板的自私惹怒了父亲。他第四次找老板,直接下了最后通牒,半月之内不给他恢复,就别怪他太过了。这样的"太过"没有量的概念,爱怎么想怎么想去。老板怕老人的"太过",只好雇来拖拉机,请来民工,花了好几天的时间,才基本上恢复了那块地。

那些天,父亲屁颠屁颠地忙在园子里,很不高兴地把话说得生硬,石头多了他不要,土巴疙瘩大了他不要,沙土他不要,劣质腐殖土更不要。挖土运土的人都不知道谷大爷何时变得这样古怪了。

古怪归古怪,园子又像眉像眼了,虽还有不少的细致工作要做,总还是赶上了季节和时令。

他照着以前的习惯,把瘦一点的地种上萝卜、稍好一点的栽上白菜,然后是蚕豆豌豆,最后是葱葱蒜苗、芫荽藿香。

下种后,每天都去地里,把压住芽苗的石头拿走,把不出苗的窝子掏开,密了的匀匀苗,稀了的补补窝。该浇水时从不延迟,该施肥时从不落下。一切都在最佳时刻,一切也都在最好当量。哪株苗弱了,他多照顾几回,哪棵菜病了,他多看护几次。一垄垄的菜从不参差不齐,一畦畦的豆从不错落悬殊。嫩的嫩出个汁满皮薄,哪怕再多一点都会皮破汁溢,老的也老出个油光水滑。

现在,那一畦园子又绿油油亮汪汪地铺陈在那里,一点一点地把生命的色彩斑斑驳驳地洒落在那里,无论父亲在不在园子里,园子都在那里。春天里听得见花开的声音,夏天里看得见蝴蝶的飞舞,秋夜里听得见蛙鸣,连冬夜里也听得见月光的游弋。

现在,父亲的心里装满了园子的色彩,一点点绿、一点点红、一点点白、一点点黄,还有一点点的香。父亲装不下的园子的味道,就从竹笼里、渠水里和河道里弥散开来,令这方天地都陶醉了。

一架月季

一架月季，几乎带走了我心里那明艳而自在的春光。好些日子，站在屋后的石阶上，冰凉的透着侏儒那般调侃的矮子功的杂物小房就把心压得死塌塌的。怀念的天鹅就翩然地起航，嗅着花香引吭高飞。

再早，那块地方是父亲和幺爸家的圈舍，布局是一样的。靠住房后堡坎是养猪关牛的圈，前面是高圈。一年到头，心思都在圈里，勤苦都在命里，生活种在圈中。熏天的猪屎人粪总会浇灌出一块块亮汪汪的油菜花、小麦苗。

以后，人多了，房子修大了，修多了。就只好把圈舍做了屋基。再后来，家越分越小，东拼西拆，就空出了一块窄窄溜溜的地。种几窝菜、栽几苗葱是可以的，母亲却硬生生地变态出纤毫毕见的小资情调，于是，一株病恹恹的月季就把根须扎进养了几十年猪的土地了。

母亲这样单纯的情调恰好迎合了这种原始的况味，月季疯狂地长啊长，铆足了劲地深根抽枝，攒足了情地展叶孕蕾，纤纤的蔓上居然吊甩甩地打着鼓鼓的苞蕾，不经意中就笑嘻嘻地开了，嗅了大半辈子猪屎牛粪的鼻子们居然钻进去这么好闻的味道，把眼耳鼻舌口的所有器官都兴奋得忘了形。一个从来都由牲畜主宰的地方就这样静悄悄地让位于几朵月季。

一年以后，这样的新鲜味道自然就习惯了，习惯以后的自然就波浪不兴了。但这株月季不甘心就这样偃旗息鼓，她以无声的抗争宣誓这块小地方的大世界，闹腾出一派锦绣繁华。她拉出了真正的架势，储满了足足的力量，仿佛一个夜晚，她的那些劲道的纤蔓就铺展成了一地的翠绿，纵横环绕出洪水溢出时的势不可当。再不采取措施，不知会闹出什么事来。

父亲在母亲不厌其烦的催促中，不得不在忍无可忍中为月季搭建一个小廊似的花架。从地上爬上花架后，月季便生长在明洁的空灵中了。叶子可以从不同的方位以不同的姿态伸张开去，新蔓可以以自由的选择攀爬出去。一架月季，如一条巨蟒口里吹出去无以计数的青蛇，不断地从盘蜷中打开和伸展，活活的、溜溜的。

看啊，那些花开了，齐展展的，有的聚成簇，有的散成仙，有的笑破了头，有的又蒙住了脸。绽放的舞一程红绸，含苞的蹴一颗青涩。仰天的开怀狂欢，俯地的羞赧细语。是一个家族的盛典，又是一个世界的盛装。在这样的时刻，我总是压抑住我心里的豪情和喜悦，默默地送上我的祝福和谢忱。

人生，特别是这样的地方这样的人生，有一架花足矣。

就因为一架月季，让我对农家有了更多的牵挂、更多的期盼。也因为一架月季，让我对耕地有了更多的向往、更多的期待。

正是那架月季成就了一个农家小院的四季春色，也正是那架月季点亮了两位老人心里的半辈春光。

几年，像好些年，那架月季一直随了我，当我思乡情涌时，我就会看见那架月季，当我想念父母时也会看见那架月季。那架月季是开在母亲干瘪的乳袋下的一汪清流，那架月季是开在父亲枯干的眼眸中的一缕阳光。那架月季啊，是开在故乡绿水青山中的一声声呼唤！

然而，父亲终究还是伐下了那棵月季，砍伐时，花树的根部已有碗粗。一块天空的彩练就这样僵死了，一方土地的翠绿就这样远去了。

现在，一架月季的位置让一间小瓦房占了，还有些藤蔓缭绕的地方也让位于另一间架空的轻钢房。三间房的用途各异，外面的那间做了很少用却又少不得的火塘，主要的功能是腊月熏腊肉香肠，农民，终归离不了烟熏火燎的日子，里面的那间做了卧室。按父亲的计划，在他过世后，所有的儿女孙子回来给他送终时，必得居于家而不去外宿，免得别人闲话嚼舌根。一个农民，可以没有里子，绝对不能丢了面子。轻钢房做了晾晒玉米、豌豆和其他烂东烂西的地方。农民的日子，打理是自然的,但晾晒更为重要,发了霉受了潮的日子会让父亲生不如死。

母亲好不容易冒出的小资情调在开出满架的月季花后让父亲的各种需要无情地伐倒了,伤心伤情自不待言,但当不了家的母亲,又有什么可以阻止父亲的理由呢!

今天又回到家里,初冬的阳光尚好,几树金黄的银杏辉耀着天空,银杏树下的小屋有缕缕的炊烟袅袅而上,肉香从炊烟中弥散开来,满天都是月季的味道。

一只花瓶

今天立冬,在都江堰这座雨水终年浸泡着的城市,阳光却出奇地爽朗,把满城的银杏味镀上一层飘飘欲仙的华丽。微风将树叶吹奏出曼妙的轻语。我们走进了一座原本是宾馆却改了功能的老人康养院。

阳光像眷顾银杏树一般眷顾着这个窄小的房间,让那些飞翔的每一粒尘埃都充盈着生命的活力。茶几上放着几本书,上面两本是《普希金诗歌选》,下面一本是《成都旧事》。挨着书卷的是一个小竹盘,盘里放着织了一半的织物,芭茅色的毛线让线针束着,很有些陈年的味道,暖暖地弥散着。还有一个水杯、一副眼镜,老花的,镜片上的光都有些白发的隽永了。眼镜上面压着一支带柄的放大镜,镜面出奇地大,大到可以装下一个人的世界,小到只能走出几个字。比茶几高出一截的是台面宽阔的窗台,大理石的釉面已呈出些许的颓败,阳光照在上面仿佛落进水里,晕晕地呆望着,呆望中,一只花瓶从那样的流淌中走了出来,如出浴的一位仙子,拖曳着洁丽的白纱裙,将其衬出,欲飞而未翔,欲舞而未蹈。

这只花瓶和我四十年前的那一只花瓶完全一样,柱状的,瘦瘦地如那些风雨飘摇的模特儿,铮铮的骨头纤毫毕见。那些光,那些纤毫毕见的光,从晶体中一丝丝地走出来,带着生命质感的锋芒。

瓶口开放的那几朵花,一朵菊——龙爪菊,力道,苍劲,泥土和秋天的色彩。一朵荷——岷江荷,清雅,淡远,山崖和春日的况味。

挨着花瓶坐着一位耄耋老人,银白的头发向后十分熨帖地纷披着,不用压发,不用发胶。对应着的是一张白净而充满和善的脸庞,细密而深切的皱纹中洋溢着甜蜜的笑,目光温暖而坚定,周身散发着阳光的味道、花叶的味道、诗和老酒的味道。

她姓叶,我们叫她叶孃孃。

是我从未见过却早已了然于心的支边老知青。

老婆说她是她母亲的闺蜜,在我还未认识她之前,她母亲就永远地走了,是她给了他们几姐弟母亲一样的爱。这样的爱滋润了她一生,也熏染着我。

几十年以后,爱的回馈才这样细细地流注,把岁月的窖藏开放在老人的面前。正如那亭亭的花瓶,虽有些漫漶的擦磨、有些光阴的廓守,更显其玉润的柔好和秋叶的静妙。正如那一枝菊——龙爪菊，那一枝荷——岷江白荷。相距二十多年的两块坡地，在铁铧耕读过的泥沟中绽放出芬芳而青春摇曳的笑，让满头的银发哗啦啦地流淌出高原河谷澎湃的诗韵。

告别时，她完全没有依稀的失落，只是说要去拿那根花瓶一样纤细的拐棍。她说腰椎有五节都变异和突出了。她还说心脏也不好，前几天还因此住了几天院。说这些话时，她脸上依然含着笑，仿佛那些病倒是她的心肝宝贝。

她把我们送到门口，我的目光却一刻也没有离开窗台和茶几。

窗台上有一只花瓶，亭亭的，充满了力量。瓶口开着两枝花，一枝开放在春天里，一枝开放在秋天里。

茶几上有三本书，两本《普希金诗歌选》。一本五十年代翻译的，一本八十年代翻译的。至于那本《成都旧事》也许就更远了。

特别是竹盘里还未织完的护腿，芭茅色的毛线和织针静静地、静静地生长在那里。那些花仿佛都是为它们开放的。

走后，我的心装在花瓶里了。明天，瓶口也许又会绽放另一朵花。

岁月斑驳了双手

父亲那双手真是丑到家了。

指节干枯、皮肤皱巴、手掌瘦瘪，特别丑陋的是那指甲，坑坑洼洼、黑不溜秋、甲尖厚肥，壮如一张笨拙的嘴里嘟噜出一堆堆黏糊糊的浓痰。多看几眼，饭都吃不下去了。

现在，更是丑上添丑，只要去医院输液，玻璃似的血管十分易碎，针管一碰便会出血，即使不去医院，在家里闲不下来，或无事找事地给鸡们钉一个水槽或去地里掐几苗菜便溜达一圈，不小心时，皮上血管便心血来潮地在不经意间也作恶多端地破了，在手背或手杆上瘀成一块块刺人眼目的紫色斑块，鬼一样地挤眉弄眼，仿佛看上一眼，又会刺激出新的血污。

何以如此呢？

是父亲老了吗？

当然老了。八十六岁的人了，还不算老吗？但比他老的人还多哩，没有一双手像他的手那般不堪入目。

是劳动的艰辛吗？

当然艰辛。几十年背太阳过山，那双手反搂着太阳，那双手穿越着风霜，那双手打发着日子。但熬在这样的艰辛中的父亲们多哩，我也从未见过这么丑的手。

他不止一次地说起过他那双丑陋的手，还眉飞色舞地用一种炫耀的口气，好像那些他做过的事在我们面前便成为可以充饥的饭菜、可以强筋壮骨的灵丹妙药。我们才不那样认为哩，你炫耀吧，我们依然肚子里唱空城计，眼泪汪汪地想着吃的，我们依然从他的话中嚼不出一星点的油水，瘦巴巴的眼皮都必须用树枝去撑。

现在，他居然在病房里当着病友们高声武嗓地继续炫耀。我们守在病床旁等他吹，毕竟八十六岁的人了，还能吹多久呢，总不能把它们一起带进坟墓吧。

他说：十五岁的时候，老子就在深山老林里烧炭了。不是一般的炭，是白炭。白炭才是真正的炭，像钢管一样敲得出银子那种响声的炭。在火塘里燃成灰后都还是原样的炭，灰都是雪一样白的炭。人小就吃亏啊，出窑后炭窑还腾腾地冒着热气，蒸笼一样有五六十度的温度，我就用棕衣包了脚，光着身子提着桶进炭窑，从桶里一捧捧地将稀泥浆往裂缝处抹。要不了一袋烟的工夫，人就像从河里打捞上来的，每一根毛上都往下滴水，人也焦渴到骨头都酥了。浆一次窑，人就脱一层皮。十天半月就来一次，一年下来，人都死过几次了。每次浆窑出来，黄泥巴结成壳粘在手上，一双手被箍得血脉都流通不了。十指连心呀，那样的痛，哪里是人能忍受的！要彻底地洗掉，需泡在水里好几个钟头，洗四五次后，满身都还是一股泥臭味。

这时，父亲希望有人同情，哪怕听见病友们唏嘘两声，心里也会好受一些，但没有。他好生失落地被这种不近人情的冷落打哑了。好一阵，才有一个相识的病友问他："咋个那么小就去烧炭喔？"

"莫办法呀，大哥分家了，我就成了老大。老大嘛，得为父母撑起。出头椽子，就得经风雨呀，烂了也不能有二话。"

那位病友叹着气说："倒也是。"

三个人的病室，一个人撑场子，一个人说书，场子就有了活力。时不时护士医生也来听个一言半语，笑眯眯地看他一眼，他劲头又上来了。他直接对着相识的病友摆起他很得意的钓鱼。

我有必要纠正一下这个概念，钓鱼应该是用诱饵的，二十世纪六七十年代，故乡那条小河的细甲鱼（川陕哲罗鲑）真是多啊，连我们在河里狗刨骚（一种不规范的泳姿），时不时地也有鱼从肚皮下游过，从大腿边擦过。因此，父辈们根本不需要在钩上挂诱饵，铅坠后的下摆上系牢四颗钩，钓线甩出后，只需视钓线的位子不时拉动，让钓钩瞎猫去撞死老鼠。老实巴交的他们没有人想到用诱饵，只会沿用老的笨办法。有时在河边上下几十里居然一腥不获（要知道，生产队十天半月甚至农忙时一个月才有一天属于自己的假）。

父亲也经常有一腥不获的难堪。有时天黑才回家，鱼笆篓干爽爽的一滴水都不掉，我们便知道结果了。现在他讲的是一次战役的胜利，如活捉了敌人的大头目。

"端午节放假，好不容易有一天假。水没有涨，天气也好。哪里有鱼，钓匠们如撵山的狗。我到皇姑坪时，好的口岸都被早去的人占领了，没有办法，只好在桥上方试试水。最怕竿挂上后鱼往桥下游奔命，那样鱼就会不断地跑，线放完后，就只好听命了，不是线被挣断就是鱼脱钩，得不偿失。我认准了一股激流边的石包旁的花花水，准确地将坠子甩过去，鱼线在花花水里转圈。我收回后再往前丢去，坠子被流水一下冲到靠近花花水时，我用力地扯了几下，突然鱼钩像挂在石头上了一样，让手感觉到咚地一顿，我便稍事停息。钓线抖动起来，缓缓地移动起来，不是往下是往上。我知道是个大家伙。我心里算计着如何稳住它不向下游奔命，把力量掌控好，轻轻地放线，让钓钩始终不因时松时紧扩大钩眼，又不能操之过急用力过猛将鱼线挣断。河两岸的钓匠都停下来，看我如何把这个大家伙弄出来，我当然知道不能出差错，更不能当众出丑。如果弄上岸，那是钓匠一生中可以把牛吹死的壳子呀！但我越和它较劲斗智，这家伙越不乱分寸，没有想到的事情发生了。"

父亲似乎故弄玄虚，停下来喝水。

病友鼓着灯泡似的眼睛，目光钓线似的绷得笔直。

"出拐了吗?"

父亲扯一张纸把嘴擦一下。

"出拐了。"

"线断了吗?"仿佛父亲是他正钓住的一条大鱼。

"线是没断,它狗日的钻到对面瓦壳壳岩下的深水里,正往石洞里钻。"

"咋个做呢?"

"唯一的办法就是不能让它钻进石洞,只要钻进去,它蹲在里面,无论如何都扯不出来,只好把线扯断了。"

"这家伙看来很老到。"

"都快成精了。我只好一只手把钓竿握紧,一只手去抓钓线,钓线在手心里刀子一样,在手背上勒出一条条槽,渐渐地变得乌紫起来。我和这狗日的较上劲了,我知道它已快用完劲了。但就这样僵持下去也不是办法。无奈,我只好请对岸的钓友去那里,在相距他两三尺的地方丢石头,不准它钻进石洞。果然,刚丢了两个石头,这家伙掉头向下,我知道它挣扎不出什么花样了,就半由它半由我的放线收线,折腾了一会儿,它便乖乖地顺着我的力靠边了。

"大家拥上来,我怕它狗日的受惊后再来个最后挣扎,示意大家都别靠近,我必须亲自将它弄上岸。当我将钓线全都死死地勒进肉里时,终于在最后的一提甩中将它美美实实地撂到了眼前。"

病友抬起他输液的手,仿佛那钓线全勒进了他手中。

"看着它在地上甩拍着大红尾巴,求饶一样张口呼吸,我在心里想,卖了后,可以给几个娃娃买胶鞋了。"

"你这老子当得好。"

父亲搓捏着他那难看的手,好像那根钓线一直都如弹片一样留在他的身体里。

以前给我们炫耀这件事时,没有后面这句话,今天对别人讲出这句话时,让这件事如那尾鱼又放归故乡的小河一样。

父亲累了吗?他居然不再讲了。但我却鬼使神差地想起了其他的事。

那一直是让我心生愉悦的夏天的晨露,饱满而莹洁,让父亲十分英俊的形象一直鲜丽地存于我的心里。

就在下场口的河边上,电站还没修,一溜空心的工棚向小河伸展,里面搭建了小炉,炉边有木制的风箱,炉前有大小两个并列而错落的铁砧,紧临风箱的是一个大桶,圆圆的没有参差,桶里总是装满了清凉而有些黝黑的水。印象中父亲总是工棚中最忙碌的人,只待师傅从炉膛中夹出铁块,父亲便抓起几斤重的大铁锤,起初是蹬着八字步抡圆了用尽力气往红铁块上拼命地砸,铁块在他的砸锤中渐渐地变长变薄变出形象。他是没有什么武装的,甚至连一双布毛套都没有,高温让他赤裸着上身,每一锤砸下去,从毛铁坯上飞撒出去的铁皮,带着鲜红的色彩落在他的手上小臂上,让他发出咝咝冷气。

只有师傅用小锤告诉他停下时,他才放下大锤,很认真又不以为然地看看那些被铁皮灼伤的地方,甚至用手指蘸了口水往伤处涂抹,以此为伤口消毒,不至于感染。父亲边卖力地扯着风箱,边为伤口消毒。

痛楚还烧灼着他时,艳红的铁块又从炉膛中被拖了出来,由他锤打而飞散出来的那些红魔,又用利齿去撕扯他的皮肉了。

当时的我不知道他被灼的手是否疼痛,只觉那些一簇簇飞翔的铁屑是那么好看,由铁锤和砧子制造的声音是那么好听,完全感受不到那样的高温和敲打,一股一股的音浪贯穿全身。

这是个伟大而痛苦的事,是在烧灼的魔咒中向地狱迈步的工作,尽管它有那么鲜亮的火焰,尽管它有那么红彤彤的铁块,尽管它制造了那么多节奏明快、音韵盈溢的美妙乐章,尽管它造出了那么多刃口锋利的刀斧、那么多形似半月的扇形锄和尖尖锄,却在父亲的手上留下了许多艳若墨菊的伤痕。然而那些美丽的忧伤丝毫也没有影响父亲身为第一代农民工的豪气。他总是在下班后把头梳得油光水滑,有意或无意地踩响街上的青石板,穿过故乡的街肆。

好些时候,我看见他坐在后门处,咀嚼着一些草药,嘴角爬满绿汪汪的泡沫,一口口地,他将嚼细的草药吐在碗里,用食指蘸着轻轻地涂于伤处,我听见蛇行中伸出芯子发出的那种毒辣辣的声响,丝丝扣扣地牵着我的眼泪。

当他看见我后并不停下,只对他的老大说:你大爹分家了,我就是家里的老大了。

对于一个屁事不懂的青沟子娃儿,怎么理解这句话的直白含意呢?

从那以后,我再也没见到父亲那么认真地梳理过自己的头发,那么在意过自己的形象。

这件事,父亲一直未与我们谈起,不知是与我们关系太远还是父亲觉得没什么意义。是汶马(汶川至马尔康)高速通车后,他对我讲的。

不知是旧有的历史擦净了岁月的尘埃还是新旧的对比让他发现了功劳,他说:我抽去修汶马路(新中国刚成立时修的老路)时年纪不大,主要是砸碎石。米亚罗,你晓得。但那时的米亚罗不比现在,狗日的那个冷,冷得钻心,把骨头的骨油都可以冻成冰凌。冬天里砸碎石,受了怎样的罪啊,不说用力砸,即使手握锤把的那一下,啥子想法都莫得了,尿泡都冻成冰了。有监工,哈着气来回监督。每天的任务是固定的,超额有奖。霜风刀尖子一样在手背上走过,划出一道道红杏杏的小口子,锤子砸下去,全身都打起摆子来,手背上血珠子就一颗颗地脑壳一样圆溜溜地冒出来。

几锤打后，手背就像血满草一样（父亲望着我问：你认识血满草吗？我点点头）。再砸几锤，水珠珠连起来，像大黄叶子上的雨水细细地流起来，一部分浸入手心，黏糊糊地让人心疼也让人恶心，更多的从手腕处滴落下去，洒在新碎的小石上，慢慢地浸出一朵一朵的桃花，看得人眼睛都不敢睁了。

父亲边说边搓着他的手背，并不时地端详，仿佛那双老手还在出血。我知道那样的冷和那种十指连心的痛，但我没有吭声，怕在抚慰中扫了他的兴。

"更可怕的是，"父亲继续着他的故事，"血口子越挣越大，不仅难以长拢，还被冻成冰疮，一个一个石头一样梆硬，那种痛（你没有、肯定没有经见过！他又望着我。我只好再点点头）是痒痛，痛得人全身发麻，电烧一样。一直要到四五月，待黄水一次次流完后才慢慢地生成厚壳，壳脱后，才见新肉嫩鲜鲜地长出来。"

这时，他又搓着自己的手，反复地搓，就如冰僵后用雪搓一样。搓了好一阵后，他才松口气说：公家的事，我一样做得哑劲（很好），还得过表扬。只是这手就再也没有好看过。

现在父亲又下到他那块地的台阶开始劳动了，他先从堰沟对面堆满鸡屎的地方挖土，挥着尖尖锄，用力地砸下去，将泥土撬起来，鸡们围过来，争抢着现身的蚯蚓，他停下来，等鸡们啄食完后，再下一锄，几锄以后，他将尖尖锄反过来，用锄头砸碎土巴,再刨进撮箕,蹲下去用力端起,倒在斜斜的台阶上,往返十余次。母亲在后门抱怨:喊你不去,你硬不听。一会儿,手背又出血了,身上又痒了,脚杆又疼了。我看都是自己找的罪受,你就不晓得安安逸逸消消停停。母亲知道他耳朵聋了好些年了,声音当然竭尽全力。开始父亲是循声望了一望的,之后就沉浸在他的劳动中了。

我拾级而下,穿过鸡屎铺就的泥泞小道,来到父亲身旁,责怪着说:那几分地已让你吃不消了,为啥子还不放过这台阶上的一个墙边。父亲说:这儿好搭架,苦瓜黄瓜藤藤长,太高了不好摘瓜。这才发现父亲已经在他的瓜架上了,那些攀上高架的藤蔓枝枝叶叶地在他头顶蜿蜒出一径径绿意。父亲蹲在台阶上,灵动的手摸摸捏捏地将石子儿柴棍儿刨到边上,使之成为一道拦土固泥的软墙。那双饱经风霜的手娴熟地游走在泥土之中,如穿越在万顷碧波中的游艇,自由自在,惬意无限。但那始终都皱巴巴龟裂裂的老手,那粗大的关节、干枯的指骨、瘀血的手背以及手背上一块块紫色的老人斑,特别是那厚成泥块厚成茧疤染有甲疾的指甲依然没有在我眼前幻化成寻常的手。

父亲不知道我在仔细观察他那双在泥块中上下翻飞、得心应手的手,更不知道我在构思这篇关于"手"的散文,他陶醉在自己的劳动中,这样的劳动对他而言已不再是一种生活的需要,而是一种升华为道德的习惯,更是一种给人生着彩的必然。

还能指望这双手什么呢？

一双让艰难岁月浸泡了几十年的手，无论多么细皮嫩肉、多么纤巧绵软也会泛出盐迹酸渍，粗皱干裂。

一双让贫瘠土地修理了几十年的手，无论多么掌圆纹美，骨均节匀也会顺应土地和自然的呼应，强筋壮骨，聚力凸凹。

一双给儿女给家庭用含辛茹苦创造世界的手，除了力量和爱，还能指望什么呢？

一双给大地以花朵给世界以果实的手，除了责任和担当，还能奢求什么呢？

在我的眼前，父亲的手挺拔出山脊的蜿蜒，沟壑的纵横，林涛阵阵，鸟语花香。

2022年6月30日成都

黑桃5

父亲怀着对黑桃5极其矛盾的心情，生活在黑桃5之中。皇后也罢，荡妇也罢，总在父亲的心中交织出奇异的风景，至今也难以走出那五个黑桃。

不仅父亲，这个村剩下的这些老人都和父亲一样。他们共同的选择泛出暮歌的忧伤味道。

黑桃5，不是一种什么不可告人的代号，也不是一种隐喻的昵称。黑桃5就是黑桃5，扑克中很小的那一张有五个黑桃的扑克，由此而形成的一种很简单但又很严肃的娱乐游戏。

说其简单，是因为玩法太线性，不需要有过多的思考和算计，完全的农民打法。视其严肃，是就其规矩的不可逾越，相互之间不得开后门，不得放水，不得讲情面，"吃得起必吃"，哪怕将一手好牌拆得稀烂也得吃，"打得起必打"，哪怕将必赢的牌打输也得打。考量在于如何拆，如何打。拆好了，既不损人又不害己，拆不好，既把自己赔进去，也让下家跟着栽进去。如下家和善忍让，倒也不会挨骂，要是下家在乎输赢，死要面子，挨骂当是自然，以致把一个场子的娱乐氛围全搞砸了，所有的心都立在针尖之上，难受得要命。

父亲以前打牌九①，玩法主要是打金，凡骰子掷出的数便为金，只要卖金其余三家都得给金钱。双金后，即两个金在最后打出，为最大。牌分正门、点子。点子当数九最大，正门自然以天牌封顶。经常听父亲说打了几个双金后，脸上自是胜利者的凯旋，也时不时地听他说挨了几个双金后，自然一副失败者的落拓。和他年龄相差无几的人，大都会玩这样的游戏。最为繁盛的当然是在春节（正月初一），要是有暖阳，小街上就摆了好些张小方桌，一桌一个战场，除四个厮杀死拼的对手外，更多的是观战的，服务的。当然，也少不了评论的，"抱膀子"的。

麻将一瘸一拐地走到我们那地方时，已到本世纪初叶了，虽不如城市那般妖冶艳丽，将一座座城市弄得神魂颠倒，夜不成寐，却依然蛾眉红唇，让乡下人新奇傻眼。轰的一声，大都嗅腥而去，当了妖怪的吻脚客。

父亲顽固，不为那搬不完的"长城"所动，也不为那哗啦哗啦如流水的声音所倾，依然老古板地执迷在牌九的声色犬马中。即使我们春节归来，摆上两桌麻将，夜夜笙歌，他还是硬生生地挺着，不以为然。久而久之，父亲心里的"那些事"就

---

① 一种形似麻将的牌，总计三十二张。四人玩，每人八张牌。

鲜活地写在脸上了，团聚的欢乐氛围让他的孤独成长得更快，更恶毒。我们几兄妹都感到了他释放出来的孤独已站在我们的心上。再这样下去，父亲必然会狠狠地发作一场，到那时我们才知道自己姓啥。弟妹们这才在他十分乐意的教导下学会了牌九。这下好了，家搭子有了，在家搭子的这块自留地上，父亲可以颐指气使地收获着他的纵横捭阖和随心所欲。

然而，那样的日子实在如秋雨中的太阳。假期一到，我们成了一窝长大了的小鸟，齐扑扑地飞走了，家里又只有他和母亲，收缩的孤独紧紧地拥抱着他俩，让他们的心冰冷如冰山上的石头。作为儿女，我们也并不因此而摆脱孤独的围剿。每一次归去，我们都希望为他们解除孤独和寂寞，没想到的是，那样的天伦之乐倒进一步肥沃了生长孤独的土地，加重着向往和期许的幽灵。

不会打麻将的父亲，形单影只地生活在故乡的土地上，没有人给他投去牌九的目光，没有人向他发出牌九的邀约。当麻将在欢声笑语中夜行时，父亲就等待着有人死去或有人成婚，在那样的场合中，就可以找到几个老古板凑齐一个搭子，玩上一天，甚至通宵的牌九，输赢倒在其次，关键是好好地过把瘾，哪怕折了阳寿，只要心里的寂寞能够稍许地收敛就好。

然而，这样的场合哪里是时时都有呢？"运气不好时，半年都等不来一回"，于是，他又扩大着这样的亲眷半径，只要有这方面的信息，几十上百里，钻头壁缝，连边都沾不上的人也成了他的亲戚朋友相好,"不去,天就会塌下来"。

这样的机会,他又能给自己创造多少呢?再说,无论去参加怎样的仪式,礼钱总是少不了的。父亲又是要面子的人,礼金少了还拿不出手。"钱花了可以再挣,面子丢了就捡不起来了。"不久以后,门户就让父亲给扩张了,门户一大,亏空也就出来了。母亲当然不会让他"再这样整下去",不刹刹这样的歪风,家就不家了。内外交困之下,父亲不得不走回来。但他已有些野了的心不知怎样得到安适。

不知从什么时候起,也不知是哪个烂脑壳发明了"黑桃5",又不知谁竟那么快地就让黑桃5在这样的僻壤里独步芬芳了。

我们一家人真是要给发明黑桃5的烂脑壳和带回黑桃5的飞毛腿叩头了,感谢他们拯救了父亲!

我敢断言,父亲对任何事都没有像对黑桃5这样爱之深了,他一看就会,过目不忘。凭着这样的爱,他不仅随喊随到,而且主动出击,呼朋唤友,把家里搞成阵地搞成持久战的战场。由于他的精于算计和赢多输少,慢慢地,牌友又少起来了,喊他的人不如以前了,但总还有几个兄弟侄儿,碍于面子,不时凑在一起,虽乐不如前,也不致孤苦不堪。然父亲好强喜胜,一次,在和一侄子娱乐时,脾气比他还大还暴戾的侄子竟毫不顾及他的辈分和面子大骂出口,污浊不堪,耳不忍闻。八十多岁的父亲知道对手的德行,骂不赢当然更打不赢,只好忍气吞声地吞下这个恶果,出着委屈死了的恶气,回家去用舌头一次次舔着自己血流不已的伤口,足不出户地养自己的伤。

这件事在村里传了开去,如罂粟花一样开出那么狠毒的姿色。父亲被这样的姿色弄得体面碎裂威风扫地,这样的碎裂把他刺得百孔千疮。母亲把淋漓的心捧在他面前,皱巴巴的脸上生长出苦不堪言的花,"这下安逸了,让侄儿子骂了个狗屎盖头,再不收心,你就横竖不是人了。"然而,父亲终归还是要与逼死人的寂寞抗争的,不能活人被尿憋死。一个名正言顺堂堂正正的长辈怎么能让这个狗杂种几句污言秽语威风扫地呢?

他不能就此消沉,老人自有老人的天地、老人的心境、老人的幸福!他不能抛下黑桃5,既然黑桃5能给他的心境生长春光,他就得让春光永驻,谁也不能将其驱赶,无论采取多么阴险多么恶毒多么卑鄙的手段都不行!

好在兄弟几个还可在危难时结伴而行,好在兄弟几个都在心里被孤独熬煎。几兄弟铁打的营盘似的要做点样子给大家看看,看谁可以撼动老人们挑战孤独的勇气和结成的联盟。他们一起为黑桃皇后倾倒,一起享受着黑桃皇后给他们的快乐。但那些知道根底的村里人倒是要看看几弟兄的火候究竟有多老到。没过几天,裂隙出现了,不知道旧痛的父亲在弟弟面前自然以兄而居,端着架子高高在上。加之将输赢看得过重,不得不常常被输赢打倒,"为几个狗卵子钱"甚至吵得面红耳赤,青筋毕现。不欢而散是最好的结局。

这以后，不要说喊不到人，就是去请，用轿子去抬，让人家来家里捡钱，人家都不愿意了。黑桃5不仅让他受尽了凌辱，也让他伤了兄弟情，十恶不赦呀！一气之下，他将家里所有的扑克牌丢进火坑，看见火苗将他的所爱活活吞噬，黑桃皇后魔鬼似的厉声啸叫，翩跹乱舞让他恨之入骨。

我们都为父亲遗憾，也都为他痛惜，不知他离开黑桃5后，还有什么可以填充他心里空虚的黑洞，还有什么能帮他驱赶心里泰山一样沉重的寂寞和孤独？就这样，我们都学会了玩黑桃5。

只要我们五兄妹和父母聚在一起时，无论在哪里在啥时，我们都会和父亲玩上几把，让他过过瘾，让他过瘾后开心，让他开心后幸福，让他幸福后感到这辈子没白养我们几个。

村里打黑桃5的标准大都是五角（输一张牌给五角，如十张一张未出，叫被关，村里叫关凳凳，给十元），也有将标准定在一元的。我们知道父亲一辈子爱这一把，也想让他体面和高兴，就让他定标准。起初他扭扭捏捏地放下身段说他不定，我们中就有人说：难得回家和你高兴一回，干脆打一元吧？父亲做出为难的样子，马上又豁出去了说一元就一元吧。这就开始洗牌，拿牌，出牌。

父亲真是认真到家了，每出一张牌都深思熟虑，把一手牌捣过去捣过来，皱着眉头，完全是在生死决战。要是抓一手好牌，喜不自胜就站在他的头顶，战无不胜。如果一手好牌又抓了黑桃5,他更是哈哈大笑,将一手牌往桌上兴奋地一拌,"全部关凳凳,一个都跑不脱。"我们被父亲全歼后,也为失败而高兴。要是手气不佳,总是抓不到好牌,他就会一直叽叽咕咕地抱怨不止,输了后总不乐意将钱往外数,特别是输到出红票子时,他就更不把手伸进包里了。更难受的是坐他的上家,如只按照自己的牌去迎战,很可能将他的一手好牌打得稀烂,如果考虑他,很可能将自己的一手好牌打得稀烂,输都在其次,关键是得罪不起"牌神仙",几把好牌都打输后,就等着每一次都抓"尿点子"(10以下的)好了。牌不上手,孔夫子搬家——尽是书(输),心情一下也阴雨绵绵。好在制度设计的不可逾越性,好些时候也就怪不了了,最多是把所有的牌给父亲过目,让他理解。要是碰上他手气实在太不走运时,无论他使出十八般武艺,也是扭转不了败局的,他就会说:我说打小点,你们总不听。我们吃了豹子胆吗? 虽然,每次结束,我们都会让他成为赢家,但输了的败相依然让父亲难堪和难为情。

以后,开战前,我们就会说愿赌服输。我们也会说杀家搭子不许毛脸①,场上的气氛轻松些了,我们也各得其所,乐在其中了。

父亲无论被黑桃5伤得多深,依然是忘不了那条路的。他实在是忍受不了没有黑桃5的日子,时不时地就会鬼迷心窍地

---

① 指发脾气。

去到那些桌子旁观战，像钉子一样钉在那里，时不时地发几句评论，哪怕被人白上一眼，挖苦几句，他也如没看见没听见一样。要是运气好时，还会有人让他过过瘾，或有时碰巧有人临时有急事不得不走，三缺一。

他的脾气变得好些了，牌技倒走了下坡路。哪怕输几十块钱也乐得屁颠屁颠的满脸和颜悦色。母亲不屑地啐一泡口水，"看你那副德行！"他也不屑于母亲地还一句"只要高兴"。

父亲的日子又有些生气了。还是那医治不好的鬼脾气总在关键时候为难他，让那么有主见的父亲不知所措。

作为子女，我们不愿父亲活在孤寂之中，作为工作在外的人，我们又没有任何办法把父亲的孤寂随身带走。我们知道，父母每时每刻都在期盼我们回家，我们也知道，当我们回家后，父母又害怕我们离开。一年年的，期盼总是不老的花树，每年都开出艳丽的繁花；一年年的，离别总是流长的江河，每年都带走思念的清碧。就在这样的花开花谢、潮涨潮落中，父母亲老了，老出了孤独和寂寞的颜色，老出了黑桃5的形状。

昨天，八十三岁的父亲挽起袖子对我说：看他（指我三弟）这次有莫得办法治好我这个病。我观察着他那手背和手杆，基本上都被皮下出血给乌紫了，猪肝似的目不忍睹。我问他只有手上吗？他摇着头否定道：腿上、身上到处都是。我一下紧张起来，心里很是难受。我知道那是血管老化。也知道父亲那些脆裂的血管会给他带来什么。猝然间,我的耳际响起乒乒乓乓的声音,父亲仿佛沐浴在一片血光之中,我想,那将是生命留给他灿烂的晚霞,是父亲一生最后的燃烧。

晚饭后,我心存忏悔地出门去,还不到八点,一条街就那么悄无声息了,高擎在空中的路灯以白炽的光芒让这样的阒寂更加不忍目睹。临街的卷帘门已落下,灰惨惨的有些吓人,几棵老态的树圪蹴在路灯下,孤苦无助。时不时开着的几孔洞一样的门,也了无生气。这才想起每天坐在街边上、铺子前玩黑桃5的都是和父亲相差无几的人,要么顶着一头银发,要么戴着一顶老人帽,男女参差,大都一副等待的病容,不时又生发出高声武嗓的争吵,以至于斗骂。

突然又回到了儿时,街上没有路灯,房子没有这么高这么好,街子没有这么平这么宽,每天晚上都可以看见我们逮猫猫的喧闹,听见我们摘核桃花的歌唱。小街在无尽的黑暗中充满了生机和活力。

我漫步徜徉在粉煤灰一样的小街上,隆重而深长的夜在不断地生长,呼啸的风驱赶着枯寂的黑寡妇在街上深情款款地欢歌。

于是,我也如街上的黑寡妇一样深情款款地歌唱着黑桃皇后。